西宮文学案内

河内厚郎［編著］

土居 豊
かんべむさし
石野伸子
蓮沼純一
堀江珠喜
有栖川有栖
村上知彦
後藤正治
増山 実
小西巧治
本岡典子

関西学院大学出版会

まえがき

海・山・川に恵まれた西宮は、中世の昔より門前町として栄え、近世には日本酒や和紙などの地場産業が根づき、近代以降は、隣接する芦屋とともに、理想的な住宅街として人気を呼ぶところとなった。プロ球団（阪神タイガース）や、プロのオーケストラ（指揮者・佐渡裕）が本拠を置き、大学のキャンパスやヨットハーバーをかかえる西宮だが、この街の最大のつよみは「人」にあると、私はかねがね考えてきた。多くの文人や芸術家、芸能人、実業家たちが、西宮には住んできたからであり、それが地域力ともなってきた土地柄だからである。この十年間くらいに逝った人々を思い浮かべても、森繁久彌・森光子・島倉千代子・岩谷時子、黒岩重吾・藤本義一・小田実……著名な文士や芸能界のトップスターたちが住んだ街だというのに、そうした人々の訃報時、地元ならではの記事があまり出なかったのは残念であったが、これは、つまり、西宮から何も発信されてこなかったからであろう。かの世界的小説家、村上春樹氏のふるさとでもあるというのに、そして村上氏のノーベル文学賞受賞が毎秋のように取沙汰されるというのに、この街からは、公的にはなんの発信もされてこなかったのである。

わが西宮には、いったい、どんな人々がいて、どんな物語が生み出されてきたのか――そうした記憶を市民と一緒に検証していきたいとの思いから、まずは、意外に忘れられがちな「近過去」の物語に光を当ててみよう。いまのうちにそうしておかないと、永久に記憶が埋もれてしまうかもしれないとの危惧にあと押しされて、西宮市文化振興財団の主催による連続講座〈西宮文学案内〉を平成二十二（二〇一〇）年に始め、年に六回の割合で続けてきた。しだいに応募者も増え、手応えを感じるようになってはきたものの、たとえば名優・森繁久彌が亡くなった折、森繁が西宮育ちで今津小学校で学んだことなど、ほとんど報道されなかった。夙川育ちの作家、小松左京が、安井小学校の出身にして今津や甲東園に住んでいたことなども、いまでは知らない市民が多い。それで、同じＳＦ作家で西宮在住の、かんべむさし氏に、先輩作家である小松左京の思い出を語っていただいたのである。かんべ氏といえば、西宮市民なら読んでほしい小説を書いてくれている。阪急ブレーブスと阪神タイガースが日本シリーズを争うという痛快小説だ。その昔、阪急の今津線と阪神電車のレールはつながっていたらしく、そこから阪急と阪神の電車がぶつかりあうという発想が生まれたわけだが、電鉄の経営になる、セ・パ両リーグの球団を持っていた、西宮という土地柄ならではの作品である。何しろ、かつて東京都以外で日本シリーズの可能な街は、西宮しかなかったのである。もともと畿内でも繁華だった摂津国に属し、古くから都市形成が行われてきた阪神間において、大規模な都市開発が進み関西を代表する一大住宅地となったのは、鉄道の普及に負うところが大きかったことが、いまさらのように思い起こされた。

関西学院大学卒のノンフィクション作家、本岡典子氏は、福永嫮生《こせい》さんの波乱の生涯を描くという構想を二十数年あたためてきた。そして、四年余りの歳月をかけ、取材を重ねて、出版にこぎつけたのである。おりしも関西学院大学は、創立百二十五周年の記念に、時計台のある建物の二階に博物館を開設。そこへ収められた、嫮生さん寄贈の、愛新覚羅一族にまつわる資料が一般公開された際は、新聞やテレビが押しかけ、大きな話題となった。これは、清朝最後の皇帝（ラストエンペラー）愛新覚羅溥儀の姪にあたる福永嫮生さん（西宮在住）のコレクションを、なんとか地元に残したいと考えた私が、関西学院が博物館を設立されると聞き、斡旋したのであった。嫮生さんの母、愛新覚羅浩の役を、テレビドラマでは常盤貴子さんが演じたが、常盤さんは嫮生さんのご子息と、なんと上甲子園中学で同級生だったと知ったのも、嬉しい驚きであった。

西宮の街は、日本近代文学の聖地の一つといってよいと、私は考えている。なかでも、岩谷時子や村上春樹が育った、阪神沿線の香櫨園界隈は、谷崎潤一郎の『卍』『猫と庄造と二人のをんな』、井上靖の『明日来る人』、織田作之助の『六白金星』、大岡昇平の『酸素』、野坂昭如の『火垂の墓』、宮本輝の『錦繡』、田辺聖子『女の日時計』など、多くの名作の舞台となってきた。井上靖は「主人公を登場させる際、つい香櫨園の夙川沿いの道を設定してしまう」

と述懐しているほどである。あるいはまた、阪神間で少年時代をすごした戦後の文学者の名をあげていくと、村上春樹、柄谷行人、小林恭二、四方田犬彦、高橋源一郎……。戦前戦中期には遠藤周作・小松左京・野坂昭如・佐藤愛子・徳岡孝夫……。現在、この地に住む文士としては、劇作家の山崎正和、小説家の小川洋子、貴志祐介、谷川流……。近年亡くなった黒岩重吾や藤本義一、小田実らも西宮市民だったが、とりわけ夙川の流域には、井上靖・遠藤周作・谷崎潤一郎・村上春樹……。ノーベル文学賞にノミネートされるような大物作家が数多く暮らしてきた。将来のノーベル文学賞候補として小川洋子の名が浮上していると聞くが、彼女も夙川上流の苦楽園に在住である。

この街から生まれた物語は、いわゆる文芸作品にかぎらない。妖怪漫画家・水木しげるの有名なキャラクター「鬼太郎」の原像が、その今津在住時代に誕生したことなど、まったくといっていいほど流布していなかった。それで私たちは、漫画評論家の村上知彦氏や、今津の郷土史家である曲江三郎氏らの協力を得て、水木しげるの西宮時代に焦点を当てて研究してきた結果、その旧居跡（今津水波町）に碑を建てることができたのである。ささやかな、一つの成果であった。

目次を一瞥されればわかるとおり、一流のジャーナリストや作家、各界の研究者の方々の協力を得て、〈西宮文学案内〉は続けられてきた。もちろん、これからも続行していく所存である。こうして、埋もれた物語を次々と陽の当たるところに出していった、その成果を一冊の本にまとめてみたいと、西宮市文化振興財団の水田宗人理事長に提案したところ、理解ある賛同を得て、本書を上梓する運びとなった次第である。水田理事長はじめ、同財団の皆さんに感謝したい。そして、西宮市民にとり貴重な一冊を丁寧に編集してくださった田中直哉・松下道子両氏はじめ関西学院大学出版会の方々に心から謝意を表するものである。

二〇一七年二月二十日

河内 厚郎

西宮文学案内　目次

1

涼宮ハルヒと村上春樹文学——西宮ゆかりの作品を解読する

二〇一一年七月九日　大手前大学 さくら夙川キャンパス

土居　豊（作家、文芸ソムリエ）

一九六七年大阪生まれ。一九八九年、大阪芸術大学芸術学部文芸学科卒業。二〇〇〇年、村上春樹論の連載により「関西文學選奨」奨励賞受賞。二〇〇五年、音楽小説作品『トリオ・ソナタ』が小川国夫、川本三郎から高く評価され作家デビュー。評論『『坂の上の雲』を読み解く！』『村上春樹のエロス』『いま、村上春樹を読むこと』など文芸評論多数。

「ハルヒとハルキ」とは？

会場で機材操作をしている人が、この大学の卒業生とのことです。ちょうど、アニメ『涼宮ハルヒの憂鬱』の放映が始まった頃に、この大学に在学していて「聖地巡礼」の経験があるそうです。それを聞いて、「『涼宮ハルヒ』の地元へやってきたなあ」と実感しました。

さて、皆さんは「村上春樹は知っているけど、涼宮ハルヒって何？」と思っているかもしれません。（講師が手に持っている）これが、先月発売になったばかりの『涼宮ハルヒの驚愕』（谷川流 作・いとうのいぢ イラスト）ですが、前後二巻セットになっているライトノベルで、発売後たちまちミリオンセラーになりました。しかも、ここ数年、社会現象となっている村上春樹の『1Q84』の部数を『ハルヒ』が抜いたとか抜かないとか、そのぐらい話題になっています。

ところで、この講演のタイトルは、「涼宮ハルヒと村上春樹文学」というのですが、「ハルヒ」と「ハルキ」は語呂がいいですよね。私は語呂合わせのように、「ハルヒとハルキ」といっています。[※1]

でも、これは意外なことですが、ライトノベル・アニメ『涼宮ハルヒ』と、村上春樹の小説を並べて論じた例、比較した例は、これまでありませんでした。ですが、そもそも、村上春樹の読者と『涼宮ハルヒ』ファンは、重なるのかどうか？　難しいところです。おそらくここの大学の学生さんであれば、『涼宮ハルヒ』は知っていると思います。アニメ版のテレビ放映はとっくに終わっていますが、映画版が公開されましたし、ネット動画で視聴も可能です。

ライトノベル「涼宮ハルヒ」シリーズの新刊『涼宮ハルヒの驚愕』は、今年の六月に出ましたが、前作から四年ぶりにやっと刊行されたわけです。発売予告が出たかと思うと延期になり、また延期になり、と延び延びになっていたそうで、ファンの間では「出る出る詐欺」などといわれていました。なぜ、なかなか出せなかったか？　前作の『涼宮ハルヒの分裂』は、話の途中で終わっており、続きを早く読みたいのに続きがなかなか出ない。実は、その間に村上春樹の『1Q84』が刊行され、大ベストセラーになったのですが、この二つの小説は話の発想がよく似ているんです。

たとえば、どちらも、世界が分裂する話で、二つの世界があるという物語です。村上春樹の愛読者であればご存じのように、世界が二つに分かれる話は定番ですよね。『世界の終りとハードボイルド・ワンダーランド』『海辺のカフカ』『1Q84』も同じパターンです。一方、「涼宮ハルヒ」も、同じく平行世界のお話になっています。だから、これは勝手な想像ですが、「ハルヒの作者は、『1Q84』の完結を待っていたのかな？　話がかぶらないように結末を変えたのかな？」などと、そんなことを思っています。

さて、そんな『涼宮ハルヒの驚愕』ですが、作者の谷川流インタビューによると、結末は初めから決まっていた、とのことでした。そうはいっても、やはり『1Q84』の第三部が出るのを待っていたのではないか？と思わせるぐらい、世界観というか描き方、ストーリーがよく似ています。両者を読み比べると実に面白い。

ライトノベル「涼宮ハルヒ」シリーズは世間でも話題になっていて、若い読者を中心によく読まれています。アニメ化されたシリーズのほうは、インターネットの動画を通じて、世界中で知名度の高い作品でもあります。ちなみに、私はたまたま産経新聞を購読していたので、「涼宮ハルヒ」シリーズのキャラクターが紙面に大きく登場している記事を見て、いささか驚きました。

世間によく知られたアニメ作品で、最近の代表例としては『けいおん！』という作品があります。これもブームと

※1　土居豊著『ハルキとハルヒ——村上春樹と涼宮ハルヒを解読する』大学教育出版、二〇一二年刊行。

なって社会現象化し、作品にまつわるさまざまなニュースが流れています。アニメ『けいおん！』の舞台であるということで、京都の楽器店の特集記事が新聞に載っているぐらいです。

この『けいおん！』の場合は、アニメの舞台背景にヴォーリズ建築が登場することでも話題になっています。ヴォーリズ建築の代表作の一つ、滋賀県の豊郷小学校校舎が、アニメ制作のロケ地になっているのだそうです。アニメの中では、小学校校舎を高校の校舎に見立てて描かれます。さらに、『けいおん！』のキャラクターたちが生活する土地の背景が京都郊外なので、おそらく京都府や京都市が「これは使える！」と思ったのか、昨年の国勢調査のキャンペーン看板では、『けいおん！』キャラクターが描かれています。また、ビジネス雑誌は世間で話題になっているものを見逃さないので、雑誌に『けいおん！』の付録がついていました。

このように、世間でいま、大いにブームになっているアニメ作品ですが、その筆頭にあげられるのが「涼宮ハルヒ」シリーズだと思っています。

西宮の風景と村上春樹、涼宮ハルヒに描かれた場面

画面に山の写真を映していますが、これはもちろん西宮市民であればご存じの甲山です。西宮市を代表する山ともいえます。「涼宮ハルヒ」シリーズの中には、甲山とおぼしき山が登場します。

少し説明しますが、「ハルヒ」のキャラクターに鶴屋さんという土地の名士の娘がいて、主人公たちと同じ高校に通っています。鶴屋家が所有している、甲山のような山は、通称鶴屋山と呼ばれているのですが、そこに宝探しに行くというストーリーです。[※2]

この鶴屋山のモデルといわれる甲山は、実は「涼宮ハルヒ」シリーズと村上春樹の小説をつなぐカギなのです。村

上春樹の作品にも、甲山が出てきたんじゃないか?と考えたわけです。つまり、村上春樹の『海辺のカフカ』に出てくるお椀山というのがあるんですね。ナカタさんという不思議な老人が幼い頃、超常現象に遭う場面で、子供たちがピクニックに行く山です。あの山のモデルは甲山ではないか?と想像できます。何しろ、お椀山という名のとおり、お椀を伏せたような形で、甲山を連想させるのです。「涼宮ハルヒ」に出てくる鶴屋山、そして村上春樹『海辺のカフカ』に出てくるお椀山、どちらも甲山をモデルにしていると仮定します。すると、「涼宮ハルヒ」の世界と村上春樹の世界がリンクするわけです。

話を「涼宮ハルヒ」に戻しましょう。画面に映しているのは西宮市立U中学ですが、このあたりはアニメ「涼宮ハルヒ」の背景として、アニメ制作会社にロケされています。原作者の谷川流は近辺で育っているので、この景色をずっと見てきたわけです。

ところで、「涼宮ハルヒ」について考えるとき、三月十一日の東日本大震災と切り離すことができません。大震災以来、アニメや漫画、小説などエンターテイメントの世界を語るときに、常にある種の後ろめたさがつきまといます。大震災のあとの悲惨な現実を目の当たりにして、日常的な楽しい時間を描いたこういうアニメや小説を語るのはどうなんだろうな、と複雑な思いがあるわけです。

そういう引っかかりを覚えながら、『涼宮ハルヒの驚愕』や村上春樹の小説を読み返すうちに、ふと気づいたことがあります。谷川流は若い頃、阪神淡路大震災を経験しているんです。それなのに、「涼宮ハルヒ」は西宮を中心に阪神間を舞台に描いた作品でありながら、震災の跡や震災を思わせるようなものはほとんど出てこないのです。まるで、何事もなかったかのように描かれています。

※2 『涼宮ハルヒの陰謀』谷川流 作・いとうのいぢ イラスト。

ちなみに「涼宮ハルヒ」シリーズのヒロインであるハルヒは、高校に入学したばかりの一年生です。「涼宮ハルヒ」シリーズが書かれたのは二〇〇三年ですが、その時点でハルヒは高校一年生、逆算すると、ハルヒが五歳のときに阪神淡路大震災が起こったことになります。作品中でハルヒが阪神間のどこかに住んでいたと仮定すると、幼い年齢ですが震災のことが記憶に残っているはず、と考えました。だとすると、作中に震災のことが一切ふれられないのは、ちょっと不自然です。

そこで、これはまだ仮説ですが、「涼宮ハルヒ」シリーズに描かれた西宮や阪神間には、もしかすると大震災は起きなかったのではあるまいか?と考えました。

なぜ、そういうことになるかというと、『涼宮ハルヒの憂鬱』をご存じの方はおわかりだと思いますが、ヒロインのハルヒは不思議な能力、というかほとんど女神様みたいな力を持っていて、この世界を創造し直してしまった、という設定になっています。ハルヒが高校に入学する三年前に何かが起こって、彼女は世界を全部新しくつくり変えてしまった、という話で、この作品はSF小説でもあるわけです。

そこで考えたのですが、ハルヒが世界をつくり変えたとして、幼少期に阪神淡路大震災を経験している彼女が、その悲惨なできごとを、すべてなかったことにしてしまったのだとしたら?

さらに考えてみたいのですが、もし自分だったらどうでしょう? 大震災を経験したのち、世界をつくり変える力を突然得たとします。震災そのものをなかったことにしてしまいたくなるのではないでしょうか。そんな妄想を抱いたわけです。

いま映している写真は、「涼宮ハルヒ」シリーズの背景によく出てくる場所です。U中学のグラウンドですが、これは物語中で、ハルヒが中学一年生のときに忍び込んで不思議な地上絵を描いた場所です。

次に西宮北口の駅周辺です。駅前ロータリーの広場が工事で変わってしまいましたが、アニメ『涼宮ハルヒの憂鬱』

の中に、以前の西宮北口の駅前広場が何度も登場します。主人公たちの待ち合わせ場所になっているのです。

この喫茶店は西宮北口の商店街にある「珈琲屋ドリーム」で、アニメ版でほとんどそのまま描かれています。この店にハルヒたちがたむろして、いろんな相談をする場所として描かれたお店です。

この川は、津門川《つとがわ》と読みます。用水路に毛が生えた程度の細い川です。物語の中で、この世の不思議なものを探索するというエピソードがあるのですが、その背景に使われます。ただ、場面では夙川の河川敷を歩いていることになっています。実際の夙川は、西宮北口駅前から歩くには遠いので、位置関係だけは津門川を使っているのだと思います。つまり、作品中の夙川は、西宮北口の駅近くになっていて、デフォルメされているわけです。

このように、作中で改変された西宮の風景が使われるのですが、これは実は、大きな意味があります。どういうことかというと、作中でハルヒが世界を再創造したときに、自分の住む街を望むように変えてしまったのではないか、と考えているのです。「涼宮ハルヒ」に描かれた街は、ヒロインのハルヒが女神のような力でつくり変えた、ハルヒ好みの街・改変された西宮なのではないか、という仮説です。

突飛な考えかもしれませんが、実はそうでもありません。実際に、現実の街の風景も、どんどん変わっていきます。もちろん大震災の前とあとで、西宮の風景は大きく変わりました。そうやって変化していく風景を、この物語のヒロインが、理想的な形で守っているのかもしれない、というように考えることもできるのです。

事実、アニメ版『涼宮ハルヒの憂鬱』の背景として描かれた西宮の風景は、その後、現実には変わってしまった場所も数多くあります。西宮北口の駅前公園も、いまは違う風景になってしまったのですが、少なくともアニメの中には、かつてのその場所が永遠に保存されているのです。

小説に描かれた「大震災」以前の風景

さて、このあたりで、谷川流「涼宮ハルヒ」と村上春樹を結びつける一つのカギとなる場面を見てみましょう。これは映画版『涼宮ハルヒの消失』の一場面ですが、ヒロインの一人、長門有希が読んでいる本が、なんと村上春樹の『世界の終りとハードボイルド・ワンダーランド』です。

「涼宮ハルヒ」シリーズと村上春樹作品に共通する阪神間の風景は、先に取り上げた甲山や夙川以外にも、いくつもあります。両者に共通する阪神間という点では、震災に関する場面が登場しないということも、奇妙な一致だと思います。

画面に映しているのは、阪神淡路大震災で破壊された神戸港の岸壁を保存してある、メリケン波止場の震災メモリアルパークです。

村上春樹の作品に登場する阪神間の風景は、現在の阪神間ではなく、震災以前の風景がほとんどです。初期の作品『風の歌を聴け』『1973年のピンボール』『羊をめぐる冒険』、これらには阪神間の風景が多く出てきますが、大震災以前、十代の村上春樹が阪神間に在住だった当時のイメージで書かれています。『風の歌を聴け』を大森一樹監督が映画化した作品中にも、震災以前の阪神間、神戸の姿が映像に記録されています。貴重なフィルム、震災以前の映像なのです。つまり、村上春樹の描いた阪神間の風景は、実は失われてしまっているわけです。

画面のこれは、芦屋の海岸沿いのマンション群です。これは『羊をめぐる冒険』の中に登場する風景ですが、『羊』のもとになった『5月の海岸線』という短編があり、その中ではいっそう印象的に描かれています。マンション群を「巨大な火葬場のような」という比喩で描いているのですが、村上春樹が阪神淡路大震災を予言していた、といわれるゆえんです。

ただ例外的に、『海辺のカフカ』には、震災後の神戸がちらっと出てきます。それは、ナカタさんが四国へヒッチハイクをして移動していく場面です。トラック運転手の青年・星野が、ナカタさんを乗せてあげて神戸まで来ます。星野は、神戸の百貨店に商品を荷下ろしするためにトラックを神戸で停めるのです。その場面で、神戸の港の風景や、肉体労働者たちのたむろする定食屋が出てきます。その場所は神戸ではあるのですが、初期三部作で描かれた神戸とは、印象がまったく異なります。港周辺の雑然とした、小汚い感じの場所として描いているのです。しかも、神戸では長居せず、ナカタさんと星野はすぐに四国に行くことになります。神戸はほとんど素通りされてしまっているわけです。

『海辺のカフカ』に出てくる神戸の印象は、村上春樹が自分の育った場所を愛情こめて描いたというようなものではありません。逆に、神戸を避けている雰囲気があります。なんとなく描きにくいのかな、という気がするのです。さらに、『海辺のカフカ』の中で、カフカ少年は明石海峡大橋経由ではなく、瀬戸大橋まわりで四国へ渡ります。まるで神戸を避けたかのようになっているのは、何か意味があるような気がしております。

実際、『カフカ』では、神戸を描く必然性がないようにも思います。別に、神戸でなくてもよかったような気がするのです。トラックの荷下ろしをするだけだから、神戸でなくても、大阪でも名古屋でもよかった。それなのに、あえて神戸を選んでいる、そこが作者のちょっと屈折した心情であるような印象を受けました。

さて、失われた阪神間の風景写真をいくつか用意しました。

これは岡本あたりの六甲山です。谷崎潤一郎ゆかりの鎖瀾閣《さらんかく》があって、震災で崩壊したのを復元するという話があったんですが、頓挫したままのようです。このように、歴史的な風景も一度失われてしまうと、なかなか元どおりにするのは難しい。

「阪神間の落ち着いた住宅街」というような決まり文句がありますが、実は建て直された住宅のほうが多いという気がします。芦屋の山手の風景も、これが村上春樹『風の歌を聴け』に描かれた芦屋の風景なのだと思って見ることはできるのですが、現実には、どんどん建て替えられていきますね。芦屋の町並みも、村上春樹が描いた風景とはすっかり変わっているのではないか、と思うのです。村上春樹作品の雰囲気を感じながら阪神間を歩いているつもりでいて、実はまったく違う風景の中を歩いているのかもしれません。そういうことを考えてみると、失われた風景というのは、小説の中にしか、あるいは人の心の中にしか存在しない、ということができると思います。

まさにそれが、先ほど述べた「涼宮ハルヒ」の中で描かれた、失われた風景ということなのです。

村上春樹の描いた西宮の知名度は?

『海辺のカフカ』の中に出てきた、謎のジョニー・ウォーカーさんという人がいましたね。それからカーネル・サンダースが出てきたりします。あのへんは、読者の好みが分かれるところです。もし、「村上春樹の本をまだ読んだことがなくてどれを読んだらいいですか?」という質問を受けた場合に、私は間違っても『海辺のカフカ』や『1Q84』は薦めません。なぜかというと、やはり読者の小説の好みというものがあるので、いきなりジョニー・ウォーカーとかカーネル・サンダースが出てくる時点で、それ以上お話についていけない、ということがある。『1Q84』にいたっては、必殺仕事人じゃあるまいし、針を刺してうまいこと痕跡を残さず殺す女暗殺者が出てきて、一体何なんだ?みたいな受け取り方になってしまいかねません。だから、村上春樹の最近の作品を最初に読むのはお薦めできません。もう少しわかりやすい、とっつきやすい作品から入るほうが無難だと思います。

たとえば、『ノルウェイの森』なんかは書き方がリアリズムで、お話もわかりやすく、抵抗なく読めると思います。

でも『ノルウェイの森』を読んで、村上春樹が好きになるかというと、それはまたちょっと違うかもしれない。
初期の作品か、あるいはいきなり『世界の終りとハードボイルド・ワンダーランド』を読むというような究極の選択もあります。また、読みやすい作品というところでは、『ダンス・ダンス・ダンス』は、『羊をめぐる冒険』と続けて読むほうがわかりやすいですが、おそらく単独でも普通に読めるでしょう。読みやすいし、それでいて村上春樹っぽいところがすごく出ている作品だと思います。

ところで、本題に戻りますと、『海辺のカフカ』のカフカ少年は、家出をして東京から四国へ行きます。「どこでもいいけど、とにかく南へ行こう」ということで、南へ行くと服装に困らないし、寒くないほうがいいから南へ行くのです。あまり大きな町ではないほうがいいという理由もあって、大阪、神戸あたりは素通りされてしまって四国まで行くわけです。

この小説を読んでいて、一瞬思ったのは、「カフカ少年が奈良へ行ってもよかったのにな」ということです。村上春樹と奈良というのは、ほとんど関係なさそうに思えますよね。でも、奈良は村上春樹の作品中、なぜか突然出てくるんです。『風の歌を聴け』で、副主人公の鼠が、女の子を誘って奈良の古墳を見に行く回想シーンがあります。非常に印象的な場面でした。村上春樹と奈良のつながりは、意外に盲点ではないかと思ったりもします。

村上春樹作品と土地の関係は、掘り起こそうと思えばいくらでも掘り起こすことができます。西宮が村上春樹の故郷だといっても、うかうかとはしていられないんじゃないかな?ということを思っています。実際に、村上春樹の小説に西宮の風景描写が出てくるのは、案外少ない。だから、西宮の生んだ村上春樹ということをいいたいのであれば、油断していられないと思います。ほかの地方にとられないうちに、どんどん春樹のゆかりの街であることをアピールしましょう。『海辺のカフカ』に登場するお椀山とおぼしき甲山も、作品中では山梨県の山ということですから、とられないうちに公式に発言しておいたほうがいいと思いますよ。

「春樹とハルヒ」の共通点は、失われた阪神間

そろそろ本日のまとめに入ります。

「ハルヒとハルキ」という最初の語呂合わせに戻りますが、村上春樹の作品と涼宮ハルヒ、どこでその二つがリンクするか?ということです。風景としては、先ほどの夙川であったり、甲山であったり、共通の視点で描かれた風景というのはもちろん両方の作品の中にあります。

でも、それだけではなくて、村上春樹の作品も、先ほど述べた「涼宮ハルヒ」の場合と同じく、阪神淡路大震災以後の阪神間というのは意外と出てこないのです。村上春樹が描いた阪神間は、あくまでも大震災で失われてしまう前の、思い出の中の阪神間です。作者の心の中に生きている昔の阪神間を、作中に描いているのです。

その例として、『海辺のカフカ』の中の、神戸の描き方を読んでみてください。なにか、ものすごく屈折したようなところを感じると思います。わざときれいに描いていない。いまの神戸を避けて通るようなところが感じられます。震災以後失われてしまった土地、というイメージで、いかにも即物的な、ごく普通の港町、労働者の集まる町、という印象で神戸が描かれています。

同様に、「涼宮ハルヒ」の中に描かれた西宮、阪神間は、震災がなかった世界の西宮ではないか、というのが私の仮説です。ヒロインのハルヒが世界を再創造したときに、ハルヒの故郷・西宮には震災がこなかったことになったのではないか。震災がなかった幻の世界を描いたのが「涼宮ハルヒ」という作品なのではあるまいか。

この仮説は、今後、もう少し掘り下げて考えていこうと思っています。

今日の講演は、村上春樹の世界と涼宮ハルヒの世界をいろいろ重ね合わせたり、どこでつながっているかといった

ように、さまざまな妄想を語ってみました。

ハルヒも宇宙を創造したことになっていますが、村上春樹の作品の中にも別の宇宙が出てきます。『羊をめぐる冒険』の中に「いとみみず宇宙」というものが出てきてなかなか面白いのですが、この二人、谷川流と村上春樹の描く世界は、こういうところもけっこう近いのではないか、というのが今日、お話ししたかったことです。

本日はどうもありがとうございました。

■「涼宮ハルヒ」についてもう少し

谷川流『涼宮ハルヒ』を生んだ西宮の風景

二〇一二年十月二十七日　西宮市大学交流センター 大講義室

「涼宮ハルヒ」に描かれた西宮の風景

谷川流『涼宮ハルヒの憂鬱』という作品は、主人公のキョン君という男子高校生が語り手になっていまして、涼宮ハルヒという美人女子高生と出会い、いろんな仲間が増えて、冒険が進んでいくという、いわゆる学園ものです。原作のライトノベルがベストセラーになり、アニメ版でヒロインを演じた声優も歌手としてブレイクするなど、社会現象となっています。

西宮の風景と「涼宮ハルヒ」の作中の風景はけっこう似ていて、アニメ版では制作スタッフが西宮の現地で撮った写真をもとに背景を描いています。たとえば、村上春樹の作品中に芦屋の河口の風景が描かれているなど、阪神間を舞台に描いた小説がありますが、「涼宮ハルヒ」シリーズのような若い人向けのライトノベルでも、意外に西宮の風景が描かれているということを知っていただければと思います。

ライトノベル「涼宮ハルヒ」シリーズに出てくる主な地名は、たとえば「夙川」をわざと「祝川」と書いています。「甲陽園」も一文字だけ変えて「光陽園」となっています。また、「北口駅」というのが出てきて、これを関西の阪神間の話だと思って読むと、「北口駅といったら西宮北口駅しかないじゃないの」ということになるわけです。作品を読むとどこの北口駅かわかるようになっているところがあるのでご紹介します。

北口駅はこの市内の中心部に位置する私鉄のターミナルジャンクションということもあって、休みになると駅前はヒマな若者たちでごった返す。そのほとんどは市内からもっと大きな都市部に出て行くお出かけ組で、駅周辺には大きなデパート以外に遊ぶ所なんかない。

（谷川流『涼宮ハルヒの憂鬱』角川スニーカー文庫、二〇〇三年、一三八頁）

これが関西なら、市の中心部に位置する私鉄のターミナルジャンクションで北口といったら西宮北口駅しかないですね。神戸、大阪も北口駅なんてないですから、関西で北口駅といったらすぐわかります。

また、「駅周辺には大きなデパート以外に遊ぶ所なんかない」という部分の大きなデパートというのは、おそらくアクタ西宮のことをイメージしているのではないかと考えられます。というのも、この作品が書かれたときには、まだ阪急西宮ガーデンズが建てられてなかったですから。

▲ 阪急神戸線西宮北口駅前の広場

ところで、「涼宮ハルヒ」シリーズが関西の話だと断定できる部分があります。

ヒロインのハルヒが、子供の頃に父に連れられて野球を観に行く回想シーンがあります。その野球場は、満員で五万人入る規模なのです。五万人入る野球場っていうのは、実のところ甲子園球場か東京ドームしかないんですよ。この作品は地方都市での話なので、ハルヒが連れて行かれたのは甲子園球場しかありえない。よって、これは関西の話だとはっきりするわけです。

ほかに、桜の時期の夙川の様子も出てきますし、甲陽園駅から歩いて高校へ通学する描写もあります。学校は山の上にあって、非常に急な坂道を毎日上り下りするという設定になっています。

西宮北口駅の北側に広場があり、作中で主人公たちが集合する場所として描かれています。この集合場所から喫茶店に行って、そこでたむろしているというシーンが多いんです。このシーンに登場する喫茶店のモデルが「珈琲屋ドリーム」という、西宮北口の商店街に昔からある喫茶店です。アニメ版の背景を見ると、この店の店内まで細かく表現されていて、店を知っている人ならば一目瞭然なんです。作者の谷川流がこの喫茶店の常連だった

▲ 阪急甲陽線・甲陽園駅

ので、アニメ化するときに制作スタッフと一緒にロケしています。喫茶店のマスターにも、「ここがアニメ化されるんです」と説明があったとのことで、この店は作者公認の作品モデルといえましょう。

「ハルヒ」の作者・谷川流は西宮育ち

西宮まちたび博のイベント「ＳＯＳ団・ｉｎ西宮に集合よ！」の会場に、谷川流のメッセージが寄せられています。「西宮まちたび博に寄せて、自分と西宮」という、かなり長文の文章がパネルで飾られています。西宮育ちの原風景があってそれが作品の中に生かされている、というようなことを、作者自身がちゃんと解説しています。

▲ 喫茶店・珈琲屋ドリーム

Ｕ中学という西宮市立の中学校が作者の出身校ですが、「涼宮ハルヒ」の中に「校庭落書き事件」というエピソードが出てきます。その中で謎の絵文字が描かれたグラウンドというのが、Ｕ中学のグラウンドだということです。そこで、大体どのへんの場所を作品の舞台に使っているかがわかってきます。「涼宮ハルヒ」を書くときに西宮の原風景を再現しているということが、作者自身のメッセージでも裏づけられました。

また、西宮を代表する風景といえば甲山ですが、「涼宮ハルヒ」に出てくる鶴屋さんという大金持ちの令嬢がいまして、彼女の家が所有している鶴屋山というのが出てきます。主人公たちが通う県立西宮北高校との位置関係を考えると、おそらく甲山がモデルであろうと考えられます。このように、作品の背景をいろい

▲ 西宮を代表する風景・甲山

▲ 涼宮ハルヒに描かれた中学校のグラウンド

ろと想像してみるのが楽しいわけです。

アニメを制作するために、作者が持つ原風景のイメージを参考にしているということが明らかになっている以上、西宮がアニメ「涼宮ハルヒ」シリーズの背景のモデルだといえるのです。

谷川流のライトノベルには故郷・西宮の風景が描きこまれている

谷川流の作品に『学校を出よう！』というのがあり、これにもいくつか西宮らしき描写が出てきます。これはＳＦ小説で、超能力を持った子供たちが山の中の学校で生活しているという設定のお話です。山の中の学校からバスで下りてきて町に到着するというシーンがあり、これがいかにも西宮らしい土地柄です。作者が育った西宮の山手からバスに乗って、西宮北口か夙川のあたりに下りてくる路線を彷彿とさせます。その駅の描写も出てくるのです。

各駅停車しか止まらない、周囲はほとんど住宅地というこの駅の利用客は、この昼過ぎの時間帯には用がないと見えてプラットホームに立っているのは僕と優弥の二人だけというガラガラぶりである。

（谷川流『学校を出よう！』電撃文庫、二〇〇三年、一五四頁）

これはおそらく阪急神戸線夙川駅ではないかと考えられます。バスで山を下りてきて夙川駅に着くという、いかにも西宮を彷彿とさせるような路線描写です。このように谷川流の場合、「涼宮ハルヒ」シリーズ以外の作品にも西宮が描かれています。

この会場にある谷川流のメッセージには、「涼宮ハルヒ」シリーズを「一九九〇年前後の西宮を思い出して書いた」とあります。

その当時、この会場のアクタ西宮はなかったですから、阪神淡路大震災以前の西宮を知っている人であれば、それはわかりますね。そうと知らない人であれば、駅の近くの大型店舗としてアクタ西宮を想定するでしょうし、もっと若い世代の人なら阪急西宮ガーデンズを想定するでしょう。作者が描いた原風景と、実際に読者が思い描く風景のあいだの時差といいますか、ギャップが段々開いていくといえます。

小説中の図書館も、作品の中では西宮北口に図書館があることになっていますが、実際には、当時はなかったわけです。作者が想い描いた物語の風景と、読者が想像する風景との差、ギャップが、作品の背景モデルを探すときの楽しみであり、作者の描いた風景を想像する楽しみでもあるといえます。

▲ 阪急神戸線夙川駅のホーム

▲ 小説中に描かれた西宮市立中央図書館

2

小松左京の西宮マップ

二〇二二年五月五日　西宮市大学交流センター 大講義室

かんべむさし（小説家、ＳＦ作家）

一九四八年兵庫県出身。関西学院大学社会学部卒業。広告代理店勤務を経て、一九七六年より作家となる。一九八六年『笑い宇宙の旅芸人』で、第七回日本ＳＦ大賞受賞。近著に、ラジオのパーソナリティー体験を題材にした『ミラクル三年、柿八年』（小学館文庫）がある。日本文藝家協会、日本ＳＦ作家クラブ名誉会員。

夙川・今津・甲東園時代をクローズアップ

私が小松さんにご面識をいただいたのは一九七五年のことで、昨年（二〇一一年七月）亡くなられるまでの三十六年間、おりおりにうかがったいろんなお話や身辺エピソードなどをまじえながら、お話しさせていただきたいと思います。

小松さんは一九三一年に大阪市西区の京町堀で生まれました。お父さんはもともと千葉県、お母さんは東京の方で、関東大震災前後にこちらに来られた。お父さんは薬学の学校出身ですが、理化学関係のお商売をしてはって、そういう関係の工場を経営されるようになり、工場を持たれるのと前後して西宮へ引っ越されたんですね。小松さんはわりに引っ越し魔で、大阪で生まれて、幼稚園から小学校にかけては、夙川に来て、尼崎に移り、また夙川に戻ったと自伝に書いてあります。それから太平洋戦争中、旧制中学の時代に同じ西宮市内で今津の駅前に引っ越して、そこで空襲に遭う。

旧制神戸一中から、戦後は旧制の三高へ進みました。京都ですから寮に入りはったんですが、旧制高校は学制改革で一年間で終わってしまい、また試験を受け直して新制の京都大学に入りました。でも、卒業したけど就職がうまくいかず、経済関係の業界誌に入ったり、お父さんの工場を手伝ったり。今津のご自宅がまだあったので、その頃はそこにいらしたのかもしれません。その後、結婚して甲東園のアパートに移りはりますが、年譜では、甲東園の前に甲子園の時代があったようにも書いてあります。で、甲東園で長男さんがお生まれになって、そのあとは今津で同居しはったみたいです。

その後、お父さんの仕事の都合で一家あげて京都へ引っ越したけど、会社がうまくいかなくなってきた。小松さんも工場長になって奮闘するんですが、結局つぶれたんで京都を引き払って戻ってきて、ラジオの台本を書いたり、いろんな仕事をする。その頃は伊丹の稲野に住んではって、それから尼崎の富松に移ります。小松左京という名前で産経新聞に書いたりＳＦマガジンに載りだしたのは伊丹と尼崎の時代が多かったんですが、名前が売れてきて立場も確定してからは、箕面へ引っ越さはります。最初は阪急箕面駅の近くでして、次に同じ箕面の奥のほうへ移り、以後長く住まれて、結局はそこで亡くなられたわけです。ただし今日は「小松左京の西宮マップ」というタイトルでお話をするわけですから、あちこち引っ越した中の西宮時代、夙川と今津と甲東園関係をクローズアップして紹介いたします。

まず背景に阪神間の街の発展があった

人間の成長には環境というものが非常に大きく影響しますね。自分の家族、家庭環境、もちろん両親や祖父母の遺伝もありますけど、小さい頃に住んでいた町とか、その土地の雰囲気の影響は当然あって、さらにはそれがいつの時代であったかという時代の環境、歴史環境もある。もちろん小松さんも、それらに大きな影響を受けてはるわけです。そして小松さんの戦前戦中戦後にかけてを一言でいいますと、いい環境で坊ちゃんとして育ってたのが、戦争でむちゃくちゃにされたということになります。小松さんが生まれる前後の阪神間、西宮というところが、どんな具合に発展した街かを簡単に紹介いたしますので、皆さん頭の中で想像してください。そして、そこで小松実《こまつみのる》という子供が育ってたんだと思ってもらうと、話がわかりやすくなります。

大阪・神戸間にいちばん早く走った汽車は、もちろんいまのＪＲ、前の国鉄です。戦前は鉄道省、もっと昔は鉄道院といってたと思いますけど、明治七年にはもう大阪・神戸間を走っています。ただしこれは大動脈として東海道線を通すためのものですから、あんまり街々を細かく停まるような汽車じゃなかった。でも、明治五年に新橋・横浜に初めて汽車が通った、その二年後にはちゃんと阪神間にも通ってるんですね。その次に阪神間のベルト地帯に通ったのは阪神電車で、明治三十八年、日露戦争のときです。大阪・三宮間を、すでにある街を縫うようにしてレールを引いていったから、「福島」や「野田」「尼崎」と、あそこの路線はくねくねしてますね。そのあとが阪急の神戸線です。阪急はもともと箕面有馬電気軌道といって宝塚線がメインで、神戸線の開通は一九二〇年、大正九年です。当時のことですから、田んぼの中を一直線に突っ切って神戸線を通した。そのときに夙川駅も西宮北口駅もできたんです。「梅田」を出て「西宮北口」に停まって「三宮」とか、そういう特急を走らせたのが昭和一桁か十年くらいで、梅田と三宮を三十分で走った。当時としたらすごいスピードですね。

しかし、田んぼの中を走るわけですから、これをどうやって商売にするのか。日本中の私鉄経営の先駆けとして有名な話ですが、阪急の小林一三さんは沿線開発をやりました。その大きな柱が二つあって、一つは、都心から遠距離のところに遊園地や温泉などのレジャー施設をつくる。もう一つは、途中に宅地造成して住宅を建てて郊外住宅を売り出す。西宮の昭和園や甲東園とかはそれでして、なぜそういうふうに郊外住宅ができてきたかといいますと、大阪が明治以降、東洋一といわれた工業都市になったことと関係しています。船場なんかで商売していた人は、店の裏に行ったら居宅があるという職住一致だったのが、市電は通るしビルは建つし工場の煤煙はかかってくるというので、住む環境としてはあまり良くなくなってきたということがあり、お金持ちから順番に郊外へ移りだした。神戸線の芦屋や夙川にもどんどん移ってきたんです。一方、神戸のほうは幕末の開港以降、貿易商社や工場ができて発展し、お金持ちが増えてきた。第一次大戦中の造船ブームで大儲けした人たちも、神戸の山のほうや須磨のほう、芦屋とかに大別荘を建てた。そういうふうに都市が拡大するにしたがって、郊外へ郊外へと人口が移ってきた。それが阪神間の都市の、新興住宅地区のもともとの成り立ちです。

家庭や教育の環境も恵まれていた

戦前の傾向として、お金持ちたちは自分で家を建て、中流階級は借家住まいが多かった。このへんにかぎらず東京でもそうです。大正から昭和以降、都会で働くホワイトカラーが増えてきて、当時でいえば旧制の中学や高校を出たとかエリート側の人たちですけど、それでも家は借家のほうが多かったらしい。小松さんは尼崎で幼稚園に入ったけど、西宮へ引っ越し、若松町というところに住んではった。阪急神戸線を夙川から北口へ向かって行く車内から見たら山側すぐの、コープ神戸や、みそら幼稚園の見えるあたりが若松町で、木造二階建ての部屋数の多い立派な家だったそうですが、お父さんが工場を経営してたくらいなのに、そこも借家だったそうです。

で、その家で小松さんは幼稚園に通いだすんですが、尼崎で入った幼稚園は優しくて美しい先生で楽しかったのに、夙川に移ってからは、仏教系の白蓮幼稚園という園の園長先生がいかつい顔したおばあさんで、いっぺんに嫌になってしまった。それで幼稚園へ行くふりをして、近所で花を摘んだりして遊んでたという。昔ですから親がついて行くわけじゃなく、勝手に行ってたからできたことでしょうが、二、三日ですぐばれてしまったそうです。

ご兄弟が多くて全部で五男一女。小松さんは次男ですが、小松さんも含めて二人か三人かが京大へ行ってはる。小松さんは文学部でイタリア文学専門ですが、ほかのご兄弟は工学部で冶金を専攻するとか理科系のほうです。でも、お兄さんから雑誌や本に載ってるいろんな物語なんかも教えてもらってたそうです。お父さんも薬学出身で、理化学の工場を経営してらしたから、知的な環境だし、生活に困ることもない。ぼんぼんです。ねえやと呼ばれるお手伝いさんがいて、小松さんが腕白して親に怒られたりしたら、かわりにねえやが土下座して謝ってくれたという。小松さんは、女性に悲しい目をさせたらいかんなと、子供心に思ったと書いてはります。環境のいい夙川に住んで、お兄さんは頭のいい人で、ねえやもいる。住環境、家庭環境は非常に良かったんですね。

それからもう一つ、小松さんをつくっていくうえで大きな影響を与えたお母さんが、とてもしっかりした、いい意味の教育ママだったそうです。勉強せえと叱るんじゃなく、教育というものを非常に重んじて、環境を整えるというタイプ。若松町は阪急の線路の北側ですから、小松さんは大社小学校に入った。昔のことですから崖崩れがあったり、蛇が出てくるところなんかを通ったそうですが、一学期が終わった秋から安井小学校へ転校したそうです。なんでかというと、いろいろ説があるそうです。崖崩れが危ないから母親が心配したという説があり、小松さんが蛇のぬけがらを持って帰ったら、お母さんが気味悪がって、そんなところに通わせられないと移らせたという説もある。同じ大社小学校へ行ってるお兄さんがあまりに腕白なので、その担任の先生から「弟さんは別の学校へ行ったほうがいい」といわれたからという説もあると、自伝に書いてはる。本当のところはどうも、その当時、安井小学校のほうが教育環境が良かったらしい。それで母親が転校させたんだろうと小松さんも推測してはります。

遊びや文化、ラジオ番組なども経験した

そんなわけで大社小学校へ入ってから、安井小学校へ移りました。満州事変が昭和六年で、それから戦争の時代に入りますけど、まだ国力も文化も豊かで、みんなが楽しくすごせる機会もあった。戦前の絶頂期といいますか、昭和十年代にはまだそういう環境があって、ましてや阪神間ですから、小松さんは幼児体験でそういう時代からの影響を受けてはるわけですね。対談やエッセイに出てきますが、西宮北口の日芸会館と書いてはりますけど、そことか西宮戎神社とかで文楽をやってて連れて行ってもらったり、もちろん映画なんかも連れて行ってもらったし、香櫨園の浜は海水浴場として賑わっていて、子供の足で三十分くらいで行けたので、よく泳ぎに行ったそうです。当時の懐かし

いお菓子をあげてはるなかで、海水豆というのがおいしかったそうです。乾燥空豆を手ぬぐいか何かにくるんで褌に結びつけて泳いでると海水でふやける。ふやけると食べやすいし塩味でおいしいと、そんなのも懐かしいと書かれています。香櫨園にしろ打出の浜にしろ昔は水がきれいでした。戦後の高度成長期の工業化以降汚れて、海水浴場は軒並み閉鎖になりましたが、それまではあちこちから客が来ていました。いろんな会社の海の家もありましたしね。

それから、これも安井小学校時代の話ですが、戦前の日本社会の絶頂期だったとき、小松さんは現在のＮＨＫ、当時の日本放送協会の大阪放送局でラジオ番組をやりはったんですね。小学五年のとき、昭和十六年の四月にそこで「子供放送局」という番組ができて、その司会進行役に小松実少年が西宮の小学校から選ばれたんです。私それを聞いたとき、いろんな小学校から順番に出るのに選ばれたのかなと思ったんですが、メインパーソナリティーは小松さん一人で、週一回、土曜日に三十分か四十分の番組。子供たちの朗読があったりクラシック音楽の演奏があったり、それを仕切って進行役を務めたという。

これは安井小学校の音楽の先生が当時の大阪放送局の担当者と友達だったとかで、小松さんが推薦されたそうです。なぜかといいますと、お父さんは千葉県、お母さんは東京ですから標準語が喋れたんですね。家でご両親が喋る標準語が耳から入ってますので、当時子供を起用して番組をやるとしても、関西で標準語が喋れる子供なんて珍しいですからね。それで一人で阪急に乗って梅田へ出て、馬場町にあった放送局に通った。それが面白かったし楽しかったと思い出を書いてはりますが、この番組は昭和十六年四月に始まり、十二月に太平洋戦争が始まったので中断になりました。

戦争中は空腹・疲労・地獄の時代だった

そんなふうに非常に良い環境の中で神戸一中に入った、その次の年に今津に移ります。昔は旧制ですから中学は五年制ですね。小学校を出たあと、十二歳で入って、いまの高校二年までは中学に通う。最初の一年は夙川から、次の四年間は今津から阪急で通いはった。神戸一中は名門校だけれども、スローガンが質実剛健じゃなくて「質素剛健」だったそうで。六甲山系のすぐ下にあって、六甲おろしの強風が吹き下りてくるのに、冬でも運動場に立って、お茶も何もなしでお弁当食べさせられたという。そういう伝統のある学校ですが、すでに太平洋戦争が始まってますから、ますますえげつなくなってきて、配属将校が生徒を殴り倒すわ、教師も軍人に迎合して生徒たちをめちゃくちゃに扱うわ、ひどい時代になってたわけです。

神戸一中へ通ってたときの、小松さんの仇名が「うかれ」。すぐ浮かれるからということで、「いちびり」やったんですね。私が当時の話を聞かせてもらって、「それは小松さん、そこまでやったら、どつかれるでしょう」と思うことをしてはる。たとえば職員室に呼ばれて先生に説教されてビンタはられて、にもかかわらず、先生が椅子に座ろうとしたとき椅子を引いたんで、先生がもののみごとにひっくり返って、またどつかれたという。「それは教師もなお怒りますよ。反抗したんですか?」と小松さんに聞いたら、「いや。つい引いてしもたんや」。まあ、いちびりというのはそんなものですけどね。

そうかと思うと、正月の元日の朝、日の出前に学校に集まって運動場に整列して日の出を拝む。そのあと皇居のほうへ向かって遙拝するのかな。とにかく、みんなきちんと並んでシーンとしてます。ところが小松さん、いよいよ日が昇ってきたら、あきれたボーイズの「地球の上に朝が来た」という歌を大きな声で歌ってしまった。シーンとした元旦の儀式のときにですよ。それでまたどつき倒されて、むちゃくちゃな時代にむちゃなことをしていたので、神戸一中には楽しい思い出とともに、ひどい仕打ちを受けた記憶もたくさんあるそうです。小松さんは人を憎んだり根に持ったりする人じゃありませんが、教師に普通にどつかれるのは仕方ない、配属将校がどつくのも仕方ないと。でも、その尻馬に乗って自分をいじめ倒した教師が終戦になったら、「私は実は民主主義者でして」とかいいだした。これだけは小松さん、最後まで許してはらへんかったみたいです。よっぽどひどかったんでしょうね。

そんな中で昭和十九年に今津に引っ越します。二十年に入ると、いよいよ空襲が本格化してきた。大阪はバンバンやられてますし、神戸も三菱や川崎の造船所などがあるから当然爆撃されます。小松さんは勤労働員で神戸一中から川崎造船所へ行って、小型の潜水艦なんかをつくる現場にまわされてたらしい。そして空襲の範囲がどんどん広がってきて、ついに阪神間の住宅都市にも及びだしました。西宮の初めての空襲は昭和二十年五月で、五月から八月の終戦までに五回やられた。その中で一番ひどかったのは八月五日から六日にかけての空襲で、いまのＪＲの線路から南側がほとんど丸焼け状態になったそうです。そんな状況の中で小松さんは川崎造船所に行ってたんだけど、空襲で電車が止まりますので、くたびれてるし食糧不足で腹も減ってるのに、今津まで二十キロくらいを歩いて帰ってきたという。おまけに、くたくたになって寝てると夜間の空襲があったりして、その翌朝、また神戸の動員先へ行かないといかん。常に疲れてて、腹も空いてるという、悲惨な戦争末期だったそうです。

今津の家は大きな家だったんですが、お母さん妹さん弟さんは疎開してはった。お兄さんは行った学校の関係で名古屋の工場に勤労動員されてて、今津の家にはお父さんと小松さんが二人で住んでました。お父さんは仕事で出張に行ったりする。八月五日か六日の大空襲のときだろうと思いますが、小松さんは一人で今津の家の留守番をしていた。阪神電車本線の北側の津門宝津町で、いま、クリーニング屋さんがありますが、そこで一人で留守番をしていた夜に空襲に遭い、焼夷弾が雨あられと降ってきたそうです。屋根に落ちた焼夷弾が軒先に引っかかっているのを一人で叩き落として、火を噴いてるのを濡れたムシロか何かを被して消したりして、みごとに家が焼けずにすんだそうです。

戦争中は阪神間も軍需工場地帯になりました。鳴尾の浜も戦前は競馬場があって運動公園があり、甲子園球場ができる前はそこで全国中等学校野球大会、いまの高校野球が行われていた。それを全部つぶして川西航空機の鳴尾工場にして、飛行機をつくっていたわけです。競馬場も廃止になって試験飛行用の飛行場になる。宝塚のいまの阪神競馬場のところにも川西航空機の大工場があった。甲子園球場も接収されて、戦争中は観客席が高射砲の陣地、グラウンドは野菜畑。最末期には甲子園球場の近くにあった国際試合もできるテニスコートが、防空戦闘機の滑走路になったそうです。甲子園ホテルは海軍病院の分院。浜脇小学校に陸軍の部隊が駐屯して、甲子園球場の近くにあった旧制の甲陽中学、のちの甲陽高校にも連隊本部があった。関学も接収されて、校舎が目立ったらいけないからとコールタールで黒く塗られてたらしい。夙川のあの大きなカトリック教会が、海軍の療品廠になってたということです。

小松さんも、神戸の川崎造船所が空襲を受けて飛行機に追いかけられ、横に逃げたらいいのに、飛行機と同じ方向に向かって逃げたので追いかけられることになった。人に横手へ引っぱってもらったので助かったそうです。今津に帰ってくるとき、黒焦げになった死体がそのままだったり、爆風で飛んできたトタン屋根で馬が首を切られて死んでたり、地獄絵図ですね。そういう時代を経て、やっと戦争が終わります。終戦直後、友だちとあちこち見て歩いてたら、甲子園球場のあたりの松林の中に防空戦闘機「雷電」が隠してあった。小松さんは外から見てたんだけど、友だちが操縦席に入ってあちこちいじりだして、何かボタンを押したら機関砲がドドドドッと火を噴いたという。終戦から二、三日ですから、まだ弾を抜いてなかったんですね。「あやうく殺されるところやった」っていうてはりましたけど、殺されるどころじゃない。機関砲ですからね、当たったら爆発する弾ですから、バラバラになります。

終戦後には、三大ショックも経験した

小松さんが自伝やエッセイに書いてはりますけど、終戦後、何もすることがない、学校も休み、宿題もない、これからどうなるかもわからない。本当にボーッとしていたそうです。配給のまずいもの食べて、あとは寝るだけ。あとから思うと不思議な時空間だった、ある意味、あんな贅沢な休暇はなかったと繰り返し書いておられます。これは、作家やエッセイストにかぎらず、戦争体験者一般の回想談にもよく出てきます。戦地から帰ってきて何していいかわからないし、何を考えていたのかも覚えてない。そういう自伝なんかがものすごく多い。解放感と虚脱感、最悪の事態はもう終わったという安心感ですかね。これ以上悪くなることはない、これから先は少しずつでも良くなっていくはずだという期待みたいなのがあるのか知りませんが、不思議な時空間だったそうです。といっても二、三週間でしょうかね。そのうち、学校から呼び出しがあって出て行くことになったわけですから。

小松さんが感激したのは、終戦の八月十五日から二、三日あと、家でボーッと寝転がってたらイワシを売りにきたそうです。うわっと思って鍋かなんか持って飛び出したら、近所のおばさんたちも出てきた。それまでは食料は統制が厳しくて、行商の魚屋さんも来なくなっていたんです。それが終戦で静かになった町におっちゃんがイワシを売りにきた。近所のおばちゃんの中には、生きた魚を見るのは久しぶりやと泣いてる人もいた。イワシを塩焼きか何かにして食べて、本当においしかったと書いてはります。私は戦後生まれですから、本当の空腹なんて想像の埒外にあるんですけど、それはもう、おいしかったやろうなあと思います。

しばらくすると進駐軍、つまりアメリカの占領軍が入ってきまして、小松さんは戦後における三大ショックを経験します。三大ショックというのは小松さんがそう書いてはるわけではなく、いま私がまとめていってる表現ですが、

今津の駅前にも闇市ができたそうです。旧軍関係の隠匿物資や進駐軍の物資の横流し品を売ったりする、非合法のフリーマーケットですね。その中で経験した三大ショックは、まず、アメリカのハーシーのチョコレートが脳にガンとくるほど旨かった。これはとくに戦争を経験した子供は皆さん書いてますね。こんなに旨いものがあるのか、アメリカのお菓子はこんなものなのかと。ただし小松さんが書いてはりますが、作家になってからアメリカへ行ってハーシーのチョコレートを食べたら、あんまり旨いものでもなかったそうです。しかし終戦直後、食べるものが満足になく、おやつもなくて、はったい粉か何かを食べてた子供がチョコレート食べたら、そりゃおいしかったでしょう。

三大ショックの二つ目。神戸一中にまた通うようになり、友だちがいい匂いさせてるから、「チョコレート持ってるやろ。くれ」といったら、「チョコレートと違う。たばこや」進駐軍のたばこ。ラッキーストライクか何かでしょうね。闇市で誰かが買ってきて、中学生でたばこを吸ってる者がいたんでしょう。一本貰って吸ったら、これもガーンときた。旨かったし、香りが良かった。ラッキーストライクはいまも売ってますけど、そんなに旨いとは思えんらしい。でも日本の戦争中の状況からいえば、たばこも配給で、しかも一日に二、三本。しまいにみんな畳のイ草を切ってとか、馬糞を乾かしたのとかを、辞書の紙を破いて巻いて吸ってたんですからね。本物は旨かったに違いありません。

三大ショックのもう一つは、戦後すぐですからまだ民放ラジオはなかったんですけど、こないだまで軍歌とか戦時歌謡とか流してた公共放送からスイングジャズが流れてきた。もちろん小松さんは、スイングジャズはよく知ってはるんですよ。戦前の古き良き時代に、ご兄弟も音楽が好きで楽器演奏したりしてましたからね。でも戦争中はそんなの放送禁止でした。それが終戦後、ＮＨＫからスイングジャズが流れてきた。その解放感、自由感。とにかく衝撃を受けたことを書いてはります。

阪神間の芦屋や夙川はお金持ちが多いから、ダンスパーティーが流行りだしたそうです。すぐさま自由を謳歌しだしたんですね。焼け残ってる大きな家がありますから、そこでダンスパーティーとかをやっていた。そこにアルバイトで、終戦後、ご兄弟でバンドを組んで演奏をしに行く。小松さんも加わってあちこちに行き、いいアルバイトになったそうです。神戸一中でも友だちが集まってジャズのバンドを組んだ。そのときは小松さんはヴァイオリンとかを受け持った。バンド仲間の一人に、非常に歌がうまい、ジェスチャーとかもうまい、面白い生徒がいた。この芸達者な仲間というのが、のちに俳優になる高島忠夫さんです。

それで、いまもいいましたように、小松さんはご兄弟でもバンドを組んでダンスパーティーとかいろいろ行ってい た。今津に徳川の家筋の松平さんという大きなお屋敷があり、そこにも行った。その家には近所でも評判の美人姉妹がいて、一人は現在の芦屋女子高校に通ってはった。阪神で芦屋まで行ってバスで通ってたんでしょうかね。なんとかその深窓の令嬢と話がしたいと、今津から阪急で通っていた小松さんは、わざわざ阪神電車に乗って話しかけたこともあるという。この深窓の令嬢の松平さんというのが、後年の宝塚歌劇のトップスター、寿美花代さんです。その憧れの令嬢の寿美花代さんと、神戸一中のバンド仲間だった高島忠夫さんが、のちに結婚しちゃった。たぶん小松さんは心の中でだいぶ妬いてはったと思います。その話を聞かせてもらうときなんか、言葉の端々に「クソーッ。あの高島め」と思ってはるのが出てましたからね。

戦争中の経験が「書くもの」を定めさせた

大学時代は共産党に一時籍があったりして、左翼系の運動もしていたので就職試験を全部落とされた。それで業界誌的な会社に入って仕事をしたり、お父さんの工場を手伝ったりしまして、その頃からそろそろ本式に物を書きだす。物を書くのはもともと好きだったし、中学生の頃から小説を書いたりしてはりました。でも作家になろうと思ったのは、やっぱり戦争体験が大きく影響してるんですね。文学というものには興味があったし、ダンテの「神曲」を読んで、それで専攻はイタリア文学を選んだけれど、日本のいまでいう純文学的な文学でもって、自分の経験した戦争とか悲惨さを書こうという志向はなかった。

本土決戦で一億玉砕だと皆が信じてたのに、原爆を落とされて敗戦になった。当時小松さんは十四歳でした。戦争中に徴兵年齢が引き下げられて、それまでは二十歳だったのが昭和二十年三月の兵役法改正で、十七歳でも召集可能と定められた。志願兵なんか十五歳もいた。だから、もし本土決戦になって延々戦争を続けていたら、年月が経ちますから小松さんは十五歳、十六歳になる。一方、徴兵年齢は兵隊が足りないからどんどん下がっていく。ひょっとしたら自分も、十六歳とかで兵隊にとられていたかもしれない可能性は本当にあった。それは小松さんも覚悟してたんですね。

小学生のときから近視でメガネかけてはりまして、前にいいましたラジオの子供放送局の写真にも、丸坊主で丸メガネかけた写真が残っています。神戸一中時代も丸メガネかけて戦闘帽みたいな帽子被って。目が悪いから配属将校にボロカスにいわれて、「おまえらみたいなのは使いものにならん」、近眼で鉄砲なんか撃てるかということでしょう。ひどいのは、「おまえらは本土決戦になったら蛸壺にもぐって竹槍持っとけ。竹槍で戦車の腹を突け」といわれて、仮に「そんなことして何になるねん」と理屈いったら、またどつかれるに違いない。向こうは本気でいってるんですからね。そんなふうにいわれて育ち、自分も覚悟していたところが原爆落とされて終戦になり、自分は死ななくてすんだけど原爆で何十万人も死んでいる。核兵器がついに現実のものになった。

戦前の少年空想科学小説みたいなのでよくありました。マッチ箱一個で島が吹っ飛ぶとかいう話がね。お兄さんが理科系でしたから広島に新型爆弾と新聞に出たときに、「これ原爆やぞ」とちゃんと教えてくれてた。実際、終戦後いろいろ情報が伝わってきた。広島ではその時点で、十何万人もいっぺんに死んでる。それから時間が経つと、沖縄戦の情報も伝わってきた。民間人を巻き込んでの大激戦で、民間人も十万人ぐらい死んでる。鉄血勤皇隊、ひめゆり部隊とか、この頃の小松さんと同じ年で召集されて、前線に出ていたんです。鉄血勤皇隊というのは県下の旧制中学、師範学校、農林学校、水産学校とか。ひめゆり部隊は沖縄県立第一高等女学校と師範学校の女子部でしたか。

とにかく自分と同じ年齢の中学生なんかが、男の子も女の子も、空襲ではなく最前線で死んでいた。自分もそのつもりだったけど死なずにすんだ。罪の意識みたいなものを感じはったんでしょう。この罪の意識が、私らの想像する以上に大きいみたいですね。戦争中、思い出すのも苦しいくらい嫌なこともあった。それから原爆のひどさ、日本が本土決戦で滅亡にいたってたらどうなってただろう。そんなことまでして戦おうとした日本人て一体なんやねん。日本という国はどういう国なんだ。そういうことを自分は文学に書こうと思ったと、これははっきり最初から定めてはりました。戦争体験を通して日本と日本人を考える。ただし自分の書き方として、あったことや経験したことをそのまま小説にはしない。必ずほかの設定、ほかの話にして、一般的に通用するようにして書くという。それは最初から決めてはりました。

『日本沈没』が実はそうなんです。日本人や日本という国を考えるためのしかけとして、日本を沈没させたんです。大ベストセラーで、映画にもなった『日本沈没』は、実はあれがまだ大長編のイントロで、日本人とは何か、日本とはどんな国なのかをリアルに突きつめて考えたい。それで、そのための前提条件として日本という国を一度消滅させるために、あれだけの大長編がイントロとして書かれたんです。『日本沈没』を書くために、地球物理学の先生と勉強会開いたり、ものすごい勉強しはったんです。文学に対する自分の思い、生涯をかけてやっていこうとする大きなテーマは戦争であり、同年代の人が死んだ負い目であり、核に対する怒りであり、つまり反戦反核ですね。だから、京大当時は反戦反核運動といえば共産党という時代状況だったので、そっちにも加わった。でも、党派性とか、政治的な駆け引きとかが出ますから、嫌気がさして抜けはったんですけどね。

苦闘時代を経て、天下の小松左京になる

結婚して甲東園のアパートに住んでいたとき、すでに小松左京というペンネームで原稿を書いてはりました。作家になりだした時代ですね。最初は上大市の六畳一間のアパート。あのあたり、現在もまだ田んぼや畑が残ってますけども、私は関学の出身で一九六〇年代後半の学生ですが、当時も上大市からいまの市民病院があるあたりは、見渡すかぎり田んぼや畑でした。その田んぼの中に地主さんがやってるのがわかるようなアパートが、確かにたくさん建ってました。小松さんのいたアパートも農家の人がやってはったんですね。朝起きたら各部屋のドアの前に、収穫したばかりのじゃがいもが一山ずつ置いてあったりしたという、親切な大家さんやったそうです。そこでラジオ番組の構成やら、新聞に載せる書評やら、いろんな仕事をしはったけど、お金はそう多くは入ってこないという苦闘時代です。

だから家財道具を質に入れたりもしはったそうです。そんなとき、奥さんが聞いてたラジオがなくなってて、夜、小松さんが帰るとぽつんとさびしそうに座ってはった。本当は壊れて修理に出してたんですが、小松さんの昔のエッセイには、ついにあのラジオも質屋に行ったと書いてある。かわいそうにと思って娯楽を与えようと原稿を書いたのが、『日本アパッチ族』の原型になる、人間が鉄を食いだすというお話です。それを毎日少しずつ書いて、朝仕事に行くとき卓袱台に置いていく。奥さんも面白がって読んでくれたそうです。昭和三十三年頃のことですね。それからSFマガジンのコンテストにも応募して、『地には平和を』という、日本があのまま戦争を続けて本土決戦になったらどうなっていたかという短編ですが、そこに戦争中の小松さんとおぼしき少年が出てきます。

奥さんが上大市で出産されたので、また今津に戻りました。それから京都へ行き、伊丹へ行き、尼崎へ移り、この頃にどんどん小松左京として忙しくなり、箕面に移ったあたりで天下の小松左京になった。一番忙しい時期なんてす

ごかったですよ。東京に事務所があって秘書がいて、大阪のホテルプラザにも事務所があって秘書がいて、箕面の自宅にも秘書がいた。三カ所で秘書が仕事の整理をしていた。極端な言い方をすれば当時の小松さんの秘書は、いわば仕事を断るための秘書だったんです。いろんな仕事が次から次に来ますから、忙しいときには全部引き受けられない。小松さんは優しい人だし、知り合いから頼まれたら断れない。そのあたりは秘書がブロックしてたんですね。

「幼いなりの感動」と阪神間、西宮

西宮時代は夙川・今津・甲東園の三カ所。そして最後にもう一回、歳月が経ってから小松さんが西宮を歩いて取材して、原稿にもしはったのが阪神淡路大震災です。もちろん西宮だけではなく、主要な被災現場を全部歩いた。一九九五年にはいろんなことがあり、一月にあの地震があって、三月に地下鉄サリン事件があって、それから円高で株価が下がったりもしてた。大阪府の知事選挙があって小松さんも引きずりこまれかけたとか。自分が尊敬している学者さんとかが次々に亡くなりはったりもした。そんな中、震災のルポを一年間、週一回、毎日新聞に連載したので過労になり、震災被害の実情実態にショックも受けて、それでうつ病になりはったんです。

小松さんは自分の書いたものに対しての責任感が強い人で、『日本沈没』を書くときに、地層や地学関係のことも、全部自分は調べたはずだと。ところが、阪神間にあんな活断層があって、ものすごい地震が起こりうるなんて、その時点では知らなかったし、わからなかった。それは当たり前なんです、誰も知らなかったんですから。だけど小松さんは、自分の勉強が足りなかったという自責の念が非常に大きかった。仕方がないんですよ。専門家も知らなかったんですから。でも書いたものがベストセラーになったので責任を感じはった。うつ病の一端はそのせいかもしれません。最大の原因は過労でしょうけどね。

小松さんはヒューマニストでロマンティストでした。人間を信じる。世の中には美しいものがある、気高いものがあるんだと。あれだけ嫌な戦中戦後時代、苦しいことも山ほど経験したけど、その思いだけは最後まで失わなかった。『やぶれかぶれ青春記』（旺文社文庫）や、『私の小説作法』（雪華社）に収録されてる「科学にあばかれた人間」というエッセイからの抜粋ですが、「美しいもの、素晴らしいもの、良いもの、立派なものへの幼いなりの感動と記憶が、何か自分を救う間接的な手がかりを与え続けてくれたように思う」「大自然の雄大さに比べれば人間の争いや執念などちっぽけなものにすぎない」「とにかく事実は事実として受けいれたうえで、新しい生き方を一緒に考えようじゃないか。そういうことを考えて自分は小説を書いています」と、まだ若い頃からいろんなエッセイに書いてはります。

幼いなりの感動と記憶。世の中、悪いやつ、下劣なやつもおるけど、いい人や立派な人もいるというヒューマニスト的な考え方。その幼いなりの感動というものを、西宮が全部つくったとはいいませんが、阪神間がそれをつくったことは確かだと思います。生まれ育ち、生活環境、いい思い出が残った戦前の時代環境なども戦争でむちゃくちゃにされたけど、幼いなりの感動が残ったからこそ、最後までヒューマニストであり、ロマンティストであり続けられた。小松さんは多面的な方ですから、その人生や仕事を一本の筋だけで解釈するのは不可能ですけど、西宮におられたときの時代環境・家庭環境・土地環境が、小松実少年に大きな影響を与えたことだけは間違いありません。

3

夙川ゆかりのヒロインたち

二〇一五年十二月十九日　西宮市立夙川公民館 講堂

石野 伸子（産経新聞編集局 編集委員）

産経新聞大阪本社入社後、文化部記者を長らく務める。文化部長、編集局次長を経て編集局編集委員。著書に『女50歳からの東京ぐらし』、共著に『九転び十起き！ 広岡浅子の生涯』。二〇一二年十一月から産経新聞夕刊で「浪花女を読み直す」を連載中。

なぜ「浪花女を読み直す」のか

二〇一二年十一月から産経新聞大阪本社発行の夕刊で「浪花女を読み直す」という連載を続けています。月一回（原則第二水曜日）の掲載ですがけっこう大きなスペースでたっぷり書けるので楽しい仕事です。あまり理屈に走らず、その作家の世界を知るきっかけにしてもらいたいと、文学案内のような気分で書いています。作家の写真を入れたり、絵を入れたり工夫を凝らしていますが、一人の作家を一回で書き切るのはもったいなく、二回、三回と続けることも多く、これまで丸三年、三十六回続けてきて、取り上げた作家は十六人。※3 まだまだ取り上げたい作家はあります。

なぜこんな連載を始めたのか。これには理由があります。

産経新聞に入社して長く大阪で仕事をしてきました。十年ほど前に東京本社に転勤になり、そのとき、びっくりしたことがあります。大阪から来たというと東京の人がいうのです。「大阪の女は嫌いだな」。もちろん上方話のついでの軽口ではありますが、「嫌い」というメッセージは確かに伝わりました。いわく、厚かましい、がめつい、がさつ。いわゆる「大阪のおばちゃん」のイメージです。とりわけ男性に評判が良くないようでした。

もともと私は大阪生まれでも育ちでもありませんが、長く大阪で暮らしている女としては気分が良くありません。大阪にも上品な人はたくさんいるし、おっとりした人もモダンな人もいます。なぜこんなイメージがこびりついてしまったのでしょうか。

数年後、大阪に帰ってきて、テレビ番組を見ていて「ああ」と思うことがありました。全国各地の素人の人が出演してその地域独特の行動や習慣を笑い飛ばすバラエティ番組ですが、定番のように大阪のおばちゃんが出てきて、アメを配ったり、人の肩をばんばん叩いて大声でしゃべったり、パワー全開で応じています。サービス精神旺盛な大阪人のことですから、要求されていることは充分承知のうえでそれを演じている様子です。でも、ひょっとしたら世間の人はそれを鵜呑みにしているのかもしれない。いやそもそも、演じているつもりがいつしか、自分をそのイメージに閉じ込めてしまっているのではないだろうか。東京での経験があっただけに、ちょっとひんやりしたものを感じました。

ならば、自分で探してみてはどうだろう。大阪の都市格の復活を唱えている評論家の木津川計さんは、大阪のイメージが画一的になったのは戦後、テレビや映画を通してであると語っています。なるほど。それならば、もっと以前の文学作品を読み直してみたら、豊かで瑞々しい浪花女がふんだんに登場するかもしれない。魅力あふれる女性像がくっきり描かれているかもしれない。それが「浪花女を読み直す」理由です。

二つの発見

思いつきのようなことで始めた連載ですが、長く書いていると、面白い発見もありました。

一つが、連載とリンクするように、大阪ではこのところ、近現代の作家を見直そうという動きがあちこちで起きているということです。作家というものは亡くなってしまうと人々の記憶から遠のき、作品も書店から消えてしまいがちです。とりわけ、大阪という土地は作家に対して冷たい感じがします。大阪の作家というとまず一番に出てくる織田作之助にして、文学館はありませんし、生誕地の碑もありません。近代文学史に足跡を残した大阪の作家は多いの

※3　連載で取り上げた作家は次の十六人。山崎豊子、谷崎潤一郎、田辺聖子、織田作之助、与謝野晶子、石上露子、今東光、鴨居羊子、藤沢桓夫、庄野潤三、阪田寛夫、庄野英二、川端康成、直木三十五、開高健、河野多恵子。

ですが、評論一つない作家も少なくありません。研究者が少ないのです。このままでは忘れられてしまう。関係者らの手によって、それらの作家を顕彰しようという動きがここ数年、目立っているのです。

たとえば、二〇一三年は織田作之助の生誕百年でした。大阪の愛読者でつくる「オダサク倶楽部」では独自に生誕百年シンポジウムを開き関連本を出しました。二〇一四年には今東光が愛した八尾市の図書館に今東光資料館が新しくできました。大阪生まれの開高健の記念館は終焉の地となった神奈川県茅ケ崎市にありますが、彼が育った大阪市東住吉区の家が解体されることとなり、大阪になんの痕跡も残らないのは残念だ、と地元のファンらが結集しました。彼らは、最寄り駅の北田辺駅に記念碑をつくりました。また開高の出身校、大阪市立大学では創立百三十周年を記念して二〇一一年に開高健展を開催し、それをきっかけにファンの集い「関西悠々会」ができ、活発に動いています。二〇一五年には大阪の文壇に大きな足跡を残した藤沢桓夫の没後二十五年を記念してトークイベントが開かれ、旧宅跡地に顕彰碑が建てられました。また、つい最近（二〇一五年十一月）、帝塚山学院出身の庄野潤三や阪田寛夫らを研究する帝塚山派文学学会が誕生しました。

大阪の近代文学を顕彰し直そう。そんな気運を感じます。

同時に、もう一つ感じたのが「夙川」の存在です。大阪の文学を読み直しているのに、あちこちで西宮の夙川が登場するのです。作家が住んだ場所として、あるいは作品上に描かれる場所として、入れ替わり立ち替わり「夙川」が登場します。なぜだろう、それが「夙川ゆかりのヒロインたち」を考えるきっかけとなりました。

『女の勲章』ヒロインの魂はここに宿る

最初に気づいたのは山崎豊子の『女の勲章』を読んだときでした。この作品は連載の最初に取り上げた作品です。

山崎豊子が大阪を代表する女性作家だということと、作品そのものに少々関心がありました。

山崎豊子は実在の人物をモデルにし、その周辺を徹底的に取材して、現実と虚構をないまぜにしつつ作品を生み出します。時代のダイナミズムに関心のある新聞記者出身の作家らしい描き方です。当然、モデルとのあいだに確執が生まれます。『女の勲章』は、「花のれん」で直木賞を受賞した山崎豊子が、初めて取り組んだ新聞小説です。昭和三十五年から三十六年にかけて毎日新聞に連載され、評判を呼びました。華麗なるファッションの世界を描いており、何度も映画やテレビドラマになっています。

山崎は自作を語った『大阪づくし　私の産声』（新潮文庫）でこう書いています。「毎日新聞婦人欄で服飾を持たされたことがあり、その時に、ある一人のデザイナーからヒントを得て、船場生まれに置き換えて構想した」。そのデザイナーというのが上田安子です。昭和三十年代半ばは洋裁学校全盛時代で、デザイナーでもある校長は時代の花形でした。上田安子は上田安子服飾専門学校の校長で、大丸百貨店の顧問デザイナーとしてパリの大物デザイナー、ディオールとの交流もあるという関西ファッション界のスターでした。

上田は堺市の生まれですが、実家は心斎橋でカメラ輸入店を経営しています。船場の老舗昆布店の娘として生まれている山崎とは、片や新聞記者、片や花形デザイナーとして仕事上知り合った仲ですが、老舗商家の娘同士として気脈を通じていたと思われます。執筆上の取材にも大いに応じたのではないでしょうか。ところが、発表された小説はファッション界の内情を赤裸々に描いたもので、さらに学校内外の男女関係を生々しく描いたものでした。虚実ないまぜの物語により、上田は好奇の目にさらされたに違いありません。事実、小説発表からかなり時間が経った時期に私は新聞社の婦人欄の記者となり、ファッションを取材する機会もありましたが、まだひそひそ話をする関係者は多くありました。また、当時をよく知る先輩記者からは「上田先生の前では山崎豊子も女の勲章も御法度よ」とクギを刺されました。

今回、読み直してみて、背景として描かれたファッション界の確かな描写に驚かされました。洋服時代を牽引した洋裁学校の内実。やがてやってくる百貨店主導のブランドビジネスの裏側。それがまさしく同時進行ドラマとして描かれているのです。社会学者の井上雅人さん（武庫川女子大学講師）は取材インタビューで「昭和三十年代半ばは、お仕立て時代から海外ブランド導入の既製服の時代へと移る衣生活革命時代。その一瞬を糸へんの大阪を舞台に、スター校長である上田安子の輝きに照射した山崎の嗅覚は鋭い。当時を知るための副読本として小説を読むことを学生に薦めることがある」と話しています。むろん筆の餌食となったモデルのほうは大変ですけれど。

しかし、小説では最後に自殺して果てる悲劇のヒロインとは裏腹に、上田は一九九六年、九十歳で亡くなるまで、関西のファッション界の第一線で活躍しました。上田は不眠症になるほど苦しんだ時期もあったといわれますが、すべて飲みこみ『女の勲章』について語ることはほとんどありませんでした。それどころか、本の購入依頼を受けて『女の勲章』をどんと買って山積みにしてみせる度量の広さを見せたともいいます。晩年の自伝『山とファッションと私』（ブレーンセンター）で上田はこう語っています。「長い人生をふり返って思いますことは、私にも生涯忘れられないほどいやなこともありましたが、遠い昔のことで忘却の彼方に消え去りました。そして晴れ晴れとして現在に感謝しています」。この堂々たる前向き精神。筆者の山崎豊子も最晩年までブルドーザーのごとくまっすぐに自分のテーマに取り組みました。二人のネバーギブアップ精神。『女の勲章』という一冊の本を通して、「浪花女の誇り高き負けじ魂」を実感しました。

さて、夙川とのかかわりです。小説の舞台は大阪です。西宮とのかかわりといえば、ヒロインが野望をかなえる最初の洋裁学校を建てる場所として甲子園が選ばれています。そのとき上田安子が長く夙川に住んでいたことに思いいたりました。上田がつくった洋裁学校は多くの学校が苦戦を強いられる中で、ファッションビジネス指導に力を注ぎ、いまも大阪で健在です。今回の取材では、学校側に上田安子の写真提供をお願いしました。かつての因縁から少々不安もあったのですがまったく抵抗感はなくたいへん協力的でした。記事を学校のホームページで紹介していたほどです。時代のアイコンとして小説に描かれる存在であったことは学校としても大いなる誇りなのかもしれません。上田が住んだ夙川の旧宅跡地には、二〇〇九年に上田安子記念館が上田学園によって建てられています。上田デザインのドレスや交流のあったディオール社関連の資料が展示されています。「創業者の終の棲家。魂の宿る地に建てた」と紹介文にあります。物語のヒロインはいまも夙川に息づいているのです。

谷崎潤一郎がはぐくんだ不倫愛

次に読んだのが、谷崎潤一郎です。谷崎はご存じのようにお江戸日本橋出身の作家ですが、関東大震災で関西に移住してきました。京都、神戸、芦屋、西宮など三十七歳から七十一歳にかけて関西各地に住み、数々の名作を書きました。すでに東京で人気作家の地位を得ていたとはいえ、『蓼喰ふ虫』『吉野葛』『蘆刈』『春琴抄』『卍』『細雪』など代表作はほとんど関西で書いています。谷崎文学のテーマは女。つまり、谷崎は上方の女性美を発見することで文学的再生をはかり、日本を代表する文豪になったともいえます。谷崎が書いたものを読んでいると、それは偏愛ともいえるほど熱いものがあります。

最初から上方が気に入っていたわけではありません。移住後ほどなく書いた『阪神見聞録』（大正十四年、文藝春秋）では、手厳しい意見を述べています。たとえば、「大阪の婦人は電車の中で平気で子供に小便をさせる」、あるいは紳士も電車で自分が新聞を読んでいたら勝手に覗きこみ、あげくは自分の手元に引き寄せ、「見知らぬ人の新聞を借りて読むことを少しも不作法と考えていない」とさんざんです。ところが、十年も経たないうちに大阪絶賛に変わっています。とくに大阪の女性の評価は一変しています。

たとえば、昭和七年に書いた『私が見た大阪及び大阪人』（中央公論）。「東京の女の声は幅がなく、厚みがなく、何より粘りがない」。しかし、「大阪は、浄瑠璃ないし地唄の三味線のようで、声の裏に必ず潤いがあり、あたたか味がある」。そして、猥談などしようものなら、「しろうとでも品を落とさず上手に持って回るので実に色気がある」と絶賛しています。

十年前には、大阪の女性は下品だとあれだけののしっていた谷崎のこの豹変ぶりはどうでしょう。その背後には、生涯連れ添うことになる浪花女、根津松子との出会いがあります。その松子と出会ったことで谷崎は変わり、谷崎文学が変わり、日本文学に大きな足跡を残すことになりました。

二人の出会いは昭和二年。谷崎四十一歳。松子二十四歳。松子は船場屈指の綿布問屋の嫁。すでに子供のいる身でしたが夫は無類の遊び人。船場の御寮人さま暮らしにも息がつまる思いがしており、気晴らしに文学に親しむような生活をしていて谷崎と出会います。最初は家族ぐるみの付き合いでしたが、やがて人目を忍ぶ仲になります。

松子が書いた回想録『倚松庵の夢』にはのちに有名になった谷崎の恋文が披露されています。「はじめてお目にかかりました日から一生御寮人さまにお仕え申すことができましたら、たとえそのために身を亡ぼしてもそれが私の無上の幸福でございます」。こんな毛筆書きの書簡が当代随一の人気作家から届いたら、貞淑な妻でも膝が抜けるような陶酔感に襲われてしまうのではないでしょうか。しかし、そんなやわな精神では谷崎のミューズ（女神）にはなれません。松子夫人と交際しているあいだ、谷崎は若い編集者と二度目の結婚をしていますが、結局その女性とは短期間で別れ、出会って九年後に松子と正式に結婚しました。

谷崎文学研究者のたつみ都志さん（武庫川女子大学名誉教授）は晩年の松子夫人と交流を持ちましたが、夫人の魅力を「八十歳を超えてなお色香漂う魔性の女。たおやかで人をそらさない。そして演技力という谷崎にとって最大の魅力となる武器をもっていた」と語っています。デビュー作『刺青』以来、谷崎のテーマは一貫しています。高貴なる女性をあがめ奉り、ひたすらひれ伏して届かぬ愛に身もだえする。疑似マゾヒズム。それはケレン味たっぷりのお芝居の世界ですが、松子夫人は生涯それを演じ抜きました。そのため、谷崎との子供をあきらめたことも先の著作で書いています。その演技力は浪花女のＤＮＡにあったものか。それとも夙川という土地がはぐくんだものか。

根津家は夙川に別宅を持っていました。松子夫人はそこに住み、また谷崎も一時、その近くで暮らしています。二人の愛は夙川ではぐくまれ、谷崎はめくるめく時間をそこですごしています。夙川に土地勘のある松子夫人は、谷崎にこの地域の魅力ある場所をあれこれ紹介したことでしょう。その断片が松子夫人の姉妹をモデルにした『細雪』のあちこちに残っています。マンボウトンネル、一本松。いまも残るそれらの場所を訪れると、長編大作がぐっと身近に感じられます。

阪田寛夫も織田作も書いた

このほか、意外な作品に夙川が登場してきました。

『土の器』は阪田寛夫の芥川賞受賞作です。一九七四年、『文學界』に発表されました。その前の年に母親が八十一歳で亡くなり、記憶が鮮明なうちにと書かれた作品です。

阪田寛夫は童謡『サッちゃん』で広く知られています。作詞家でもあり作家でもあります。大阪の帝塚山学院の出身で、熱心なクリスチャン家庭に育ちました。父親は成功した実業家の二代目ですが、七百坪の敷地がある自宅を売り払い、奈良に教会をつくって寄付するといった一生を送ります。片や母親も夫を上回る熱心な信者で歳をとっても奉仕活動に走りまわります。それが家族にとっては心配の種となります。どんな苦境も信仰で乗り越えたい母親は、骨折してもガンに冒されても断固として病院に行こうとせず、息子たちを困惑させます。阪田は次男で東京に暮らしているため距離がありますが、父親の会社を継いだ長男夫婦はたまりません。母親のこの「強がり」や「やせ我慢」を、「気取り」と感じて、なんとかそれを変えたいと奮闘するのが兄あるいは兄嫁です。

何とかこういうヴァニティ（虚栄）の皮を剥ぎ取って、煩悩をありのまま発散する普通の人間にかえしたい。これが兄夫婦にとってかなり重要な人生の課題になっていた。（『土の器』）

この兄夫婦の住まいがあるのが夙川です。兄嫁も大阪の熱心なクリスチャン家庭で育っているのですが、二人は「真面目だが現実的なキリスト教徒」なのです。夙川の高台にある家で、闘病する母親を教会仲間たちが大勢見舞いと称して押しかけます。「いい格好しい」の母親は笑顔で迎えますが、みんなが帰るとどっと疲れて症状が悪化します。兄嫁は玄関に「お見舞い有難うございます。皆様が帰られたあと母はぐったりされます。そういう状況を確認の上で対処して下さい」と書いた紙を置き、招かれざる見舞い客を撃退します。大阪育ちで何事にも本音でぶつかる兄嫁。一方母親は六十年以上大阪に住んでいても東京弁を忘れない東京育ち。この二人のぶつかりあいもこの小説の読みどころの一つです。ついに痛みに屈し、ある日母親は「あーしんどお！」と大阪弁の胴間声で叫びます。「ああ、よかった、もっと早くどなりはったらよかったのに」と心から安堵する兄嫁。二人の女のぶつかりあいと融和がやさしく描かれる場所が夙川なのです。

このほか、織田作之助では『六白金星』という短編に香櫨園が出てきます。

新潮文庫の織田作短編集『夫婦善哉』には青山光二のこんな解説がついています。「作者自身と同じ星回りである六白金星の主人公楢雄を追及する筆の貪欲さは、作者の特異な感受性の思うさまな定着を想わせ、全作品中でも、とりわけ調子の高い作品である」。

どんな調子か。「楢雄は生れつき頭が悪く、近眼で、何をさせても鈍臭い子供だったが、ただ一つ蠅を獲るのが巧くて」という出だしで、素っ頓狂なところのある少年と、秀才型の兄とを対比させつつ、二人が波長が合わぬまま成長し、妙に世間からずれていくありさまを勢いのある筆で活写します。二人の兄弟が育つのが香櫨園。中学に入った年の夏、兄が楢雄を家近くの香櫨園浜に連れ出し、いきなり叫びます「俺たちは妾の子やぞ」。

母親は隠しているけれど、医者である父は週末しか帰宅せず、それは大阪の病院が忙しいせいだと言い訳していますが、実は芦屋に本宅があること、香櫨園のわが家は妾宅だ、と兄はいいます。これで弟が衝撃を受け、弱音を吐くかと期待しますが実はあまり効果はなく、ますます弟は破天荒な行動を続け、兄は困惑するという次第です。大阪、香櫨園、芦屋という土地の距離感にリアリティがあります。

河野多恵子が描いた幸福の別天地

もう一つ、河野多恵子が描いた夙川も印象的でした。

河野多恵子は一九二六年、大阪市西区西道頓堀（現南堀江）の商家に生まれていますが、一九三六年、阪神香櫨園に引っ越しています。当時大阪の商家は店と住まいが一体となっているのが一般的でしたが、その頃から余裕のある家は郊外に家を持つようになっていました。父親が売り出し中の「健康住宅地」である香櫨園に新たな居宅を構え、家族はそこに住み、父親は一時間かけて大阪の店に通う生活を始めました。河野は西宮市立建石小学校に転校しますが、二年ほどで大阪の家に戻り、元の大阪市立日吉尋常小学校に再転校し、夙川での生活はわずかな期間でした。

その後、大阪府女子専門学校に進み、戦後早くに作家を目指して上京。一九六三年に『蟹』で芥川賞を受賞してからは、出す作品、出す作品、次々と文学賞を受賞する戦後を代表する女性作家になります。二〇一四年には女性作家として六人目となる文化勲章も受章しています。その作品テーマは、日常生活にひそむマゾヒズムやサディズムで、ときに快楽殺人にまでいたる独特のものですが、一九六四年に発表した短編『みち潮』には、香櫨園に引っ越した時代を軸に、戦争が忍び寄り、滅びゆく大阪の商家の日常が巧みな筆致で描かれています。

大阪の家の近所には一人暮らしをしている「堀田のおばあちゃん」が住んでいました。近所では「お家はん」と呼ばれています。これは大きな商家の主婦を呼ぶ名称ですが、堀田の家はとっくに逼塞していても、おばあちゃんはそのまま「お家はん」の名称で呼ばれ、少女の家族はとりわけ心にかけ暮らしていました。しかし、引っ越しとなるとお別れとなります。あいさつに訪れた少女はますます一人ぼっちになるお家はんを可哀想にも思いますが、心は新しい家に飛んでいます。

少女は以前に、そこへ二、三度家族と遊びに行ったことがある。海に臨み、山も近く、双方を繋ぐ州の多い川の両側には、美しい松並木の芝生の土手が続いていた。川上の山裾には、日本一高いすべり台で有名な遊園地があった。(『みち潮』)

予想どおり、そこはのびのびとした暮らしがある新天地でした。大阪にいた頃は商家のしきたりがうるさく「今日は節季」となると遊びにも行けませんでしたが、新しい家の周辺はほとんどが勤め人。それも部長さんとか知事さんとかで、学校の授業参観では「洋装で、朱色のふわふわした羽根を掲げた帽子をかぶり続けていたお母さん、唱歌の時間に一緒にハミングで歌いだしたお母さん」がいたりして少女を驚かせます。以前の大阪の学校ではそんな突飛なお母さんはいなかったのです。少女の家でも、これまでは最初に入浴するのは父親と決められていましたが、郊外の家では父親の帰宅を待たずに入浴してよいことになりました。

女子供が自由にのびのび暮らすことができる場所。少女たちはときどき母親に連れられて父親を迎えに行きます。「川の上流に跨がっているように見える、山の頂きは入日に映えていたが、あたりはもう涼しかった。川の水音まで昼間と違って細かく聞える。松並木の間から見えかくれする家々は、皆しっかりと塀をめぐらし、如何にも窓らしい窓々に灯りがつきはじめたところだ。遠くのほうで、やさしく駅の信号機が鳴っていた」。

いまも夙川の光景を彷彿とさせる一コマ。しかし、母親はそばを歩く少女や妹にこう諭します。「ね、お前たちの一生のことをときどき考えるの。どんな人のところへお嫁に行って、どんな一生を過ごすか判らないけれど、でもね、今のわたしたちの生活が当たり前だとだけは思わないでね。普通じゃあないのよ。幸福すぎるのよ」。

母親はただ戦時下の不安を口にしたのでしょうか。それとも、波乱の多い女の一生に思いを馳せたのでしょうか。河野の文章はあとにこう続きます。「少女は、後年その母の言葉を再度ならず思い出すようなことになろうとは、夢にも知らなかった。気の毒な堀田のおばあちゃんのことが、久しぶりに思い出されただけだったのだ」。

幸福の別天地としての夙川が効いています。

谷崎松子さんがつくった町

『日本の町』という本があります。丸谷才一さんと山崎正和さんの対談をまとめた本で、座談の名手のお二人が日本各地の八都市を選び、風土、歴史、文学あらゆる側面からその町を語りつくす楽しい本です。一九八七年に出た単行本で、一九九四年には文春文庫になっています。好景気の時代の雑誌の人気企画だったようで、二人はまず町に出かけてゆっくり時間をかけて歩き、おいしいものを食べ、観察し、感じ、考えてから、おもむろに語り始めています。十分な仕込みと二人の教養がぶつかりあう、ちょっとほかの町歩きや都市論にはない視点とゆとりが楽しめる本です。

金沢、小樽、宇和島、長崎、弘前、松江、東京にまじって「西宮芦屋」という項目があります。東京は「富士の見える町」、長崎は「エトランジェの坂道」、金沢は「江戸より江戸的な町」、と語られる中で「西宮芦屋」はどう括られるか。二人は「女たちがつくった町」としています。これには思わず膝を打ちました。

「女たちがつくった町」とはどういうことか

二人は大正末期に佐藤春夫が芥川龍之介と一緒に阪神岡本の谷崎潤一郎の家に遊びに行ったという話から説き起こし、「阪神間は大阪の金持ちたちによって自然発生的に広がった。彼らは近世以来の財力を持って大阪の町を復興し、大阪を煙の町にし、そして自分たちの住む場所として阪神間を選んだ」（山崎）と歴史を掘り起こします。大阪にとってはそれが不幸のもととなり、町としての品格、落ち着きを失ってしまった。「もうかりまっか」ばかりが大阪を語る言葉になったといいます。そして大阪にはもともとハイカラ文化があったのだが、その要素は西宮、芦屋に流れこんだまま沈殿したのだといいます。御影で食事したイタリア料理店は実においしかったけれど、客人はおばさんばかりで「ちょっと居ごこち悪かった」という丸谷の言葉に続けて山崎が説きます。

「阪神間とは女性がつくった町じゃないかと思うんです。〈中略〉旦那は昼間ずっと大阪へ行って働いている。夜は新地あたりで遊んでいるわけでしょう。ですから、あの町を愉しんでいる人はといえば、女房子供なんですね。つまり『細雪』の主人公たちが、あの町をつくっていたわけです」。これに丸谷がだめ押しのようにつぶやきます。「谷崎松子さんがつくった町なんだな」。

この本を初めて読んだのは阪神大震災の翌年でした。西宮に長く住んでいて、震災に直面しました。新聞では被災者として街を定点観測しながら記事を書いていましたが、徐々に復興していく街をながめながら、そもそもこの街はどんな街だったのか、何をめざして復興しているのか、ということを考えさせられました。そんなとき出会ったのがこの本です。「西宮は女たちがつくった町」という文章に深く納得する思いでした。

文学をはぐくむ街。ヒロインが息づく街。夙川という場所を入り口に豊穣な文学の世界に入ることができる、幸せなことだと思います。

4

阪神間・夙川の風景と須賀敦子

二〇一五年五月三十一日　カトリック夙川教会 地下ホール

蓮沼 純一（西宮芦屋研究所員）

一九五一年西宮市生まれ。西宮芦屋研究所で阪神間モダニズム、阪神間近現代文学などのフィールドワークを専門として探求。ブログ『阪急沿線文学散歩』にて、谷崎潤一郎から涼宮ハルヒまで西宮にまつわる文学について幅広く発信中。

今日参加されている皆様は、須賀敦子さんのエッセイをきっと一度は読んだことがあると思います。私が須賀敦子さんについて知ったのは、ＢＳ朝日で須賀敦子さんの番組があり、二〇〇九年にもＮＨＫのＥＴＶ特集で、須賀敦子さんの番組があり、それを見て、「あれ、こんな方が昔、芦屋に住んでいたのか」と思って、彼女の作品を読み始めたのがきっかけです。須賀敦子さんの文章は文学の専門用語でいう美文ではないそうですが、私には、本当に美しい文章としかいいようがありません。平易な文章なのに、なぜこのような感性豊かな、読者の心に響く表現ができるのか不思議で仕方なかったのです。

須賀さんの作品を読み進めるうちに、わが街西宮に非常にゆかりが深く、カトリック夙川教会の近くにご実家があったということを知り、ますますファンになり、ほとんど全作品を読んでしまいました。

残念ながらこの関西では、まだ須賀さんの作品をご存じの方は少ないと感じています。しかし関東では人気がある作家で、神奈川近代文学館で昨年開かれた「須賀敦子の世界展」には、それまでの企画展にはなかったほどの多くの人が訪れたそうです。ゆかりのある阪神間でそのような催しが行われないことが歯がゆく、関西のどこかで、そのような催しがあれば、と願っていました。

カトリック夙川教会と須賀敦子

今日この会場となったカトリック夙川教会の近くに、須賀さんのご実家がございます。東京とイタリアでの暮らしが長かった須賀さんですが、実家に帰ってこられるたびに、このカトリック夙川教会の朝六時からのミサに出席されていたそうです。また、今日皆様がお座りの地下室は、昭和二十年、終戦間近になって、海軍療品廠になっていました。おそらく教会が爆撃されることはないだろうということで、医薬品を蓄えていたのだろうと思います。須賀さんは当時、実家に疎開されており、この地下室で医薬品を詰め替えて各地へ送る仕事に従事していたという場所なのです。

須賀さんは昭和二十二年、聖心女子学院でカトリックの洗礼を受けられたのですが、その前にカトリック信者ではなかった須賀家の祖母や父母を説得しないといけない。そのときに助けてもらったのが、ここの主任司祭を務められていたメルシェ神父です。メルシェ神父については、皆様ご存じのように、遠藤周作のエッセイにたびたび登場する神父様です。遠藤周作がミサに来て、聖堂に犬を入れたり、鐘楼の鐘を勝手に鳴らしたり、野球をして司祭館の窓を割ってしまったときに、カンカンになって追いかけまわしたのが、メルシェ神父でした。

メルシェ神父は、太平洋戦争が始まって憲兵に連行されるのですが、相当な拷問を受け、戻ってこられたときは身体を悪くされていたようです。しかし、信者の前では、「私は日本人のことを恨んでいません」と一言いったきりだったと遠藤周作が述べています。戦前から戦後にわたって、長らくカトリック夙川教会の主任司祭を務められた、そのメルシェ神父が、須賀さんが洗礼を受けるにあたってご両親を説得されたのです。

このようにカトリック夙川教会は、須賀さんにゆかりの深い教会であり、ここでお話をさせてもらうことに感謝しております。

それでは須賀さんの年譜からご紹介いたしましょう。須賀さんは一九二九年の二月に大阪の赤十字病院で生まれました。住んでいたのは、現在の芦屋市翠ヶ丘町です。そして一九三五年、六歳のときに夙川の殿山町に引っ越してこられ、小林聖心女子学院に入学されています。のちほどご紹介しますが、この年に父上の豊治郎氏が、世界一周実業視察団に参加され、一年近く世界をまわる旅に出られています。

一九三七年に須賀商会の東京支店が開設されるということで、一家は東京に引っ越され、須賀さんは聖心女子学院に編入学されています。その後戦争が激しくなって、一九四三年には夙川に戻られ、再び小林聖心女子学院に編入学されました。終戦を迎えて、須賀さんは大学への進学を決め、聖心女子大学の外国語学部に二年から編入されています。この聖心女子学院では、緒方貞子さん、渡辺和子さんも同期生でした。聖心女子大学第一回生として卒業後、さらに慶応義塾大学の大学院に進学されます。そして、大学院を中退してパリ大学へ留学されました。いったん帰国されましたが、再び一九五八年にイタリアへ渡り、ローマのレジムンディ大学で学び、ここでジュゼッペ・リッカ・ペッピーノさんと知り合い、結婚。しかし、ペッピーノさんは若くして亡くなり、結婚生活はわずか六年ほどでした。その後しばらく一人でイタリアで暮らしていましたが、一九七一年に日本へ戻られています。それまで翻訳などの仕事をされていた須賀さんが、自分自身の文章で『ミラノ霧の風景』という作品を出されたのが一九九〇年。それが日本の文学界にデビューした最初の作品で、そのときすでに六十一歳でした。残念ながら六十九歳で亡くなられており、作家としての活動期間は短いものでしたが、短い期間に次々と素晴らしい作品を著し、亡くなられたあとも根強い人気があります。

須賀敦子をはぐくんだ阪神間・夙川の風景

まず今日の演題「阪神間・夙川の風景と須賀敦子」にピッタリ合致したエッセイから紹介いたしましょう。神戸大学の名誉教授で、医学部の精神科医、語学にも非常に長けていて、翻訳家でもあり、エッセイストでもあるという才能豊かな中井久夫氏が、『時のしずく』というエッセイ集の中に「阪神間の文化と須賀敦子」と題して書かれています。

「風が違うのよ」とそのひとは編集者に語ったそうである。そのひととは須賀敦子。風がちがうところは彼女が育ったかつての阪神間・夙川のあたりである。

阪神間・夙川の住人にとって感動的な文章だと思うのですが、中井久夫氏はこのエッセイの中で、カトリック夙川教会についても美しく紹介しています。「夙川の街を夙川の街たらしめている、この小さなカトリック教会」、さらに「夙川の街の宝石」と、このカトリック教会に最大の賛辞を贈っていますが、山手幹線が通って、風情を悪くしているというような苦言も呈されています。

さらに夙川の街の生い立ちについて、次のように説明します。

夙川は昭和初期の計画都市である。かつては、松林をできるだけ屋敷内に残すという条件で土地が売られたのであろう、高い松の木がほとんど、どの家からも聳えていた。

夙川の街はそういう風景だったのですが、最近歩いているとあちこちが更地になっていて、お屋敷の跡地には寂しそうに高い松だけが残っていたり、大きな石灯籠が残っていたりします。それがしばらくすると集合住宅に建て替わって、昔の夙川の街の風情がどんどん薄れていくのは、残念なことです。

次に須賀さんの少女時代の通学路をたどります。

かりに少女時代の彼女の幻を追うならば、やや浅黒い肌の少女が、朝早く家を出て、夙川教会の傍を通っていったはずだ。聖心女学院小林分校まで、通学に一時間はかかっただろう。白いブラウスに紺のスカート、ボタン留めの黒靴を履いて、冬季ならその上に紺のセーターを羽織っただろう。たぶん線路沿いの桜並木を歩き、坂を下って夙川の駅に着いただろう。

私の記憶でも阪急の線路沿いには桜がたくさん咲いていたように思いますが、先日行ってみると、震災の影響でしょうか、ほとんど残っていません。しかし殿山町のあたりから、もう少し芦屋のほうへ向かって歩いて行きますと、桜並木が残っていました。須賀さんは六歳まで、その近くの芦屋の翠ヶ丘町に住んでおられたのです。エッセイ『芦屋のころ』には大きな土蔵のある広い庭のある家で、二階からは海が見えたと書かれています。

同時代に西宮に住んでいた作家たち

夙川に戻りますが、須賀さんが住んでいた昭和十年前後には、遠藤周作をはじめ数々の著名人が近くに住んでいました。

遠藤周作は昭和八年に両親が大連で離婚し、母と兄とともに帰国して六甲の伯母の家にしばらく滞在し、その年に夙川カトリック教会の近くに移りました。遠藤周作のエッセイを読んで住所を調べても、どこかわからなかったのですが、夙川カトリック教会の記念誌には雲井町あたりに住んでおられたことが記述されているそうです。したがって須賀敦子さんが小林聖心女子学院に通われていたとき、六歳年上の遠藤周作はすぐ近くに住んでいたのです。聖心女子大学の第二代学長を務められたマザー三好もその当時、教会の近くに住まれていて、遠藤周作の母、郁さんに頼まれ、遠藤周作の家庭教師をしていました。そこで遠藤周作はマザー三好にしばしばイタズラをしたそうです。本当に須賀邸のご近所に住んでおられたということですね。

また当時、遠藤周作のお母様、郁さんは小林聖心女子学院の音楽教師をされており、須賀さんはまだ一年生か二年生のときですが、小林聖心で指導を受けられたようです。

それから、ちょうどその時代に苦楽園に住んでいたのが、湯川秀樹です。阪大理学部に通っておられて、これがまた信じられないのですが、昭和九年の日記で、「今日も暑い。六時四十五分起床。登校五十分位かかる。」と述べており、苦楽園のあの山の上から、阪急バスに乗って、苦楽園口まで下りてきて電車に乗り換え、梅田まで出て、田蓑橋の阪大理学部まで、わずか五十分で着いたらしいのです。昭和の初めのことですから、約八十年前の阪急電車はすでにいまと変わらぬスピードで走っていたようです。もっとも当時の阪急梅田駅は、いまの梅田駅よりももっと東にあったのですが。

それからまた同じ時期に近くに住んでおられたのが、小松左京。彼は若松町に住んでおられ、殿山町あたりは足を踏み入れにくい場所であったと述べています。子供にとっては、雲井町・殿山町のあたりは高級住宅街だったので、遊びに行くのは夙川の公園あたりまでで、そこから西にはなかなか行かなかったようです。

終戦の年に須賀敦子さんがこの地下室で薬品の仕分けをしていた頃、近くに住んでいたのが一歳年下の野坂昭如ですね。野坂昭如は昭和二十年六月の神戸大空襲で、満地谷に逃げてきていました。そこで親戚の神戸女学院の女学生と一緒に夙川千歳町の喫茶ラ・パボーニによく遊びにきていましたから、須賀さんとは数百メートルの距離にまで接近していたことになります。

そのとき小松左京はすでに今津のほうに引っ越しており、戦争中は、『くだんのはは』に書かれているように学徒動員され、川崎重工業（川崎造船所）で特殊潜航艇をつくっていました。空襲により電車がしょっちゅう止まるので、神戸から今津まで六時間かけて歩いて帰っていたそうです。

須賀さんも、川西航空機の学校工場となっていた小林聖心で、紫電改の翼となるジュラルミンの板を折り曲げていました。

当時、遠藤周作は受験のために東京の父親のところに移っていましたが、母親は仁川に住んでおり、ときどき戻っていました。近くには、川西航空機宝塚工場（現在の仁川競馬場の場所）があり、B29が爆撃しにくるわけですが、それを目撃した遠藤周作は空襲の様子を、『黄色い人』の冒頭に書いています。

子供の頃遊んだ風景と『こうちゃん』

須賀さんのエッセイを読むと、ときどき子供の頃の海のお話をされています。「フランドルの海」と題したエッセイでは、最後にこう書かれているのです。

白い砂の浜辺が、小さい足をサイダーみたいにやさしく洗ってくれた波が、ふとなつかしかった。

サイダーみたいにやさしくという表現が詩的で上手だなと思うのですが、須賀さんの思い出の海がどこかというのが一つの興味でした。それは松山巌『須賀敦子の方へ』で紹介されています。

入学する前、はじめて海に行ったことを良子さんはよく覚えている。香櫨園近くの海岸で、自分は怖くて、付き添った叔母に抱きついて泣いているのに、姉は泳ぎも知らないくせに波の中に入って、犬かきで泳ぎはじめた、妹の私にどうだといわんばかりに、と。〈後略〉

須賀さんの思い出の海というのは香櫨園浜、いまは御前浜と呼ばれていますが、このあたりのことであろうと思います。

それから、次も良子さんが書かれているものです。

夙川の須賀の家は、西側の庭の崖下に、今と違って広い田んぼが二面あり、その向こうに小川をはさんで、通称稲荷山といわれた深い松林の丘があり、春には山つつじがいっぱい咲くし、とても自然に恵まれていました。稲荷山は現在、高塚山と呼ばれていますが、その松林もどんどん削られて集合住宅が建っています。

この風景はいまはもうまったく失われていて、広い田んぼも埋め立てられ、住宅地になっています。

この写真は上田安子記念館のあたりから撮った現在の高塚山の風景です。山崎豊子の『女の勲章』のモデルになった洋裁学校の先生が、上田安子さんだったと巷でいわれていたのですが、お二人ともそれは否定されています。

▲ 現在の高塚山

須賀さんがローマ留学中に原稿執筆から製作まで手がけ日本に送り続けた『どんぐりのたわごと』というミニコミ誌の内容が、須賀敦子全集に収められています。その第七号が『こうちゃん』です。私はこれを読むと散文詩のように感じるのですが、書店の宣伝文を読むと、「須賀敦子さんが残されたたったひとつの小さな物語」と書かれています。のちに須賀敦子さんの文章が酒井駒子さん（絵本作家）の絵といっしょになって、絵本として出版されています。私はこうちゃんというのは、天使の生まれ変わりのような子だと感じるのですね。一つ一つの章では、いろいろな日本の風景が出てきたり、あるいはイタリアの風景が出てきたりする。その中に一つだけ、須賀さんの生まれ育った風景が出ている章があります。それが十八章。

わたしたちは　あれが　いもうとといっしょにすごした　さいごの夏だったような気がします。夕がたになると　仕事をかたづけて　そとにでました。松林のあいだの坂道をのぼりつめ石ころの白い丘から谷をへだてて　六甲の山々が　深い海のいろに暮れてゆくのを見送ったのです。その日　太陽は　ほんとうにゆたかで　緋いろに大きくゆれながら、ゆっくりとしずんでいきました。息をつめて　腰をおろした御影石のかげが　すこしずつ長くなってゆくのにも　気づかないでいたとき、すぐ　そばの　すすきのくさむらから、くつくつとわらいながら、こうちゃんが　こう言うのです。「あかくて　まるくて　まるで　ぼうしだよね」

これは子供の頃、殿山町の実家の近くで遊んでいて見た、夕日が六甲の山並みの中に消えていく様子を書かれたのではないでしょうか。

六甲山はいまでこそ緑に覆われていますが、昔は花崗岩の白い山肌があちこち見えていました。関東から移ってきた谷崎潤一郎が「赤い屋根」という短編を書いていて、その中の仁川の風景の特徴として、白い土という表現を使っています。仁川に住んでいた遠藤周作もまた、六甲山系の白い土の風景が好きだったようです。

一方、関東ローム層の土は真っ黒なのです。遠藤周作は、関東の黒い土が嫌いと、エッセイにはっきり書いています。それと逆なのは、森田たまさん。彼女は北海道で生まれて東京で育ち、夙川に移ってこられました。最初は、夙川の喫茶ラ・パボーニの隣の借家に住まれていて、六甲の山並みを見て、白い山肌がよそよそしい、なかなか馴染めないと感じたと述べています。

須賀さんは子供の頃、そういう風景の中で遊ばれていました。『遠い朝の本たち』の中の「小さなファデット」と題したエッセイには殿山町の家から見える風景が描かれています。

藤棚につづく茶の間にすわって、細い小川が流れる低地をへだてた向こうの山を見ると、太陽に白くきらめく花崗岩の地肌に、アカマツやクロマツに下生えの潅木などそれぞれの微妙にちがった緑が映えて、都会からたずねてくる客はみなすばらしい眺めですね、とうらやましがった。

当時は須賀さんのお家の茶の間から、そういう光景が広がっていたのですね。高塚山のほうです。細い小川とありますが、いまではコンクリートで固められた側溝となっています。

「冒険少女須賀さん」と私は呼んでいるのですが、学校から帰るとランドセルを放り出して一人で遊んでいたそうです。

花の季節には、二メートル近い高さにもなる山ツツジの、子供の背丈には林にみえた茂みに手や足のあちこちを、イバラやサンキライの棘に刺されながらもぐりこむと、世界がいちどきに明るくなって、顔も手足もツツジ色に染まりそうだった。

けっして難しい言葉を使わずに、こういう表現ができることが素晴らしい才能だと思うのですが、「ツツジ色に染まりそうだった」とは感性の違いでしょうか。

冒険少女須賀さんは、こんなふうに遊びます。

ちょっと油断すると足もとでぽろぽろ崩れ落ちる花崗岩の岩山を、安全かどうかをたえず爪先でたしかめながら、手をついてよじのぼったり、岩の裂け目をぴょんと飛び移ったり、あるときは失敗してずるずる滑り落ちたりしながら、その花だけをせっせと探す日もあった。

皆様も子供の頃、山肌をよじ登って同じような経験をしたことがありませんか。

子供の頃、読んでいた本

このような文章を須賀さんがどうして書けるようになったのかという疑問から、子供の頃にどんな本を読んでいらっしゃったのか調べてみました。文学を専門とされる方々は、小学校の頃から泉鏡花など難しい本を読んでいたと聞くこともあるのですが、須賀さんはどうだったのでしょう。

幼いころは、父が本を買ってくれて、それを読み、成長してからは、父の読んだ本をつぎつぎと読まされて、私は、しらずしらずのうちに読むことを覚えた。

「父ゆずり」というエッセイの中でこうおっしゃっています。

さらに「父の鷗外」というエッセイには、お父様の持っておられた漱石全集に『それから』と『門』が収められている巻の表題を見て、漱石には『それから門』という作品があるとずっと思い込んでいたというエピソードとともに、「漱石には、なんとなく面識のあるような印象をもっていたが、鷗外が重々しい足取りで私の読書プログラムに割り込んできたのは、このときがはじめてだった。」と、大学生のときのお父様との思い出を書かれています。幼い頃から鷗外をよく読んでいたわけではないのだなと少し安心しました。

冒険少女須賀さんが子供の頃に読んで非常に感銘を受けたという本の話が、「葦の中の声」というエッセイにあります。それは、アン・モロー・リンドバーグ著『翼よ、北に』で、リンドバーグ夫妻がニューヨークから飛び立って、北極経由で千島列島から日本を通って、最終目的地の中国の南京に飛行したときの物語です。

アンという作者の名がしっかりと心に刻まれ、いつかは自分もこんなふうに書いてみたいという、たしかな衝動をおぼえたことも、忘れてはいない。

内容を紹介いたしますと、リンドバーグ夫妻が北極圏を通って、日本に向かう途中、千島列島に不時着した光景が書かれています。須賀さんはそれを読んで、疑似体験をしたいと考えます。

関西の家の近くに大きな用水池があって、その一角に葦が繁っていた。私はある夏の日、そこに出かけていって、リンドバーグになったつもりで、池のそばを通る農夫たちの声に耳を澄ませたことがある。寒い千島とはちがって、まぶしい太陽がとろりとした緑の水面に照り返していた。

いまは埋め立てられて残っていませんが、殿山町の実家の下にあった葦の繁った用水池でのことです。不安な気持ちを疑似体験したいとは、まさに冒険少女です。

もう一つ須賀さんが忘れられないと書かれているのが、アン・リンドバーグによる日本語の「さよなら」の意味の解説です。

さようなら、とこの国々の人々が別れにさいして口にのぼせる言葉は、もともと「そうならねばならぬのなら」という意味だとそのとき私は教えられた。「そうならねばならぬのなら」。なんという美しいあきらめの表現だろう。西洋の伝統のなかでは、多かれ少なかれ、神が別れの周辺にいて人々をまもっている。英語のグッドバイは、神がなんじとともにあれ、だろうし、フランス語のアディユも、神のもとでの再会を期している。それなのに、この国の人々は、別れにのぞんで、そうならねばならぬのなら、とあきらめの言葉を口にするのだ

この文章はよく引用されており、日本人の心をはぐくんだ根底の思想を表すものだといえるでしょう。

これは山本有三の編集による『世界名作選』に収められた作品なのですが、戦争中に発刊されたことについて、軍部の目をくらませて子供にこういうものを与えてくれたのは、素晴らしいと須賀さんは述べられています。それと同じようなことを、美智子皇后が、一九九八年の国際児童図書評議会の講演で話されているのです。美智子皇后が疎開されているときに、お父様が持ってきてくれた本に、この『世界名作選』があり、素晴らしい作品ばかり集められていると、編集者を高く評価されていました。それがきっかけで『世界名作選』の復刻版が出版されています。

須賀さんのお家の話をもう少しいたしましょう。須賀さんは谷崎潤一郎の『細雪』の書評を書かれています。その中で書かれていることが、『細雪』の一場面だと思って読んでいると、須賀さんの家でのできごとでした。

たたみの上に波うって部屋いっぱいにひろがる色の洪水、姿見のまえで、あの帯にしようか、こっちのほうがいいかと、はてしなく続く色あわせ模様あわせ。そんな姉妹たちのそばで、つぎの帯を両手にもって、辛抱づよく待っている女中。夙川の家での母たちの外出は、いつもそんな大騒ぎのなかで準備された。

書かれているのは『細雪』の世界そのものですね。『細雪』の三姉妹は着物姿で、しゃなりしゃなりと芦屋の水道路を歩いて行かれたのですが、須賀家の母と叔母たちは先ほど写真でお見せした夙川の殿山町の線路沿いの道を『細雪』さながらの様子で歩いていたのです。

小林聖心女子学院で知り合った友人、高木重子

やはりふれておかなければならないのは、小林聖心でのお話です。ちなみに、須賀姉妹のニックネームは、ご本人がアネガス、妹の良子さんはイモガスと呼ばれていたそうです。

さて『遠い朝の本たち』の中に登場する、しげちゃん。本名高木重子さんのお話からです。

しげちゃんと私はもともと、六甲山脈のはずれにあたる丘のうえのミッションスクールで、小学校からの同級生だった。とはいっても、いっしょに勉強したのは、一年生までにすぎず、三年のとき父の転勤で私が姉妹校に移ったあとは、子供どうしの別れのあっけなさで、手紙を書きあうでもなく、それきりだった。

戦争が激しくなって夙川に戻ってきたときにまた出会うのですが、しげちゃんは阪急の岡本のほうに住んでいました。

しげちゃんは、私たち一家が住んでいた阪急沿線の夙川駅から、ふたつ神戸寄りの岡本から通っていた。〈中略〉岡本のしげちゃんの家をはじめてたずねたのは、戦争がおわってからだった。電車を降り踏切を渡ってから、坂

をのぼっていったところの、大きな敷地に建った平屋だった。

阪急の岡本の駅を降りると、北側に少し上ったところに岡本の梅林があり、その近くに高木重子さんのご自宅がありました。そして二人はいつも本の話をしており、須賀さんが東京に移られて、お母さんに銀座のデパートの書籍売り場で買ってもらった大切な本、『ケティー物語』が話題の一つでした。ケティーの家には広い庭があって、ブランコがあって、まるで草原のような庭で、ケティーがおてんばなところを見せる。この話が須賀さんに、幼い頃の家のまわりの自然の中で遊んでいたことを思い出させ、とても気に入ったらしいのです。戦争が激しくなって夙川に戻った須賀さんは、高木重子さんと再会し、小林聖心からの帰り道に『ケティー物語』の話をします。

「誤訳」ということばを、そのころの私がどれくらい理解していたのかわからないが、記憶にあるかぎり、それは私にとって、はじめての文学作品(翻訳ではあったけれど)の質についての会話だった。あの本は、英語で読めば、もっともっといいんだって。そう、しげちゃんはつづけた。私は息をのんで彼女の話を信じ、たぶん、それから、いつかは翻訳でなくて、あさ子姉さんのように、英語で本を読めるひとになりたいとこころのどこかで決めたように思う。

「しげちゃんの昇天」というエッセイでは実名で登場する高木重子さんですが、『ユルスナールの靴』ではようちゃんという名前で登場します。

生まれたのは私とおなじ一九二九年でも、ようちゃんのお誕生日は三月の終わり近くだったから、小学校一年生のころの彼女は、見るからにきゃしゃで、上靴の留めボタンがうまくかからないといっては泣き、毎日、学校までつきそってくるばあやさんが先に帰ってしまったといっては泣いた。

戦争が激しくなって、学校も作業場になり、須賀さんたちは紫電改の翼の部品をつくる作業に従事していました。そのときの帰り道のことです。

ようちゃんが彼女の大事な秘密を打ち明けてくれたのは、ちょうど私たちが掃除当番の日で、みんなにすこし遅れて坂を降りていた。はやくしないと駅に着くまでに日が暮れる。〈こわい〉男が出るという、そんなうわさがよくひろまった淋しい坂道で、私たちは早足でつまさきだって歩いていた。

これがちょうど小林聖心の門を出て歩いていく坂道の写真です。暗くなったら、たしかに怖そうな道です。そこでの帰り道、ようちゃんからカトリックの勉強をしていると打ち明けられ、須賀さんは「人間が信じられないの」とようちゃんに尋ねたのです。

ようちゃんのモデルとなったしげちゃんは卒業してから修道女になると打ち明けます。

「しげちゃんの昇天」に戻りましょう。

卒業も間近なある日、しげちゃんが、あたらしい校舎の四階まで私に会いに来てくれた。私の個室のドアが半びらきで、私はそれによりかかっていて、目のまえに私よりちょっと背のひくいしげちゃんがいた。どうして、そんなに反抗ばかりするのかな、と彼女は言った。

そのとき、しげちゃんが低い声で言った。私は、来年卒業したら、たぶんカルメル会の修道院にはいる。えっ？と私は問い返した。その修道会の戒律がきびしくて、一度、入会したら、もう自由に会うこともできなくなるのを知っていたからである。一日中、沈黙の戒律をまもり、食事のときもだまって聖書の朗読を聴きながら食べるという話は、中世みたいで恐ろしくさえあった。

どうして修道女になるのかなという気持ちはとてもよく理解できます。須賀さんと文学の話ができたただ一人の友人、高木重子さんでしたが、そんな大切な友人が修道院に入り、卒業後は全然会う機会がありませんでした。高木さんは、やがて身体を悪くして、若くして亡くなってしまうのです。

しげちゃんにさいごに会ったのは、一九五一年に私が女子大を卒業して三十五年もたってからで、場所は調布のカルメル会修道院の面会室だった。

高木さんは函館の修道院に入られていたのですが、膠原病を患われ、療養のため、しばらく東京調布のカルメル会の修道院に来られます。そのとき須賀さんは三十五年ぶりに高木さんに会いに行かれます。

調布駅を降りますと、水木しげるさんが新婚時代から住まれたという天神通り商店街があって、ゲゲゲの鬼太郎のモニュメントなどがあります。そこをさらに上っていくと、修道院があります。昔は森の中にあったのでしょうが、いまはすぐそばまで住宅が迫っているという状況です。しかし写真のように高い塀で囲われ、外界とは完全に遮断されており、なかなか一般の人は入れない状況です。

高木重子さんは五十七歳で亡くなられますが、彼女がモデルとなっている「ようちゃん」は、一十五歳で亡くなります。

ようちゃんと私は、彼女が短い生涯を終えるまで、ほんとうに〈死ぬまで〉会わなかった。彼女の訃報を私はパリで受け取った。知らせてくれたのは、ようちゃんが一年生のとき、よくスカートに顔をうずめて泣いていたふみ子姉さんで、手紙には彼女が〈みじかい病気で〉天に召されました、先月、二十五になったばかりです、とだけあった。あんなに元気だったのに、と私は唐突な訃報が信じられない気持ちだった。

読んでいると涙が出そうになりますね。

父豊治郎と須賀商会

次に、須賀敦子さんのお父様の豊治郎さんと須賀商会のことについて紹介します。昭和の初めに一年間もかけて世界一周できるというのは、どんな大金持ちだったのでしょう。

私が東京の会社に通っていたとき、地下鉄三田線の御成門の駅を上がると、須賀工業という看板が日につき、「これは須賀さんの会社なのだろうか」と思っていました。調べるとやはり須賀さんの父上の会社で、須賀商会から須賀工業になり、現在、本社は上野にあります。『遠い朝の本たち』の「父ゆずり」には、このように書かれています。

私が六歳のとき、父は、当時そう呼ばれた世界一周の旅をした。船でウラディヴォストックにわたり、そこからシベリア鉄道でモスコウを経てヨーロッパの国々やイギリスをたずね、さらにロンドンから船でアメリカに行き、大陸を列車で横断したあと、また船で太平洋を渡って帰るという、いまでは考えられないほどの、ゆっくりした旅行だった。行った先々で、父は日本で待っている人たちにおみやげを買った。とくに最後に寄ったカリフォルニアからは、大きな木箱いっぱいのサンキスト・オレンジがとどいた。

これが昭和十年そこそこの話で、サンキスト・オレンジが届いたのは夙川の実家です。私が中学のときはオレンジジュースといえば、まだバヤリースオレンジの時代でした。それよりはるか昔にサンキスト・オレンジが届いた。その頃は非常に高価なものだったと思います。

お父様が世界一周になぜ行かれたか、その理由が『ヴェネツィアの宿』に書かれています。

一九三五年の暮、父は祖父の創めた家業のために視察という名目で、ヨーロッパからアメリカにかけての一年近い大旅行に出かけた。それは祖父が死んだあと、十九歳で大学をやめさせられて家をついだ父がさっぱり仕事に身がはいらないのを心配した後見人の大叔父と祖母の編み出した計画でもあったらしい。

どうも、あまり仕事に熱心でなかったので、世界を見てこいといわれたようです。一年間の世界一周で、オリエント急行にまで乗って、いくらお金がかかったのかと思いますが、それができた須賀商会とは、どんな会社だったのでしょう。

須賀商会とは、前田裕子著『水洗トイレの産業史』によると、日本の水洗トイレの歴史をつくった一番初めの会社で、創業者は祖父の初代豊治郎です。父上が二代目豊治郎。祖父の豊治郎氏は和式の水洗トイレなど、さまざまな考案をして、特許を取得されています。

ジョサイア・コンドルをご存じですか？　丸の内の三菱のビルの設計者です。そこで認められ、ジョサイア・コンドルの設計した建物の水洗とか、水まわりの工事を須賀商会が独占的に請け負い、そこからどんどん商売を拡げていったということです。時代背景もあり、経営状態も良く、二代目豊治郎氏が世界一周にも行けたのでしょう。

須賀さんに幼い頃から、読書の大切さを教えてくれ、非常に厳しかった父豊治郎氏ですが、須賀商会の社長になられてからのことでしょう、二つの家庭を持っていたという衝撃的な事実が明らかにされます。

父がふたつの家庭をもっているのを知ったのは、私がはたちのときだった。いろいろ話したいことがあるから、帰ってきてください。戦後はずっと病身だった母から東京の大学の寮に手紙が来て、私は十一月のはじめの短い休暇に帰省した。父は不在だったけれど、彼がこの夙川の家にいないことに私たちは慣れていた。夕食のあと、ふたりだけになるのを待って、母はぽつりと言った。パパが家を出ちゃったの。

これを聞いてからは精神的に非常に苦しい学生生活を送ったということが述べられています。家を出てしばらくして、お父様が身体を悪くして京大病院に入院しているということがわかります。そこに須賀敦子さんと、妹の良子さんが一緒に面会に行かれたそうですが、この作品では須賀さんが一人で訪ねたことになっています。

こんなところで、なにをしているんだ。父がこわい声で言った。遠くからは元気そうにみえたのに、向かいあってみると、ひげがのびて、目がくぼんでいた。パパこそ、そう言うのがやっとだった。泣いてはだめだ、と思いながら、つけくわえた。パパを探しに来たんです。なにも言わないで家を出てしまうから。父は一瞬こまった顔をした。

こういう話があって、須賀さんは聖心女子大から十一月に夙川に戻られたのですが、お母様が心配で、すぐには大学に戻りませんでした。ところが、しばらくして、無事お父様が家へ帰ってきた、と作品には書かれています。そういうお父様でしたが、その後、お母様が一時危篤になり、なんとか回復しますが、今度はお父様が胃ガンの手術をされます。そのときのことです。

母の病状が一応、落着いたあと、父の看護をするために日本にとどまるべきかどうか迷う私に、父はきっぱりいった。おれのために、いまさら、おまえの選んだ生き方を曲げるな。ミラノへ帰れ。

さすがだなと私は思います。明治の男ですね。二つの家庭を持ったお父様ではありましたが、気骨ある方でした。お父上は、若いときの世界一周の旅でオリエント・エクスプレスに乗った思い出が心に残っていて、亡くなる間際に、ミラノにいる須賀さんに電話がかかってきます。

「近々お見舞いに日本に帰られるとのことで、お父様はたいへんおよろこびです」知らない人の声はいった。「それで、おみやげを持って帰ってほしいとおっしゃって、お電話するようお頼まれしたのですが」私が父の容態をたずねると、電話の声はそれには答えないで、みじかい沈黙のあと、こういった。「一日もはやくお帰りください」

このとき頼んだお土産というのが、オリエント・エクスプレスの模型、それとオリエント・エクスプレスで使っていたコーヒーカップとお皿のセット、それを持って帰ってほしいと須賀さんにことづけるわけです。どうやってオリエント・エクスプレスのコーヒーカップを買おうかと悩んだ末、とりあえず須賀さんはミラノの駅に行き、その車両がプラットフォームに入ってきたシーンが描かれています。

「すみませんが」そう声をかけると、車掌長は大げさにびっくりした手ぶりをしてから、顔をあげて、私を見た。「なんでしょう、マダム」「少々、おかしなお願いがあるんですけど」「なんなりと、マダム、おっしゃるとおりにいたしましょう」ヨーロッパの急行列車でも稀になりつつある、威厳たっぷりだが人の好さがにじみ出ている、恰幅のいいその車掌長に、私は、日本にいる父が重病で、近々彼に会うため私が東京に帰ること、そしてその父が若いとき、正確にいえば一九三六年に、パリからシンプロン峠を越えてイスタンブールまで旅したこと、そのオリエント・エクスプレスの車内で使っていたコーヒー・カップを持って帰ってほしいと、人づてにたのんで来たことなどを手みじかに話した。ひとつだけ、カップだけでいいから欲しいんだけれど、頒けていただけるかしら、とたずねると、彼は、はじめは笑っていた顔をだんだんとかげらせたかと思うと、低い声の答えが返ってきた。「わかりました。ちょっと、お待ちいただけますか」そういって車内に消えると、彼はすもなく大切そうに白いリネンのナプキンにくるんだ包みをもってあらわれた。ありがとう。そう言った私の声はかすれていた。お代は、とたずねる私に、彼は包みを開いて、白地にブルーの模様がはいったデミ・タスのコーヒー茶碗と敷皿を見せてくれながら、まったくなんでもないように、言った。「こんなで、よろしいのですか。私からも病気のお父様によろしくとお伝えください」

これは感動ものですね。事実だったのか、須賀さんの創作なのかはわかりませんが、胸がつまります。日本のおもてなしもオリエント・エクスプレスの車掌長に負けないようにやらないといけないと思ってしまいます。結局、須賀さんはそのお土産を持って父上が入院されている虎ノ門に向かい、ほとんど意識のない危篤の状態だったのですが、なんとか亡くなる直前に間に合ったのです。

夙川を愛し、阪神間の文化を書きたかった須賀敦子

父上が亡くなったのは一九七〇年ですが、須賀敦子全集に収められた一九七一年二月二十日の日記からです。

> 今日、夙川ではパパの一周忌で集まっているはず。山の上の墓地。お天気はどうだっただろうか。太郎や次郎はおとなしくしていただろうか。〈中略〉神戸や夙川の空気が時々たまらなくなつかしくなるのはどうしてか。

山の上の墓地というのは甲山の墓地ですね。そこに須賀家のお墓があります。夙川・神戸を懐かしんでいる須賀さんの様子がよくわかるのですが、ＫＡＷＡＤＥ夢ムック　文藝別冊『須賀敦子ふたたび』に「夙川から歩きはじめた思い出」というエッセイを柿原寛さんが寄稿されています。震災後一九九五年二月二十七日のことです。

> 目的のとおり、川沿いに北上し、夙川教会を通りながら線路の北側にまわり、お宅のあるほうへ向かいました。お宅や周辺の様子にほっとされながら、感想も言われていましたが、突然の来訪を知らせる、そのインターフォン越しに「須賀の小《コ》ママよ」と自分のことを告げて、そのとき出てこられた姪ごさんと門外でお話をされていました。

震災のあとに帰られていたようです。その後、西にかなり歩いてからタクシーに乗って神戸へ。須賀さんは三宮の市役所前に立ちます。

いったい、私はこの五十年なにをしてきたのだろう。震災から二カ月半、夕暮れの三宮の市役所まえでタクシーを降りて周囲をみまわしたとき、自分にも思いがけないこんな言葉が、軋むように頭のなかを駆け抜けた。電線があちこちに垂れ下がり、へなへなとすわりこんだようなビル群の風景に、五十年前の焼け跡と高架下のヤミ市しかなかった三宮が重なった。

これは中井久夫さんが震災の経験を書かれた『昨日のごとく』の須賀さんの書評からです。子供の頃から阪急電車に乗って三宮のあたりに連れて行ってもらったと述べられています。

『トリエステの坂道』に書かれている三宮の風景で一つ私がずっと気になっていたことがあります。

サバがいつも歩いていたように、私もただ歩いてみたい。幼いとき、母や若い叔母たちに連れられて歩いた神戸の町とおなじように、トリエステも背後にある山のつらなりが海近くまで迫っている地形だから、歩く、といっても、変化に富む道のりでさほど苦にはならないはずだった。

丘から眺めた屋根の連なりにはまるで童話の世界のような美しさがあったが、坂を降りながら近くで見る家々は予想外に貧しげで古びていた。裏通りをえらんで歩いていたせいもあっただろう。〔中略〕軽く目を閉じさえすれば、それはそのまま、むかし母の袖につかまって降りた神戸の坂道だった。母の下駄の音と、爪先に力を入れて歩いていた靴の感触。西洋館のかげから、はずむように視界にとびこんできた青い海の切れはし。

これはまた素晴らしい文章で、情景が目に浮かぶようですが、ずっと不思議に思っていたのは、まだ異人館ブームなどなかった時代に、どうして須賀さんは北野町のあたりを歩いていたのかという点です。それが、去年の『須賀敦子ふたたび』を読んで、謎が解けたのです。それは「コスモスの海」という未発表のエッセイに書かれていました。

そのころ大叔父は、それまで住んでいた三宮駅に近い町屋から山手の宏壮な異人館に移ったので、ケンさんは庭仕事をまかされて、奥さんといっしょに母屋の裏の小さな家に住むことになった。庭仕事といっても、邸が古いので、始終あちこち修繕しなければならなかったし、家のうしろの山すそにかけていちめんにひろがる花畑の世話もした。

須賀さんの大叔父様が異人館に住んでおられた。そこを訪れた帰り道、母親と北野町の坂道を下ったのでしょう。以前読んだ広瀬毅彦著『風見鶏謎解きの旅』という本に須賀邸の話があり、ひょっとしたらこれは須賀さんの親戚ではないかなと思っていたのですが、やはりそうでした。

風見鶏の西隣にあった異人館は、須賀さんが住んでおられたところだが、それはそれは華麗なお屋敷だったということ。今では、数戸の住宅の敷地に分割されてしまっていて、往時の面影は全く見られない。

風見鶏の館の西隣に異人館があったそうで、風見鶏の館より立派な異人館だったと記されています。

北野小径・秋の夕暮れ　奥に山田邸、左ベーア邸、右の高い白塀が須賀邸だった。右手前の傾いた塀が風見鶏の敷地。

「夙川から歩きはじめた思い出」を読むと、先ほどの柿原寛さんが夙川カトリック教会の絵が描かれた絵葉書を須賀さんに送られたそうです。

その須賀さんからの返事が、「ふだん、私の場合、とくに考えていないつもりの夙川が、自分の中の大切な部分に巣喰っていたのをいまさらのように感じました。なにか、なにか、あの辺のことを文章にできたらと思います。地震でなくなってしまったあの辺のことです」。

また須賀さんをお見舞いしたときのお話です。

阪神間にたしかにあった〝文化〟を私なりに書けると思う、その時にはお願いね、といったお話をうかがいました。その後それを始めるお手伝いが、行き届かない私には、かないませんでした。

本当に、震災前の夙川のことを須賀さんにもっともっと書いてほしかったと思います。

須賀さんのお墓は甲山墓園にあり、松山巌『須賀敦子の方へ』の中で次のように述べられています。

甲山のカトリック墓地にある須賀家の墓には、彼女ばかりか、カトリックに入信した両親と弟新さんも洗礼名と共に名が刻み込まれている。左隣には、須賀の義弟にあたり、須賀が亡くなって二年後に没した北村隆夫さんの墓があり、隆夫さんと共に息子さんの名と洗礼名がすでに刻まれている。

よそのお墓を訪ねるというのは、いろいろ議論がありますが、須賀さんも実は雑司ヶ谷霊園に永井荷風の墓を訪ねられたことがあり、墓地の中で迷ってしまい聖心女子大学のシスターたちのお墓に遭遇したことがエッセーに書かれています。須賀さんもハカマイラーをされていたのならと、私も須賀さんのお墓を訪ねました。

やはり心に残るのは、「夙川のこと、書かなきゃね。わたし、死んでる場合じゃないわよね」と病床でおっしゃった言葉ですね。本当にもう少し須賀さんが生きておられたら、われわれが知らなかった夙川の文化ついて書いていただけたと思います。とても残念です。

これで、お話を終わらせていただきます。これからも須賀敦子さんの作品が読まれ、ファンが増えればと願っています。

参考文献

アン・モロー・リンドバーグ『翼よ、北に』みすず書房
河出書房新社編集部『須賀敦子ふたたび（KAWADE夢ムック 文藝別冊）』河出書房新社
須賀敦子『遠い朝の本たち』筑摩書房
須賀敦子『トリエステの坂道』みすず書房
須賀敦子『ヴェネツィアの宿』文藝春秋
須賀敦子『ユルスナールの靴』河出書房新社
須賀敦子『須賀敦子全集第四巻』「作品のなかの『ものがたり』と『小説』」河出書房新社
須賀敦子『須賀敦子全集第七巻』「日記」河出書房新社
須賀敦子・酒井駒子『こうちゃん』河出書房新社
田宮虎彦・小松益喜『神戸 我が幼き日の……』中外書房

中井久夫『時のしずく』「阪神間の文化と須賀敦子」みすず書房
広瀬毅彦『風見鶏謎解きの旅』神戸新聞総合出版センター
松山巖『須賀敦子全集第八巻』「年譜」河出書房新社
松山巖『須賀敦子の方へ』新潮社
山本有三編『日本少国民文庫　世界名作選（二）』新潮社

5

文学の中のお嬢様

二〇一一年六月七日　神戸女学院大学　文学部一号館

堀江　珠喜（大阪府立大学教授）

一九五四年西宮市生まれ。中学から大学院修士課程まで神戸女学院に学び、神戸大学大学院文化学研究科博士課程修了。学術博士。現在、大阪府立大学教授。専門は英文学、比較文学。著書に『サロメと世紀末都市』『猫の比較文学』『男はなぜ悪女にひかれるのか』『「人妻」の研究』『いい加減な人ほど英語ができる』など多数。

御令嬢扱い

神戸女学院で、中学から大学院修士までの十二年間を学べたのは、私の人生にとって、たいへん意義深いことでした。その一つは「お嬢様」教育でしょう。

当時の中高部では、生徒は「令嬢」扱いされていました。私の記憶に間違いがなければ、神戸女学院中学に入ったとき、保護者への書類に、「このたびは御令嬢をお預かりするにあたり……」と、生徒について「御令嬢」という言葉が使われていました。それを読んだ私は感激しました。私を指す言葉として「御令嬢」が使われているのを、初めて見たからです。

母については、よく結婚披露宴の招待状や年賀状などで、「御令室様」と表現されていました。ですが、この女学院の書類には、招待状のような形式的で改まった感じではなく、日常語として「御令嬢」が用いられていたのです。「これから私は、御令嬢なんだ」と、単純にも入学の喜びが倍増したのを覚えております。

当時の中高部において、生徒は、本当に「お嬢様」という位置づけでした。とくに女性の先生が保護者に向かって、その娘について話すときには、「お嬢様は……」と説明されました。保護者参観で、教室の後ろに並ぶ母親方に先生が話されるときにも、「皆様方のお嬢様方は……」というふうにおっしゃるのがふつうでした。これを聞くと、われわれは、お嬢様なのだ、お行儀良く、言葉遣いも改めなければと、身の引き締まる思いでした。

保護者との個人懇談で、先生と母とが一対一のおりには、私のことを「珠喜さん」とおっしゃる先生もおられました。ですが、とくに品のいい年配の女性の先生方は「お嬢様」との言葉を使われたようです。

そのような女性の先生方は、ご自身も元「お嬢様」だったようで、他校では考えられないような発想で生徒指導をされた工ピソードがあります。私の二年ほど上の方の話です。

神戸女学院の中高部では私服着用。遠足や部活で必要なとき以外はパンツ系は禁止でしたが、われわれの学年が高校のときに教員側と交渉して許可されました。けれども中高部・大学とも、和服は（茶道部がバザーや文化祭で必要な場合を除いては）禁止。卒業式でも袴を含め、和装は不許可でしたが、当時の女学院生はそれに対してまったく不平不満はなし。バービー人形で育ち、欧米文化に憧れた世代だったからでしょうか。いまでも我々の同期会へ、和服で現れる元クラスメートはおりません。

いっぽう、昔からパーマネントはかけられました。ヘアダイは駄目でしたが、若白髪のクラスメートが黒く染めたことは黙認され、その女学院の柔軟な対応に嬉しく思いました。

ですが、いくら校則でパーマネントが禁止条項でないといっても、半世紀前に中学二年生の娘にパーマネントをかけたいとねだられたら、多くの親は当惑したはずです。まわりの公立の娘さんと比べたら、それでなくても私服で派手なのに、そのうえパーマネントをかけるのは不良だ、と心配し、あるお母様が担任の先生に相談しました。

そのときの担任は、（父親が外交官だったために英国で生まれ育ったと噂されていた、いかにも元お嬢様という感じの）日本語より英語のほうが達者で風変わりな岡田先生だったので、お母様に対してこうおっしゃったそうです。

「お嬢様がパーマネントをおかけになりたいとおっしゃる？」

この言葉遣いは、いかにも古き良き時代の神戸女学院という感じがいたしますね。そして、こう続けられたそうです。

「お嬢様がパーマネントをおかけになりたいとおっしゃる？　それはお嬢様が、ご自分で、パーマネントがお似合いになるとお思いだからではございませんか？　一度かけさせておあげになったらいかがですか？」

これは一般の公立の中学では考えられない返答だと思われます。お嬢様扱いもされませんし、中学二年生でパーマをかけるなんてとんでもないことだといわれるでしょう。母親にしてみても、「いくら規則では問題ないとはいえ、ちょっとまだ早いのではないですか」との言葉を期待して、先生に相談されたものと思われます。ところが、生徒の自主性と個性を尊重するようにアドバイスされたわけです。神戸女学院はそういう、生徒の個性を尊重するところでした。

神戸女学院の中高部では、在学中はお嬢様扱いされましたが、かといって甘やかされるというわけではありません。お嬢様なんだからとはいわれませんが、しかるべきマナーは守れ、敬語と英語を使えるようになれとのプレッシャーは感じました。中学生のとき、廊下で上級生が日本人の先生には敬語、米人教師には英語で、とても自然な感じで雑談する姿を見て驚き、また憧れたものです。

レディーファースト

大学の英文科に入ると、今度はレディー扱いされました。ペーダー教授というアメリカ人の男性がおられ、彼の授業では、スカート着用が彼独自の「規則」で、パンツ系だと教室から追い出されるのです。ちなみに遅刻すると教室に入れてもらえず、公欠（私の場合は祖母が亡くなったための忌引）も認められず減点されたのはアメリカ流でした（その点、運動系クラブの公式試合や就職活動まで公欠扱いをするような日本の大学は甘すぎて、グローバル・スタンダードに合わないように思われます。たとえば米国名門スミス女子大では、阪神大震災のため休暇明けの授業に間に合うよう渡米できなかった日本人留学生についても配慮はなく、欠席は欠席として減点システムをとっていました）。

授業中のみならず、質問などでペーダー教授の研究室を訪ねるときも、スカートをはいていかないと相手にされません。レディーはスカートをはくものである。パンツ系をはいていると「タンボ　ノ　シゴトデスカ?」と追い払われる。でも、ディートリッヒの大ファンでいらしたので、「あの女優はパンツをはいているじゃないですかと」反論すると、「彼女は別！」とあしらわれました。

「僕のクラスの学生はレディーです。レディー扱いするので、レディーらしく振る舞いなさい」という信念をお持ちでした。そこで私は、スカートをはいていくのを忘れた場合に備えて、ロッカーにスカートを置いていました。そうでなければ、早めに座ってズボンをたくし上げ、ジャケットを脱いで膝掛けのように置き、スカートのふりをする、現場対応能力に優れた学生もいました。

また期末試験で、うっかりとジーンズをはいてきたため、急いで教務課へ行き、スカート姿の先輩女性職員に泣きつき、ジーンズをスカートに交換してもらって教室に現れた学生の機転には、感心します。それほど、彼のルールは厳しいものでした。

私自身、スカートをはいていないとレディーでないとは思いません。けれども、確かにスカートをはいていると、ズボンのときとは座り方が異なることは認めざるをえません。立ち居振る舞いが、多少は違ってくる。そんなスカートのときのマナーで毎日を送り、四十年も経つと、私のように無意識に膝をつけて、座り続けられます。あのときの英文学と関係ないペーダー教授の教育方針は、欧米のハイソな文化を「お嬢様」学生に刷り込ませるものだったのかもしれません。

ペーダー教授自身も、学生に対して口うるさいだけあって、われわれをきちんとレディー扱いしてくださいました。神戸女学院のキャンパスは渡り廊下が多く、そこには必ずドアがありました。ペーダー教授は、われわれ学生に対しても、必ずレディーファーストの欧米マナーを実践されていました。一緒に歩いていたとき、一人しか通れない出入り口にくると、まず先生に通っていただくのが当然と思い、立ち止まると、先生もドアの前で待たれます。

ペーダー教授はレディーファースト厳守派なので、二人でじっと立ったまま「After you, After you」と譲り合いが続き、最後は「Ladies first!」との先生の言葉にしたがって、「Thank you!」と私が会釈をして先に通りました。そのように、レディー扱いをされる以上は、こちらも求められるようにレディーとして振る舞わなければなりません。

もうお一人、日本人の先生では、茂教授というチャプレンをしていらした方がレディーファーストのマナーを自然な感じで実践され、ドアなどでは、必ず私を先に通してくださいました。

「お嬢様」とは?

「お嬢様」と「レディー」とがまったくの同義語ではないにしろ、女学院中高部では「お嬢様」扱いをされ、大学では「レディー」扱いされたわけです。では「お嬢様」という日本語について、皆様方はどんなイメージを持っていらっしゃるでしょうか。

深く考えないで、ぱっと思いつく言葉が、いつも心に抱いているイメージと思われます。「お嬢様」という言葉の前に、たとえば、「きれいな」という形容動詞、「美しい」という形容詞、あるいは神戸の、芦屋のという固有名詞を用いた修飾語、何でもいいので五秒以内にぱっと頭の中にひらめいたものが、ご自分が無意識に持っていらっしゃる「お嬢様」イメージでしょう。

この件について、大阪の船場で生まれ育ち、『華麗なる一族』の著者・山崎豊子の小学校の後輩にあたる芦屋在住の八十代ご隠居に尋ねました。

「『お嬢様』に修飾語をつけてください」

すると即座に「おきれいなお嬢様」といわれました。ここで特筆すべきは、「お」がつくことでしょう。「きれいな」ではなく、「おきれいな」です。続けていわれたのは「お美しい」、「お優しい」で、全部「お」がつくのです。

「でも世の中には、美しくないお嬢様もいらっしゃるんじゃないの?　みんながきれいとはかぎらないから、不細工なお嬢様はどうなるんですか」と意地悪くたずねると、「不細工なのはお嬢様ではない！」と返されました。

このご隠居の言葉を考えてみましょう。美しいかどうかというのは、非常に基準が曖昧です。若いか、若くないかを、たとえば、五十歳を境にして決めるのであれば、戸籍年齢で明確に分類できます。その基準を五十歳か、六十歳、七十歳にするかは別にして、それで若いか否かを決めるのは、極めて容易です。

しかし、「美しい」、「美しくない」というのは、けっして定規を持ってきて鼻の高さを調べるわけではありません。いま小顔ブームですが、顔のこの部分が何センチ以下が「美」というわけでもなく、あくまでも見た目、主観的判断によります。

もちろん若い、若くないは、線引きが年齢でできますが、若く見えるか、見えないかは、当然ながら、見る人の感覚によって違います。きれいに見えるか、見えないかについても同様です。つまり、「美」とは、かなりいい加減な要素といえましょう。

「不細工なのはお嬢様ではない」とおっしゃった山手町のご隠居さんの言葉を深読みしてみると、「お嬢様は不細工であっても、不細工には見えない」ということではないでしょうか。つまり、何か錯覚させるものがある。それはその方の優しさであったり、持っている雰囲気であったり、オーラであったり、あるいは物腰であったり、品の良い服装であったり、上品な言葉遣いであったりするでしょう。

そういうものの総合点として、「おきれいな」「お美しい」存在に見せるということではないかと思います。その反対に、美しい方が下品な言葉を使うと、美しさは台無しになり、いっそう下品な様子が印象づけられますので、若いお嬢様方は、ご注意あそばすように。

では、「お坊ちゃま」のほうはどうでしょう。そのご隠居は「賢いお坊ちゃま」といわれました。その方の「お坊ちゃま」は、灘高校から東京大学へ進まれました。自分の身内にいるお坊ちゃまが優秀なので、「賢い」が自動的に出てきたと思われます。

皆様方も「お坊ちゃま」という言葉の前に何が入るか、ちょっと考えて遊んでみてください。私は「お嬢様」という言葉の前には「わがままな」という形容動詞を入れます。「わがままなお嬢様」です。「お坊ちゃま」については、「頼りないお坊ちゃま」とします。なぜかというと、身内にそういう人がいるからです。

まず、わがままなお嬢様というのは、私の母のことです。母は一九二〇年に生まれ、夙川で（『細雪』の蒔岡家よりは）裕福な環境で育ち、（神戸女学院ではなく同宗派の）梅花女学校で学び、戦争中も徴用を避けるために映画配給会社にコネ入社し、親元を離れて九州へ転勤。本人は南方勤務を望んだもののかなえられず、かわりに満州鉄道旅行を楽しんだようです。

敗戦で夙川に帰り、恋愛結婚したあとも夙川にこだわって住み続け、八十四歳で神戸市中央区の有料老人ホームに移って、シティライフをエンジョイし、八十六歳で亡くなりました。彼女は死ぬまで、わがままでした。その兄というのは優しいけれど頼りない男性でした。ですから、この兄妹は、「頼りないお坊ちゃま」、「わがままなお嬢様」というわけです。

わがままの「わが」には、「我」という字を書きます。わがままというのは悪い言い方ですが、自己主張が強くて自己を持っている、自分というものをはっきりと持っているということです。それに振り回されてまわりは迷惑するわけですが、自分を持っていることは、そう悪いことでもないかもしれません。

先述のペーダー教授は、授業でいつも「Be yourself.（自分自身であれ）」とおっしゃいました。日本人はなかなかこのselfを主張する勇気がなかったりします。個性的なものが良いといいながら、人と同じものを着て安心感を持つ。人と同じことをして快適なのは農耕民族の性でしょうか。その中で、自己を持っている、わがままであろうが、「我」を持っているというのは、世間知らずの「お嬢様」の特性なのかもしれません。

というのも物語の「お嬢様」というのは、我とか自己を持っています。そうでないと、お話になりません。ただお美しい、お優しいお嬢様がいらして、物静かで従順で、皆に愛され大事にされて、ずっとお幸せに生きて死にましたではお話にならない。そこで、葛藤があったり、問題が起きたときにこの「我」、自己が出てくるのです。上品で弱そうに見えながら、実は強く自己主張ができるのも、お嬢様なればこそではないでしょうか。つまり困難においては、問題に積極的に立ち向かう、あるいは、動揺せずに次元の異なる生き方を見つけるという強さを持っているのが本当の「お嬢様」と思われます。

彼女の強さというのは、教育や教養、あるいは親から受け継いだDNAかもしれません。これらは多くの場合、財力（斜陽族であったとしても、それまでの資力）に裏づけられています。だからこその「お嬢様」なのですが、そのようなパワフルな部分が文学に登場するお嬢様的特徴と思われます。

さて、また山手町の話に変わります。山手町のご隠居さんは、「お嬢様」に対し「お美しい」、「お優しい」、「おきれい」だと、ある種の憧れを持っていらっしゃいます。逆にいえば、自分が憧れる女性は、お美しくて、お優しくて、おきれいでなければならないのです。

私の在学中、神戸女学院は「お嬢様学校」と、いい意味でも、あるいは揶揄される意味でもいわれておりました。いまでもそのイメージは、私の年齢以上の方は持っていらっしゃいます。私は、二十四歳まで神戸女学院におり、それから神戸大学で学び、二十七歳で学位を取りました。岡田山の豪奢で平和な女の園で、世間知らずのまま成長した私が、神戸大学という国立の（当時はむさ苦しく勝手のまるで違う）男の世界に飛び込み、日本社会で働くようになって三十年ほど経ち、改めて振り返ると、やっぱり神戸女学院はお嬢様の空間だったと実感します。

女学院中高部生の誇り

「経歴」には、最終学歴をあげることが多いので、私の場合は、神戸大学大学院博士課程修了となります。これだと一般男性の心をつかめません。誤解を恐れずにいうと「神戸大学」で学位を取得した女性など、一般男性にとって魅力的な存在ではないのです。ところが、神戸女学院で中学から修士課程までおりましたと付け加えると、とたんにオジサマの目の色が変わります。「神戸女学院は僕の憧れでした」と。

それなら親が十二年間も安くはない授業料を払ってくれたことだし、女学院卒を利用しない手はない。というわけで、拙著などの自己紹介には、最終学歴とともに神戸女学院で中学から修士課程まで学んだ旨も書かせていただいております。

ひょっとしたら、中高部まで書かなくても（お嬢様扱いされたいなら）神戸女学院大学にふれるだけでいいと思われるかもわかりません。ただ、これは嫌らしい話ですが、私にしてみれば、「お嬢様」空間で十二年間をすごした事実とともに、女学院中学の入試に合格したという経緯が誇りなのです（「過去の栄光」とお笑いいただいて結構です。自分でもそう思っておかしくなりますので）。

ときおり神戸女学院中高部について「大学付属」とみなす外部の方がおいでです。けれども中高部生にとっては、自分たちこそが母体機関におり、大学こそ中高部付属！との感覚を共有していたといっても過言ではありますまい。

おそらく、いま神戸大学の博士課程を受けても通ると思います。神戸女学院大学英文科も合格するでしょう。しかし、女学院中学の試験問題には、歯が立たないはずです。当時ですら、入れたことが不思議なぐらいでしたから。

私だけではなく、（元）中高部生のプライドの高さは相当なものです。当時は六年に一度、四クラス（通常三クラス）

分の人数を合格させていました。ちょうど私の一年上の学年がこれにあたります。なるほど「数は力」で、生徒会長選挙には強い学年でした。しかし、他の三クラス編成の学年からは、「あの学年には一クラス分、本来なら不合格になったはずのレベルの者がいる」と、軽蔑されていました。そのような一クラス分の生徒は騒がしくて優雅さにも欠ける、とみなされていたようです。学内ですら、このような状況だったのです。

幸い私は、現在、神戸大学の同窓会でかわいがっていただいておりますし、そもそも神戸大学から博士号をいただけたことは、学者人生においてたいへんありがたいことです。けれども、神戸大学には申し訳ないけれど、博士号以上に、神戸女学院中高部出身の経歴が、私の誇りなのです。

話はそれますが、いまの女学院中高部生の意識は、少し違っているようです。私たちの頃ほどは、「お嬢様」であろうとは思われないようです。これは日本社会全体の変化のためでもありましょう。男女雇用機会均等法が施行されて久しく、社会で活躍する女性をめざしたとき、女学院大学へ進学するよりも他大学受験を選ばれるのは、頼もしいと同時に、同窓生としては寂しい気もします。

私が大学生の頃、英文科の定員の半数を女学院高等学部出身が占めており、しかも存在感においては、あと半分の他高校出身者集団をはるかに凌駕していました。米人教師たちは、より英会話能力の高いわれわれ内部進学者を優遇してくださったようです。つまりその頃の英文科は高等学部の延長みたいな雰囲気で、より自由で、楽で（!）、ハッピーで、しかも知的好奇心を満たしてくださる先生方がおいででした。

私など、とくに英語や文学が好きというわけではありませんでした。でも音楽学部に進む才能はなし。当時の家政学部は奈良女子大のすべり止めとみなされ、中高部生の志望はほぼゼロ。文学部社会科は英文科よりも内部推薦条件が甘いので、こちらへ進むと英文科に「入れなかった」と思われるのが癪。そのような成り行きで英文科を選んだ私のような者は多かったのではないでしょうか。

しかも英語が堪能になると、結婚相手に商社マンなど、当時の花形職業の男性との良縁も期待できます。国際結婚も珍しくはありませんでした。どうせ、ほとんどの「お嬢様」の行く末は、しかるべき「奥様」なのですから、女学院は「高級花嫁学校」の役割を果たせばよかったのです。

しかしながら結果として、英文科で同学年だった高等学部出身者のうち、私を含めて、四人、そして米国の大学留学後に女学院大学院に戻った同級生を入れると五人が大学教授になりました。英文科は一学年百五十人でしたから、当時の女子大生にしては快挙でしょう。一学年上には、独学により二十代で弁護士になった英文科卒業生もいます。ほかの学年にもいるかもしれません。

ところが、このような卒業生の知的活躍ではなく、近年は女子アナウンサー輩出校のようにマスコミは神戸女学院大学を語り、また大学自身も、そのほうが若い女性の人気を得られると考えているようで、それがかえって女学院中高部生の女学院大学離れの原因になっていると思われます。

中高部の生徒は、将来の夢としてアナウンサーをめざしたりはしません。もちろんアナウンサーはけっして恥ずべき仕事ではありませんし、結果としてそうなった方は、私の中高部の先輩・後輩にいます。しかし現在、女学院大学へ進学すれば、まるで局アナ志望のように世間から思われるであろうことに、プライド高き中高生は我慢ならないのでしょう。

私の勤め先、大阪府立大学にも近頃は毎年、女学院高等学部卒業生が複数名、入ってきます。彼女らは私を先輩と慕って話しかけてくれるのですが、けっして府大に来たかったわけではなく、ただ浪人してもいいから神戸女学院大学以外に行きたかった、というのが本音のようです。

そして、「珠喜先生のように大学教授になれるのがわかっていたなら、神戸女学院大学へ進んでもよかったのだけれど、でもいまの女学院大生を見ていると、自分もあの仲間だと思われることに耐えられなかった」といいます。中高部生と大学経営側との思いが乖離しているのは残念なことです。

私が中高部生の頃には、大学（とくに）英文科生は、エレガントな大人の女性としての、いわばお手本でした。ファッションも素敵だし、知的で品があって優しい。確かに、それだけ揃うと、若い女性なら誰でも「おきれい」に見えるでしょう。つまり、当時の上級生への気持ちは、完成された「お嬢様」あるいは「レディ」への憧れであったと考えられます。

また「お嬢様」に対しては憧れだけでなく、男女とも何か安心感を抱くと思います。これは神戸女学院だけでなく、この付近のお嬢様学校と呼ばれているところの出身者に対しては、たいていそうだと思います。

たとえば芦屋の拙宅近くに、女医さんが診療する眼科があります。よく医院の待合室に、医学部の最終学歴や博士号取得の有無、大学での教歴などの掲示を見かけますが、その女医さんは小林聖心女子学院卒から書いていらっしゃいます。そのため、「お優しいお嬢様」、ゆったりと育っていらっしゃる、がつがつしていないはずと、患者は思うでしょう。

この期待どおり、わが夫の目が真っ赤になったときに、その眼科に行ったところ、「お嬢様」先生が、「大丈夫です。放っといてください。お薬も差し上げません」と、一番患者さんにとって安上がりにすむように配慮してくださいました。

いっぽう別の、やはり拙宅に近い女医さんの眼科では、本当に必要なのか疑わしい検査を説明もなくあれこれされて、料金がかさみます。この両者を夫は経験しているので、「眼科は小林聖心出身の先生のところへ行こう、あそこはお嬢様育ちで金取り主義じゃないからいい」と申します。

この「お嬢様」先生は神戸大学医学部で学ばれ医学博士号を取得されたのですが、その医学的経歴よりも「小林聖心」のほうを夫は信用するのです。そのような信頼関係が、患者にとっては必要な場合もありましょう。どうせ、というと失礼ですが、手術など深刻な事態になれば、しかるべき病院の適切な医師を紹介していただくことになるのです。その場合も同業者から嫌われているはずのない、この「お嬢様」先生の人脈は頼りになります。

さらには、お嬢様同士の仲間意識みたいなものが、あるかもしれません。私も夙川に生まれ育ち、神戸女学院を出て、いまは芦屋に住んでいますが、この地域には、小林聖心女子学院出身者、その後に東京の聖心女子大学にいらした方、甲南女子学園、神戸海星女子学院を出た方も多くいらっしゃいます。そういう方たちとは同じマンション内でも仲間意識が生まれるようです。

同じソサエティに所属というと、特権階級意識丸出しでたいへん嫌な言い方です。でも話してみると、財界人などの共通の知り合いが何人もいたりするのは、結局はそういうことなのかと思わざるをえません。

文学の中の女学院生

さて、今回のテーマは「文学の中のお嬢様」についてです。せっかく私が神戸女学院出身なので、神戸女学院生、あるいは元神戸女学院生が主人公や登場人物になっている作品をご紹介します。

キョウコ・モリという作家の名前を聞かれたことがおありでしょうか。彼女は、私よりも三歳下の芦屋生まれで、中学から英文科の大学二年生まで神戸女学院で学び、二十歳のときにアメリカの大学に移って卒業。その後もあちらで勉強を続けてアメリカの大学の教員になり、英語で小説を執筆。アメリカで出版され、別の日本人が翻訳しています。話題になったのは、カタカナ書きの『シズコズ・ドーター』と訳された自伝的小説で、一九九三年に発表されました。

残念ながら在学中の彼女のことは記憶にありません。でも同じ時代の同じ空間を共有し、ほぼ同じ先生方に教えていただいたと思うと、親密感を抱きます。そういう意味で私にとっては興味深いのです。さて彼女は、神戸女学院中学に合格した直後に、お母様を亡くされます。神戸女学院の入学を待たずして、自殺されたのです。これは実話です。合格発表から入学式の日まで、どれほど幸せな気分にわれわれが浸っていたかを思い出すと、あまりにも過酷な展開です。しかも、自殺の原因は、お父様の浮気でした。

その後、ほどなくお父様が浮気相手の方と再婚されたので、当然、家庭内はぎくしゃくしていく。金銭的には裕福だけれども、思春期にキョウコ・モリはそんな生活を送っていたのです。

その体験をもとに書かれたのが『シズコズ・ドーター』、静子（というお母様）の娘という意味です。物語の中に、ちらっと中高部の家庭科のサカキという先生が登場します。当時、サカクラという家庭科の先生がいらしたので、同窓生ならばこれはあの方のことねとか、あれは聖書のクボタ先生のことねなどと懐かしいでしょう。

自伝的小説とはいえ、あくまでこれはフィクションなので、神戸女学院が舞台といっても、すべて実際どおりではありません。たとえば校舎の配置が少し違います。体育館の裏に家庭科のお料理に盛りつける花や葉っぱを取りにいって、生物の部屋の横を通っていく場面がありますが、これも構造的に動線としてありえません。内部を知っていると、これ違うよねと本筋に関係ないことが気になります。

当然ながら事実との相違が文学の価値を低くするものではありません。むしろ、高めるものです。そのほうがいいと思うから、作者は変えているわけですから。

一九九六年に出版された二作目の『めぐみ』（原題は『One Bird』つまり一羽の鳥）では、両親が別居している、つまり母親はまだ生きているという設定です。やっぱり生きていてほしいとの思いがあったからでしょうか。めぐみという主人公が、両親の別居状態を悩みながら女学院に通います。神戸女学院同窓生なら気がつくのは、「めぐみ」が同窓会誌の名称ということでしょう。

「女学院に通えるのはうれしかった」と書かれていますが、この作品では、初出の名前が神戸女学院ではなくて、私立芦屋女学院となっています。ただしその校名も、一回だけで、あとは全部「女学院」と書かれています。

当時、われわれは神戸女学院を省略して「女学院」と呼びました。女学院大学へ進むまで「神女」との呼び方は聞いたことがありませんでした。進学して他高校から来た学生がそのような言葉を使い、われわれ内部進学組は眉をひそめました。外部でまったく神戸女学院に関係のない方は、「神女」とおっしゃったようです。

しかし神戸女学院生（とくに中高部生）にとっては「女学院」こそが神戸女学院の略で、そうでなければＫＣです。ちなみに、関西学院のことはＧといっていました。ＫＧのＧです。なぜか甲南女子学園はＵＳで、甲南学園はＯＳ（Ｓは「school」の略で、かつて前者は国鉄の下、「under」、後者が上「over」に位置したという説を聞いています）と呼んでいました。

それはともかく、キョウコ・モリは「女学院」という呼び名を用い、「女学院に通えるのはうれしかった」と書いています。その点、やはり彼女は中高部卒業生です。

なぜ「うれしかった」か。「私はまじめな生徒だから、女学院の先生方は、ほとんど何でも許してくれる」からです。これは先述のように、パーマネントを「かけさせておあげになったらいかがですか？」という学校なので、大抵のことは許してもらえました。高等学部の卒業式などは、先述のように和装禁止でしたが、華やかなドレスで、ファッションショーさながらでした。

さらに「年がら年中、『規則』を振りかざしたりはしない」とありますが、本当にそのとおりでした。「そのかわりに、『自由、尊敬、愛』という三つのことばを使う。神を敬い、隣人を愛する限り、私たちは自由な意思で行動してよいと言うのだ。神を敬うという部分をのぞけば、素晴らしい考え方だと思う」ともあります。

あくまでアメリカ女性宣教師によって創立された神戸女学院なので、宗教は学校の根源であり、私の頃の生徒・学生はこれに表立って抵抗せず、クリスチャンでもなく信仰心のかけらも持ち合わせずとも、そのあたりは賢くミッション系の雰囲気に協調していました。

日本にいながら、アメリカ的価値観が重視されたようで、われわれは自由な意思で行動してよかったのです。つまり自分の意思を持っている、我を持っている、自己を持っている、それを尊重する教育を神戸女学院はしてきたわけです。

どうやらめぐみの母親も女学院卒業生で、娘の女学院進学を望んだようです。確かにほかのお嬢様学校と同様、母娘、ときには三代にわたって女学院に通うという話も珍しくありませんでした。私の中高部旧友にも、親から譲り受けたアンティークな校章バッジを、誇らしげに胸につけている者がいました。同じくKCの文字をクローバーで囲んでいるデザインですが、古いものは字体が異なっているのです。

それから四半世紀後の同窓会では、娘が女学院中学に入った旨、自慢そうに報告する元級友も少なくありませんでした。女学院「ファミリー」、とくに中高部卒業生の結束は固いのです。

さて『めぐみ』では、母親が家を出、かわりに祖母（父の母）が同居するようになり、学校のことで言い争います。祖母は、めぐみが公立高校へ移って国立大学へ進学することを望み、女学院大学を「二流の女子大」と呼ぶのです。「女学院大学は二流じゃないわ」と、めぐみは反抗します。「祖母は、女学院を嫌っている。そのわけは、外国風だから（アメリカ人の女性宣教師が、今世紀はじめに創立した学校だ）でもあるし、母の母校だからでもある」と、めぐみは分析し、自分の意志を曲げません。

このエピソードが実話にもとづくかどうかは、わかりません。いつの時代も、世間が「女子大」を学問においては格下に見る傾向はあります。しかし当時、大阪大学文学部も合格したけれど将来（のおそらく良縁）を考えて、神戸女学院英文科を選んだ他高校からの入学生もいました。ですからあの頃の英文科生は、国立一期校並のレベルを自負していたかもしれません。

まあ、人によっては東京大学、しかも文系なら法学部のみが一流と思う方もおいでなので、そうすると、女学院大学は「二流」だったのでしょうが。けれどもわれわれの時代には、神戸女学院中高部で学んでいる娘に対して、何がなんでも国立大学進学を強要するような親はいなかったと思われます。

三作目の一九九七年頃に出版された『悲しい嘘』になると、アメリカの大学で教鞭をとっている彼女が、父親の訃報を受けて帰国し、神戸女学院のことを思い出します。少女時代、大きな喜びと計り知れない悲しみが同時期に訪れたのですから、「女学院」は特別なワードに違いありません。「わたしは母の作ってくれた赤いワンピースを着て入学式にのぞんだ」の一節が持つ意味は、あまりにも重いのです。

『蒲団』の元女学院生

次に、よりポピュラーな作品を扱いたいと思います。神戸女学院生が最初に文学に出てくるのは、田山花袋の『蒲団』です。この事実は、神戸女学院は伏せていたいらしいとの話を聞いたことがあります。花袋は、この作品を明治四十年に発表しました。自分の内弟子にしてくれと当時の神戸女学院生から手紙が来る。父親の許しを得たなら構わないということで、神戸女学院を中退した女性が上京して、この作家のところで修行を始める。

ところが、恋人ができる。いまなら、ボーイフレンドとの深いお付き合いも当たり前ですが、明治四十年では非常にはしたないと、この作家は、親元に連絡をして内弟子を里に帰します。

実は、主人公の作家は、内弟子だった女性に、ほのかな愛情を抱いていました。彼女は二十歳か二十一歳ぐらい、彼は三十五歳ぐらいです。この作家には妻子もあるし、彼女には恋人もいると思いつつ、心を寄せてしまい、結局その女弟子を国元へ帰してしまったのです。

その直後、彼女が使っていた蒲団を引っ張り出して、その匂いをかぎながら主人公が泣くという、ちょっと気持ちの悪い場面が有名な作品です。私はこの類のシーンが生理的に苦手だし、神戸女学院がこの作品を好まないのは、中退生の好ましくない素行が描かれているからだけではなく、この気持ちの悪い（しかし有名な）ラストのためではないかとも忖度します。

もちろん明治四十年に、作品中で、神戸女学院という実名が用いられたため、ここの生徒はこんなにも性に対して奔放なのか、自由勝手気ままなのかと世間に誤解される恐れがありました。

でも、奔放な「お嬢様」の話だからこそ、読まれ、話題になり、いまでも言及されているのではありますまいか。明治から昭和初期にかけて、華族令嬢にも性的スキャンダルは多かったし、庶民はそれを面白がって読み語りました。常に世間は「お嬢様」の醜聞を喜ぶものです。

ちなみにこの作品については、モデルがいました。岡田美知代さんという神戸女学院在学中だった方が上京し、田山花袋の弟子になっています。

お嬢様オーラ

さて、神戸女学院とは関係ありませんが、谷崎潤一郎の『痴人の愛』に注目したいと思います。というのも、「お嬢様」の品格について考えさせられる一節があるのです。ナオミと譲治とが鎌倉に出かけたときに、本物の御令嬢と一緒になります。そうして御令嬢とナオミとを比べてみると、「社会の上層に生まれた者とそうでない者との間には、争われない品格の相違があるような気がしたのです」とあります。そう、「品格」の差があるのです。やはりお嬢様には「お嬢様」としての品格が求められるということになります。

近年、『女性の品格』とか『国家の品格』という本がベストセラーになって、「品格」ブームになり、かえってこの言葉の品格が落ちているような気がします。品格を感じるか否か、これも感性によって違いましょう。

かつて英国のアン王女と握手したときに、私は別段「品格」は感じませんでした。ただ、多くのお客様と握手をされるのに、こんなにいちいち強く握っていたのではさぞ手が疲れるだろうと思ったくらいです。もちろん、握手におけるマナーは、その頃の某駐日英国大使とは違って、完璧でしたが。

ロンドンでバレエ観劇に行った際、ダイアナ妃も五メートルぐらいの距離で見たことがあります。皇太子妃としてお付きの者をしたがえているから、立派でおきれいに見えるけれど、ちょっと「品格」というのとはまた違うと、何か物足りなさを感じました。

いっぽう、数年前に東京プリンスホテルの某記念パーティーで、主賓テーブルに座らせていただいたとき、私の前にスピーチされる予定の八十歳近い堂々たる紳士よりも、隣席の奥様のただならぬオーラに驚きました。別に仕事をしている感じでもないのですが、最初に「堀江先生でいらっしゃいますね。いつもエッセイを拝読いたしております」とのあいさつに、私はすっかり恐縮しました。

その方は聖心女子大学のご卒業ですが、「神戸女学院出身の方は、東京でも大変活躍していらっしゃるので、私どもは女学院マフィアと呼んでおりますのよ」というふうにユーモアがおありでした。おかげで食事中も楽しくお話をさせていただき、無事に宴会も終わりました。

この奥様は、ちっとも偉そうにされるわけでなく、物怖じもされず、圧倒的なセレブ・オーラを発していらっしゃる。いったい何者かなと思い、翌日、さっそく国会図書館で交詢社の紳士録を調べました。御夫君の名刺は頂戴していたので、そこから素性がわかりました。なんと美智子皇后の妹さんということで、納得しました。これこそが「お嬢様」オーラと思ったのです。

そのようなお嬢様オーラというのが、やはりあり、それこそが「品格」なのではありますまいか。そしてこれは、さまざまなものによって培われていく。資力・財力も必要。ということで、阪神間に住んでいる者なら誰しも思いつくのは『華麗なる一族』です。

物語の最初のほうに「万俵家では、一族がそろった晩餐の席では、今夜はフランス語、明晩は英語の会話でというのが、一種の習慣のようになっていた」とあります（わあ、すごいと思いましたが、フランス語を用いたシーンはここだけで終わります。このあと、晩餐の場面で英語やフランス語は、一切使われていません。もっとも読者としては、使われたら困るのですが）。

この作品が単行本として発表された頃、私は大学一年生でした。二〇〇九年に出版した拙著『いい加減な人ほど英語ができる』に当時のことを書いていますが、われわれが英文科に入ったときに、『Our Collage』という英語の冊子を渡されて、それが初年時前期の英語テキストの一冊でした。その中で、卒業生の多くは国内外のＶＩＰの妻になっているとの旨が書かれていました。

当時は「男女雇用機会均等法」がなかったので、女性が民間企業に就職しても、結婚までの腰かけにすぎない。起業する女性も稀。教員になる方はいらっしゃいましたが、けっして多くはない。女性にとって、人生の目的はしかるべき結婚でした。結婚するかぎりは、相手は良い家柄の出身で、お金があるに越したことはない。そんな万俵家のようなところに嫁入りするには、英語はもちろんのこと、フランス語もしゃべれなくっちゃと、大学一年生の私は思いました。

私だけではなく、やはり『華麗なる一族』の影響か、当時の女学院英文科では、フランス語の必要性を感じ、大阪の日仏学院へ通うようになったクラスメートもいました。私自身は日本では学ばず（第二外国語はドイツ語だったため）、二年の夏休みにソルボンヌ大学でフランス語研修を受け、仏人マダム先生のお情けで、修了証書ももらいました。だから、多少はフランス語も話せて、これで華麗なる一族との結婚準備ができたと思ったくらいです。

『華麗なる一族』の女学院卒業生

木村拓哉が出演したテレビドラマ『華麗なる一族』では、万俵家の娘は一子と二子しか登場しませんでした。しかし、原作では三子もいて、神戸女学院ともかかわりがありそうです。

次男・銀平の縁談について、「東京のお姉さまに、銀平兄さまのこと、お話になりましたのん？」と二子がたずねると、当主の万俵大介が「うむ、大阪重工の安田さんのお嬢さんの方にきめたことを云うと、お前たちと同窓だし、気心が知れて、いろんな意味で好都合ですねと云っていたよ」と説明します。

間接話法ではありますが、「お前たちと同窓」とあり、「お前たちとも同窓」ではないので、東京の一子だけは別のお嬢様学校出身の可能性が考えられます。もしかしたら早くから大蔵エリート官僚との政略結婚を考えた家庭教師の高須相子によって、東京の聖心女子大学に進学させられていたのかもしれません。

ともかく、この父親の返答に、二子は「そうなの、安田万樹子さんは、私と同じ英文科だったから、よく存じ上げているわ、大へんなスキーヤーで、学生時代から冬休みには、フランスのモンブランへ滑りに出かけたりする方やから、よく目だったわ」といい、三子も「そうね、美人やけれど、少しばかりお派手なようやわね」。つまり、彼女らは英文科卒業生というわけです。

そういえば、私が女学院中学時代に大学のクラブ活動で強かったのが、スキーとゴルフと聞いた覚えがあります。どちらにも財力が必要と、子供心に思ったものです。また体育館では、フェンシングの練習も見ました。いかにも貴族的ですね。

さて、いよいよ銀平さんと万樹子さんがデートをするのは、もちろん大阪のロイヤルホテルです。当時は「もちろん」、つまり当然の選択です。いまでも、どんなに外資系や東京系ホテルが進出しても大阪の旧財界の方、もともとの資産家の方はロイヤルホテルがお好きです。リーガロイヤルと名前が変わっても、相変わらず「ロイヤルホテル」の名称で親しまれています。

『華麗なる一族』では、そこでグレコのシャンソンを聞いていて、万樹子が「いいわね、まるでパリのナイト・クラブにいるみたい」とうっとりします。キザだとお思いになるかもしれませんが、華麗なる方々は、こんな感想が自然体でいえるのです。庶民が三宮の居酒屋というのと、華麗なる方々がパリのナイトクラブというのは、同じこと。ただ、後者は三宮の居酒屋には行ったことはないけれど、パリのナイトクラブの常連である、それだけです。

こんな言葉を聞くと、ひがみたくなりますが、本人には別にいい格好をしているとか、自分が金持ちであることを見せびらかしたいとか、そういった気持ちは微塵もありません。

これと似たようなことが私の母にもありました。先述のように、母は八十四歳のとき、神戸の繁華街に近い、全室オーシャンビューの有料老人ホームに、（いざとなったときに介護が受けられるようにと、われわれ夫婦で母好みの施設を厳選して説き伏せた結果）入りました。八十五歳になったある日、訪ねると、悲しそうな顔をしています。

「お母様どうしたの?」

いつもうちでは、「お母様」と呼んでおりました。そこだけは万俵家と同じです。「お母様、どうしたの」とたずねると、「私ね、ピンポンが下手になったの」と嘆くのです。老人ホームのイベントホールのような場所で、卓球台が組み立てられたので久々にやってみたようです。

「前はね、うちにピンポン室があったから、私、すごく上手だったのに」と溜息をつくので、「お母様、それはいつのこと」と聞くと、「私が十五か十六歳のことかしら」との返事。

「それ、七十年ほど前のことでしょ。七十年たったら下手になるわよ。それよりも、戦前でも家にピンポン室があったなんてことを人にいわないでね。どう思われるかわからない。それでお母様が、お嬢様育ちを自慢しているように受け取る人もいるんだから」と強くいさめてきました。

本人が、そのことを理解したかどうかはわかりません。痴呆ではありませんでしたが、天然の「お嬢様」は、怖いもの知らず、世間知らずで、悪気なしに発言するきらいがあります。幸いというべきか、この老人ホームの女性入居者の多くは、この点では母と同タイプでした。神戸女学院がまだ「お嬢様学校」だった時代の大先輩も入っていらっしゃいました。

『華麗なる一族』に話を戻しましょう。ロイヤルホテルのデートで、万樹子が元のクラスメートと会う場面です。「万樹子さん、ごきげんよう……あら、ご免なさい、お邪魔して――」「いいのよ、ご紹介致しますわ、私の婚約者《フィアンセ》の万俵銀平さんですの、こちらは女学院時代の同窓生の……」と、ここで「女学院」が出てきました。だから、二子、三子、万樹子は、女学院卒業生ということになります。阪神間で、女学院といえば神戸女学院です（大阪では大阪女学院、広島では広島女学院かもしれませんが）。

この万樹子が結婚後、万俵家の屋敷で二子を捜していると「若奥さま、二子お嬢様は朝から、フランス語とピアノのお稽古でお出かけですけれど」とお手伝いさんにいわれます。これが二子のお嬢様らしいところでしょう。

英文科卒だから、英語はできるのは当たり前だけれど、フランス語も要る。そしてピアノも要る。私は「お嬢様」かどうかの一番わかりやすい見分け方は、爪だと思っています。ピアノを弾く人は、爪は伸ばせない。ピアノが弾けないのはお嬢様ではない。フランス語とピアノ、これが私が思うところの、少なくとも阪神間の「お嬢様」の条件です。

ところで女学院とはあまり関係がありませんが、万樹子も含めてこの万俵家の女たちは、『細雪』を彷彿とさせてくれます。つまり何を着て、何を食べて、何をして遊ぼうかという、それしか考えていないところがあります。いっぽう男たちのほうは、どうやって銀行を乗っ取ろうか、会社を守ろうか、出世を果たそうかのサバイバルゲームで頭がいっぱいです。この二つの世界の橋渡しが、家庭教師兼万俵大介の愛人である相子の役どころといえましょう。

さてあるとき、ルービンシュタインのリサイタルを聴くために二子が上京しますが、翌朝早くに関西へ帰ろうとします。「明日、うちでもう一泊して帰ればいいんじゃない？」と義兄にいわれると、「ところが、明日は女学院の同窓会があるから、八時の新幹線で帰らなきゃならないの」と答えます。「女学院の同窓会」です。それから父親・万俵大介も加わり、縁談の相手との翌日の夕食を勧めると、「あら困るわ、私にはそんな気持ち、全然なくってよ。それに明日は、女学院の同窓会があるから駄目よ」と断ります。「女学院の同窓会」という言葉が、この短い場面（見開き二ページ）で二回も出てきます。それだけ「女学院」を出すことによって、「お嬢様」の雰囲気を出し、また女学院の華麗なる卒業生にとって、はからずも母校における人脈交流の重要性が示されます。もちろん二子の自己主張の強さも表れています。

いっぽう、せっかくのセレブ婚でしたが、万樹子と銀平はうまくいきません。そして万樹子は流産後、実家へ帰ってしまいます。銀平が迎えに行けば帰るけれど、彼は全然、万樹子に興味がないので動きません。それで万樹子はそのまま離婚しますが、その前に二子が訪ねます。すると万樹子はゴルフの練習をしている。つまり家に、ゴルフの練習ができるほどの庭があるわけです。

私の女学院中高部時代、芦屋ではなくて箕面でしたが、ゴルフの練習ができる広い庭つき豪邸に住んでいた親友がいました。ただし、このような本物のお嬢様は、打算的な結婚はせず、周囲の反対を押し切って好きな相手と駆け落ち同然で世帯を持ち、その後は庶民的な生活に満足してしまうことがあります。

さらに私の大学英文科のクラスでも、他高校からの進学者ですが、和歌山の名家出身とかの美しいお嬢様で、親が勧める代議士の息子との縁談を断って家出し、上京して恋人と同棲を始めて退学した事件がありました。

そういえば、『華麗なる一族』の二子も、総理夫人の甥との縁談を断り、自分の意志を貫いて、鉄平の会社従業員と結婚することになります。相手は優秀なエンジニアですが、本当に彼女の超「お嬢様」的金銭感覚で、結婚生活に支障をきたさないか、そのあたりも含めて続編が書かれることを願っていましたが、残念ながらかなえられませんでした。阪神銀行の前途も不安な物語の終わり方でしたから、ぜひとも行く末を知りたかったのですが。

また芦屋の山手町の話になります。やはり私の女学院中学からの同級生で、芦屋山手町のお嬢様（お美しくて、お優しくて、頭もおよろしくて、お金持ちで、天はどうしてこんなに不平等なのだろうとこちらが嘆きたくなるような方）が、ある日、「広いお家って嫌よ」と溜息。わが家は狭かったので、嫌味に聞こえましたが、あとから芦屋山手町の地図を見ると、彼女の家の敷地が、小学校くらいに広くてビックリ。

あれなら気持ち悪いよね。どこからか、泥棒が入ってもわからないもんねと納得しました。広いので、ゴルフの練習でも野球の練習でもできたでしょう。けれどもこの、すべてに恵まれた「お嬢様」も、庶民的な結婚をされて、芦屋の豪邸から埼玉の一般サラリーマン家庭へと、生活が一変。われわれはたいへん驚くとともに「幸せ」の意味を考えさせられたのです。いっぽう、見識高かったお母様は、娘の決断にかなり落ちこまれ、しばらくは芦屋では隠れるように歩いておられました。

『自由ヶ丘夫人』のK女学院

『華麗なる一族』から少し時代はさかのぼり、一九六〇年に発表された武田繁太郎著『自由ヶ丘夫人』を取り上げましょう。『自由ヶ丘夫人』の前に、この作家は『芦屋夫人』という小説を書いております。この時期には『武蔵野夫人』とか何々夫人というタイトルのものがけっこう流行しました。それについては、拙著『「人妻」の研究』で書きましたが、もともとは一九〇二年に国木田独歩が『鎌倉夫人』を書いています。たぶんこのタイトルをもじったと考えられますが、丸尾長顕が『芦屋マダム』という短編小説を一九三三年に発表しました。それが「芦屋マダム」という言葉の由来と考えられます。

武田が書いたのは、『芦屋マダム』ではなくて、『芦屋夫人』ですが、戦後に発表しました。ひょっとしたらこの人は神戸女学院の卒業生かもと思われる有閑マダムが、脇役でちらっとは出ますが、別に出身校が特定できる言葉はありませんし、ヒロインも神戸女学院出身ではありません。

そのあとに書かれたのが、『自由ヶ丘夫人』です。『銀座夫人』という作品も書きましたが、これは現在入手不可能。『自由ヶ丘夫人』も、いま読めるのは国会図書館だけです。名作ともいえない大衆小説なので、再版も全集に入ることもなく幻の作品になってしまったようです。国会図書館は廃棄処分をしませんが、所蔵されているはずの『銀座夫人』は行方不明です。地方の図書館は、スペースがかぎられているため、古く汚くなり、たいして文学的価値がないと判断したら捨ててしまいます。ひょっとしたら、かつてはあちこちの図書館に『自由ヶ丘夫人』は入っていたかもしれないけれど、いま読めるのは国会図書館だけで、しかも貸し出しはしてくれないので、東京都千代田区永田町まで行って読まねばなりません。

『自由ヶ丘夫人』のヒロイン・淳子の実家はもともと「旧幕時代から神戸で指折りの大地主」で、「芦屋に住むようになったのは淳子が生まれる少しまえ」ということです。そして、「ちょうどいまから十年まえ、淳子はK女学院の専門部に在学中」、いまの夫に見初められて、二十歳で中退して結婚することになります。このK女学院というのは、やはり神戸女学院を指していると思われます。実際、女学院の先輩には、大学に進んでも、中退する方がけっこう多かったようです。

淳子の夫は、実業家でしかも国会議員、セレブです。東京の自由が丘に邸宅を構えて、子供はいませんが、彼女は東京の有閑マダムたちとの社交を楽しんでいます。実は、淳子の母親は、かなりの発展家で、戦争中、神戸のホテルで外人と浮気現場を憲兵に押さえられたとか、戦後はアメリカ軍の高級将校と浮気したとか、スキャンダルまみれで亡くなっています。父親は球団を持っている電鉄の重役でした。当時は、いくつもの電鉄が球団を持ってたので、特定できません。

外国人、あるいはアメリカの高級将校との不適切な関係から推察すると、彼女の母親は、けっこう外国語には堪能で、社交的だったわけで、もしかしたら淳子と同じK女学院卒かと考えられなくはないものの、そこは明記されていません。

娘は母の価値観を受け継ぐことがありますが、淳子は、やっぱり浮気をします。相手の男性は、初めは国会議員の妻と浮気をしている自分は色事師、二枚目のジゴロのつもりでいますが、やがて淳子に弄ばれているということがわかって、狂言自殺するつもりが本当に死んでしまいます。これは国会議員夫人にとって、大スキャンダル。いっぽう、実業家で国会議員をやっている夫のほうも、愛人スキャンダルが発覚し、両方とも週刊誌沙汰になります。

普通なら、恥ずかしくてどこにも行けない、世間様に顔向けができないという状況ですが、そこがお嬢様の強さ。怖いもの知らずの淳子です。かえって堂々としていろと夫にもいわれます。おりしも、淳子さんのお友だちグループが盛大なダンスパーティーを開催します。

けれども、こんなスキャンダルがあった直後に来られるわけがない、「まさかね、いくらなんでも――」との声が会場のあちこちで囁かれています。そのときです。「まア、いらっしたわよ！」との言葉で、一斉にみんな入り口のほうを見ると、「クリーム地の、裾に大輪の真紅の薔薇を散らせた華麗な訪問着でその豊かなからだを飾った彼女は、以前の彼女とみじんも変わらぬあでやかな微笑みをたたえながら、ゆったりとした足どりでホールへはいってきた」のです。こそこそと来るんじゃなくて、できるだけ派手な格好で堂々と、そして微笑んでいる。

一般論として、微笑みの表情から、人は余裕を感じます。私は神戸大学大学院入試で面接のときに、教授たちを前に笑みを絶やさなかったので、この受験生は大物なのか、アホかどっちかだからとりあえず合格にしておこうと判断されたそうです。

淳子の話に戻しましょう。「期せずして、ホールの視線は彼女に集中した。だが、彼女の表情にはいささかも臆するところがなかった」。臆するところがない、怖いもの知らずなのです。堂々としている。「彼女はこの夜のパーティーの主賓ででもあるかのように、周囲の見知った顔ににこやかに会釈した。その態度は立派だった。見事だった。そのとき、パーティーの開幕を告げる華やかなバンドの音が響きわたった」と、作品はここで終わります。

要するに、道徳的に良い悪いではなくて、いかに堂々と、オーラを発散させながら彼女が他を圧倒したか。ご立派と、拍手すらしたくなるラストシーンです。実話ではないし、モデルの有無も不明です。しかし、そういうふうに描かれているかぎり、読者によっては、このK女学院は神戸女学院だと思われ、卒業生のイメージが形成されうるということになります。

『花嫁学校』と女学院のバザー

さて、最後は片岡鉄兵著『花嫁学校』で、一九三四年に『朝日新聞』に連載されました。これが好評だったので、『続花嫁学校』も『週刊朝日』で連載されることになります。

この作品では、最初の場面で、四十一歳の奥様が外出支度をしていると、ベッドから夫がこう話しかけます。「朝つぱらから満艦飾で、どちらへご出勤かいな?」。まるでバーのホステスのようないわんばかりです。すると「今日はわたしの母校の慈善市《バザー》ですのよ。登枝がつれてつて呉れと云ひますし、わたしだつて、たまには古いお友だちにも逢ひたいわ」と説明します。登枝は彼女の娘ですが、四十一歳の母親というと、登枝さんも十八から二十歳ぐらいでしょうか。

やがて登枝さんのお友だち、佐伯のお嬢さんがいらっしゃいます。そうしますと、「好いところへ来てくれたね。うち、女学院のバザーに行かうとしていたところやわ」「そんなら、ちつとも好いところやあらへん。誰か一緒に行く約束した人があるのんやろ?」「そらあるわ」。

もちろん「女学院」といえば神戸女学院を連想します。神戸女学院が、神戸から西宮の岡田山に移転したのは、一九三三年で、この作品の書かれたのが一九三四年ですから、次のバザーの場面は岡田山と考えられましょう。

「赤土の坂をまばらな人の列に交つて登つて行くと、林の間からクリーム色の洋館が現れて来た」。岡田山の正門を通ったあとの様子がよく表れ、かつての女学院のバザーを彷彿とさせるような雰囲気です。

登枝の母は女学院出身ですが、結局、このバザーには行きません。もともと彼女の実家が裕福な経営者で、父はその丁稚でした（近年、「丁稚」というのは差別用語とみなされることがありますが、昔の文学を読むときにはその頃の事情を理解するうえにも、単純に言葉を排除するべきではないと思います)。けれども有能だったので、親は彼を婿養子に迎え、「お嬢様」は嫌々ながら結婚しました。

その後、娘も生まれて結婚生活も順調そうで、この婿が会社を継ぐものの、なんと「倒産」を計画します。つまり計画倒産をして、自分の資産を隠し、また別会社をつくってやり直すという計画を立てました。倒産を宣言され、妻はバザーどころではなくなります。そこで娘だけがお友だちと行って、そして男性と知り合うのです。

バザーの場面では、「アイスクリームでも飲みませうか」とあります。アイスクリームって飲むものだったのでしょうか。登枝は女学院の出身ではないので、「こんな学校で制服の処女時代を送る人が羨ましいわね。ほんとに青春らしい青春つて感じがして……」と話します。神戸女学院には創立以来、制服はありませんが、作品はあくまでフィクションです。

しかしこのあとも、町中の学校と比較して、いかにも女学院の美しさ、ロマンチックで快適そうな描写があります。「郊外の丘の、青空と植物の中に建つた校舎は、学校といふよりもむしろ愛と情操の聖舎のやうに思はれる」との一節は、私としてはキョウコ・モリの生物の実験室でカエルのホルマリン漬けを見たというのより好きです。

この作品のバザーは、私が在学する四十年くらい前の出来事ですが、読むとなんだか懐かしい気がします。それに比べれば、現在のバザーは、ずいぶん雰囲気が違っています。私が在学していた頃のバザーでは、夏の新しいワンピースを着ました。けっして「規則」ではないけれど、そんな「伝統」がありました。神戸女学院ではバザーの日から衣更えだったのです。

四月になるとわれわれはバザーのファッションを考えて浮足立ち、親とデパートめぐりをし、お仕立て服を着る方はバザーに間に合うように注文されました。また先述のキョウコ・モリの母親のように洋裁が上手であれば、家でつくってもらったでしょう。

昨今はバザーといえども、新しいワンピースでおしゃれされる方を見かけません。われわれの時代、バザーは最重要行事で、「何を着て誰と歩こうか」で頭を悩ませました。ボーイフレンドを招待するわけですが、素敵な男性と歩いていたとクラスメートに思われたいとの見栄がありました。エスコートしてくれる男性も、いわばファッション・アイテムだったわけです。頭は空っぽでも、頭の中まで見えないんですから、見かけの良いほうがいいと。

当時のバザーでは、まさに園遊会という感じで、同窓生の皆様方もそれこそ満艦飾でした。熟年の先輩方は、レースのスーツやワンピース姿で参加され、在学生も思いっきりおしゃれをしました。それをまた拝見するのも楽しみでした。

最近のバザーは、申しわけないけれど、なんだか、そのへんの蚤の市に行くような感じで、もはや「ハレ」の機会ではなくなり、私は魅力も興味も感じません。ごめんあそばせね。でもそれから比べると、この作品は、古き良き女学院というのを思い出させてくれます。

簡単に話の筋を説明すると、この登枝というお嬢様は怖いもの知らずです。だいたいお嬢様というのは怖いもの知らずですが、彼女は家が貧乏になると聞いたとたんに、自分の名義の貯金二千五百円という、当時としたら大金を引っ張り出してきて、株に投資します。ビギナーズラックというべきか、素人なのに、それを十万円に増やします。

ところが、高いときに売れといわれたのにしたがわず、期を逃してあっという間に百五十円に下がります。要するに二千五百円が百五十円になりました。それでもお嬢様は平気。ところが、それを聞いて父親は卒倒して即死。

いっぽう和歌をたしなんでいる女学院卒の母親は、その習い事の関係で上京し、銀座で酒場を始めたり、それに失敗して若い男性と結ばれたりと、これまた元「お嬢様」らしく自由気ままに生きていきます。

「お嬢様」は、そして神戸女学院同窓生は、文学ではこんなふうに描かれてきました。もちろんこれは特殊な例です。

たいがいの方は、お幸せに、穏やかに、上品に、人に迷惑もかけずに過ごされていますが、それだとお話にならない。文学になるというのは、特殊な例ですが、それが、偏見に近いイメージをつくりあげるという危険な一面もあります。そのようなこともお考えいただきながら、これから文学の中のお嬢様に注目していただけましたら幸いです。

6

作詞家を生み出す街 西宮——岩谷時子、喜志邦三

二〇一四年十月二十五日 夙川公民館 講堂

河内 厚郎（文化プロデューサー）

一九五二年西宮市生まれ。演劇評論家として執筆業に入る。『関西文學』編集長を二期十五年務める。兵庫県立芸術文化センター・特別参与。阪急文化財団理事。西宮市文化振興財団評議員。宝塚市大使。著書に『わたしの風姿花伝』『淀川ものがたり』『阪神間近代文学論——柔らかい個人主義の系譜』など。

日本のシャンソン歌手とは

十月二十五日。今日は岩谷時子さんの命日です。再来年が生誕百年。

先日、逆瀬川のアピアホールで宝塚歌謡選手権があり審査員を務めましたが、正司泰一郎・元宝塚市長が「ベルサイユのばら」で予選を通過しました。奥さんが宝塚歌劇団の出身ですね。この歌謡選手権にシャンソン部門があるのは、昭和二年、一九二七年にレビューの「モン・パリ」がヒットして、初めて日本にシャンソンが紹介された。宝塚は日本シャンソン発祥の街。日本のシャンソンは宝塚から始まったというのを記念しているわけです。

シャンソンは、CDの売り上げでもわずかなパーセントですが、習いにいく人が多く、カルチャーセンターでの需要が高い。カラオケではそれほど歌われませんが、歳をとってもやれるのが人気の理由でしょう。

シャンソンとはフランスの大衆歌謡のことですが、実はシャンソン歌手というのはフランスにはおりません。シャンソンとはフランス語で「歌」。「歌の歌手」なんてありえないでしょう。シャンソン歌手というのは日本人だけなんです。カンツォーネもイタリア語で「歌」という意味でしょう。シャンソン歌手が日本に何百人、カンツォーネ歌手も何十人といる。ポルトガルのファドを歌う人もいて、日本は世界の芸能テーマパークみたいになっています。ブラジルではボサノバの歌手がほとんどいなくなっているのに、日本ではボサノバのプロの歌手がいる。何しろ、真似が好きで、ミーハーで、器用で、それなりに様になるので、世界中のいろんなジャンルの歌謡があるという面白い国です。「枯葉」とか「パリの空の下」なんか、いまではフランスでも知らない人が多いのではないでしょうか、もしかしたら歌っているのは日本だけと違いますか。七月十四日の巴里祭、フランス革命の記念日を祝う国はフランスと日本、それからカナダのケベック州くらいのもので、なぜ日本人が祝うのかわからない。

シャンソンはフランスの大衆歌謡ですから、フランス人に合った歌い方をします。まずフランス人は声量に乏しい。イタリア人のような朗々とした声が出ない。だから語りかけるように歌う。リズム感もラテン系としてはイマイチ。ダンスも愛のささやきで補うから、会話が洗練されていく。それから、フランス人はエゴイストが多いから、合奏や合唱は向かない。団体の芸ではなく、どこまでも個人芸ということです。こうした国民性の短所を長所に置き換えたのがシャンソンなのです。シャンソンの伴奏をするピアニストはギャラが高いのですね。歌手ごとにキーの高さを変えて伴奏してくれるからです。クラシックのベルカントのように無理に高い声を出さなくていい。低い声しか出ないなら低い声でいいわけです。場合によったら語りに切り替えてもいい。その人に合った歌い方をすればよい。つまり、フランス人の個人主義や肉体的欠点を文学的な魅力に置き替えたのがシャンソンなわけです。人と合わすことができない。声があまり出ない。リズムがとれない。これらはみな老人の特徴でもありますが、これらをプラスに活かしたのがシャンソンなのですから、歳とってから歌うのにふさわしいのは当然でしょう。老人にパンチの効いた音楽をやらせても体が動かない。そのかわり、人生の味わいやドラマ性が要求される。演技力も必要になってくるわけです。

シャンソンは宝塚歌劇から紹介されましたが、美輪明宏さんなどは、それがある意味で不幸だったといっています。本当のシャンソンというのは、じっくりと文学性豊かに聴かせるものなのに、宝塚のレビューのせいで華やかになりすぎた。もっと人生の苦みというか、たとえば場末の売春婦の歌でも三番の歌詞で恋人が戦死したとわかる。アメリカのフォークソングなんかは観念的に戦争がよくないと歌うのですけど、シャンソンにはドラマ性が要求される。最後に戦争の悲惨さがこみ上げてくるところがにくいわけで、美輪明宏もそういう歌を歌っています。

ただ、フランスのシャンソンというより、日本人がつくりだした日本の芸能として、今日はお話ししたいのです。

岩谷時子と越路吹雪

岩谷時子の経歴を見ていただきますと、浜脇小学校から安井小学校、市立西宮女学校、「思い出の街」というグラフ西宮に載せたエッセイには、夙川あたりが自分の少女時代の原風景で、戦前のえべっさんには逆さ門松があったとか書いてあります。神戸女学院の英文科に進み、宝塚歌劇のファンだったので出版部に入って、いまも阪急の駅のホームで売っている『歌劇』という雑誌の編集長を務めました。

越路吹雪より年上になります。越路吹雪のことは覚えておられる方もいるかと思いますが、三十四年前に亡くなっています。生きていたら九十歳くらい。シャンソンの女王といわれた大スターで、岩谷時子は彼女のマネージャーになったのですね。

二人の出会いというのは、越路吹雪が自分のサインをつくってほしいと頼んだのです。越路吹雪という名は画数が多いので、岩谷時子はひらがなも使ったサインをつくってあげた。越路吹雪は亡くなるまでそのサインを使っていたのですが、それが縁になって、越路吹雪が宝塚を退団した頃から亡くなるまでマネージャーをしていました。

越路吹雪はせっかく男役のスターになったのに、愛の歌が歌えないといいだした。自分は女だから、女の気持ちで愛の歌を歌いたい。男役で歌うとつくりものになってしまう、真実味が出ないといいだして、退団してしまう。宝塚歌劇のスターというのは世間知らずで、電車の切符も買ったことがない。いまでも、東京公演から帰ると伊丹空港から荷物を誰が運んでとか、猫の世話も後援会がやるらしいので、退団するまで世間知らずなんですね。越路吹雪はその典型だったので、退団後のお目付け役ということで岩谷時子がマネージャー役を頼まれたのです。死ぬまでマネージャー代を一銭も受け取らなかったということです。もともとお金に困ってなかったのかもしれませんが、作詞家として大成功したからそういう心配もなかったのです。

昭和二十六、七年。日本が独立する頃。東京では日劇、大阪では大劇といった劇場で歌謡カーニバルみたいな公演が行われて、ロカビリーあり、ジャズもシャンソンもあり、戦後、欧米のポピュラー音楽が解放された中で彼女もデビューするのですが、当初は、進駐軍に迎合したのかどうか知りませんが英語で歌ったところ、あまりに英語が下手で聴いていられないと酷評された。これは不器用で正直な越路吹雪にしてみたら当然のことで、英語は自国の言葉でないから気持ちが入らない。やっぱり日本語で歌いたい、日本語で歌うとなると訳詞が必要だ。誰かに訳してもらわなければいけない。

そんなとき、日劇のトリで歌う予定だった歌手が突然出られなくなり、まだ歌手として新人だった越路吹雪にトリがまわってきた。一晩でエディット・ピアフの「愛の讃歌」を覚えて歌わなければならない。エディット・ピアフはフランスでもっとも有名な大歌手ですが、「愛の讃歌」は恋人のボクサーが飛行機事故で亡くなったときの歌で、あの世で結ばれたいとの思いで歌っていますから、恋のためには祖国も捨てるし、友人も裏切るし、大地が崩壊してもかまわないと、凄い絶唱なのです。宝塚で甘ったるい歌ばかり歌っていた歌手が、なかなかその歌詞では歌えないということで、岩谷時子に訳詞がまわってきた。岩谷時子は夢見る文学少女でしたので、ロマンチックな、乙女チックな、完全につくり変えた歌詞にして、これが非常に好評でした。それまで取ってつけたようなシャンソンが多かった中、日本語の歌として自然に聴けたと。それでシャンソンの訳詞の道に入っていく。

私が子供の頃、紅白歌合戦の会場はだいたい東京宝塚劇場でした。NHKホールが渋谷にできるまでは東京宝塚や新宿コマが多かった。シャンソン歌手も昔はよく出ていたのですよ。男なら芦野宏、高英男、旗照夫、女性では越路吹雪、岸洋子、そのちょっと前では石井好子、中原美紗緒……。越路吹雪が一番よく出ていました。途中から自分の意志で出なくなりましたが。持ち歌となった「愛の讃歌」は、いまから二十年ほど前に日本人女性宇宙飛行士第一号の向井千秋さんが宇宙から流しました。CDを宇宙船に持っていって話題になったものです。

それでは越路吹雪の「愛の讃歌」をかけていただきます。

♪「愛の讃歌」

あなたの燃える手で　あたしを抱きしめて　ただ二人だけで　生きていたいの
ただ命の限り　あたしは愛したい　命の限りに　あなたを愛するの
頬と頬よせ　燃えるくちづけ　交わすよろこび　あなたと二人で
暮せるものなら　なんにもいらない　なんにもいらない　あなたと二人
生きて行くのよ　あたしの願いは　ただそれだけよ　あなたと二人

固く抱き合い　燃える指に髪を　からませながら　いとしみながら
くちづけを交わすの　愛こそ燃える火よ　あたしを燃やす火　心とかす恋よ

越路吹雪以外の歌手もたくさん歌っています。フランスのシャンソンにこだわる方は原詩に近い詞で歌っていますが。

宝塚歌劇の主題曲というのは、観劇後、帰りに口ずさめるようなメロディが多い。これは舞台芸能では大切なことです。劇団四季なんかも昔は難しい芝居をやっていましたが、翻訳ミュージカルを上演するようになって、身近な劇団になりました。

私は短期間サラリーマンだったことがあり、日本生命の東京総局の人事課に勤務しました。勤務先の日生ビルは、日比谷公園の前、東京宝塚劇場が背中合わせにあり、一階から六階までが日生劇場で、七階に勤務していました。地下には「アクトレス」というレストランがあり、「女優」という意味ですが、日本生命の社員も日生劇場のスタッフも行く。横を見ると栗原小巻がいたりしました。岩谷さんは遠目に見たことがある程度です。昭和五十年過ぎの頃で、保険会社の内勤は終わる時間が早く、五時半開演のミュージカルの席が空いているからとチケットがまわってくる。劇団四季もその頃はさほど人気がなかったんです。朝出勤するとき、その日生劇場の前売り券売り場に行列のできるのが越路吹雪のリサイタルで、こちらはすごい人気でした。ファンが寝袋持参で並ぶというチケット争奪戦でした。越路吹雪はシャンソンで一カ月満員にできる第一号でしたが、彼女の後ろで踊って歌っていたのが劇団四季でした。

越路吹雪という人は、自分の歌が下手だと思い込んでいますから、リサイタルでも、出が近づくと震えが止まらない。岩谷時子が「虎」と越路の背中に書いて、あなたは虎になるんだといって励ましてから舞台に出る。ちょっと大げさな話ですが、幕が下りたら担架で運ぶんですよ。本当に倒れてはいないんでしょうが、全力で歌っていますので、徹底したいのでしょう。大御所になってもそんな感じでした。岸洋子などは、本番の前でも楽屋でニコニコ応対してくれる。自分でうまいと思っていますし、実際うまかった。越路吹雪は声量があまりないせいか、マイクの使い方をよく研究していましたが、宝塚では同期の深緑夏代のほうがはるかに歌唱力があるといわれました。越路吹雪という人はいろんな欠点を指摘されるんですが、なんとかしてあげなくては、と思ってくれる一流のスタッフがまわりにつく。人間的魅力があったということです。越路吹雪のまわりにいたスタッフが美空ひばりのまわりにいたら、美空ひばりは世界一の歌手になったでしょう。ちなみに私が一番好きな歌手はちあきなおみですが、ちあきなおみは裏声が出ないから、シャンソンみたいに語りかけるような歌い方をつくりあげたのです。美空ひばりはどんな歌い方もできた。風邪を引いていても、きれいな声が出ました。天は二物を与えずで、才能ある人は環境が悪い。越路吹雪という人は、岩谷時子に始まり、結婚した内藤法美にいたるまで、なんとかしてあげたいという人ばっかり集まってくる。

これはピアフもそうでした。ピアフは実力がありましたが、ジャン・コクトーとか一流の文人たちがまわりを固め、ピアフは問題ばかり起こすのですけれども、まわりが素晴らしい歌を提供して立ち直っていく。人間的な吸引力があったのです。

越路吹雪が代役で歌うことになった「愛の讃歌」の訳詞を、急遽、岩谷時子が一晩寝ずにつくったところ、翌朝そのロマンチックな歌詞を見て越路吹雪が笑った。なぜ笑っているのと聞いたら、あなた何も知らないからこんな歌詞がつくれるのねと。越路吹雪は男性遍歴がありましたが、岩谷時子には男性の噂を聞きませんから。あくまで夢見る文学少女としてスイートな歌詞をつくった。でも後年、上品なお嬢さん育ちの岩谷時子が「ベッドでたばこを吸わないで」を作詞したのには驚かされました。

越路吹雪に次いで有名なシャンソン歌手だった岸洋子は、「恋心」「想いでのソレンツァラ」など、エンリコ・マシアスの歌をよく歌いましたが、いずみたく作曲、岩谷時子の訳詞でなく作詞、シャンソンの訳詞でなく最初から日本の歌として成功した「夜明けのうた」をどうぞ。

♪「夜明けのうた」

夜明けのうたよ　あたしの心の　きのうの悲しみ　流しておくれ
夜明けのうたよ　あたしの心に　若い力を　満たしておくれ
夜明けのうたよ　あたしの心の　あふれる想いを　判っておくれ
夜明けのうたよ　あたしの心に　おおきな望みを　抱かせておくれ

夜明けのうたよ　あたしの心の　小さな倖せ　守っておくれ
夜明けのうたよ　あたしの心に　思い出させる　ふるさとの空

岸洋子の「希望」という歌もヒットしました。ヒット曲を持っている歌手は幸せですね。二人とも五十歳代という早死にです。越路吹雪はガン、岸洋子は敗血症でした。

西宮の文化遺産としての詞

次に、島倉千代子が阪神タイガースのホームラン王の藤本勝巳と結婚して甲子園に住んだ頃のヒット曲を探してみました。西宮時代のヒット曲「ほんきかしら」は岩谷時子作詞です。何も西宮を意識した歌というわけではないのですが、なかなかいい歌で、軽く歌っているけど、色気のある歌です。

♪「ほんきかしら」

ほんきかしら　好きさ　大好きさ　世界で君が　いちばん好きさ
うれしいわ　うれしいわ　この喜びを　どうしましょう　許してね　疑ったりして
たのしいひとこと　ききたかったのよ　ほんきかしら　好きさ　大好きさ
知ってる　くせに　好きと　あなたから　いってほしい　女ごころ
じっと瞳をみて　くちびる重ねましょう

ほんきかしら　好きさ　大好きさ　世界で君が　いちばん好きさ
昼も夜も　おもかげを　しのびながら　胸はずむわ　許してね　こぼれる涙を
やさしい言葉で　泣きたかったのよ　ほんきかしら　好きさ　大好きさ
知ってる　くせに　いつも　愛を　たしかめたい　女ごころ
そっと瞳をとじ　くちびる重ねましょう

許してね困らせたりして　ときどき淋しい　これが恋なのよ　ほんきかしら
好きさ　大好きさ　知ってる　くせに　夢のはかなさに　ふるえている　女ごころ
かたく手をとり　くちびる重ねましょう

洒落た大人の雰囲気のかわいらしい歌で、ヒットしました。島倉さんが西宮に住んだ当時、朝日放送の「てなもんや三度笠」という人気番組によく出演していました。藤田まことと白木みのるが歌ったあと、本物の歌手が出てきて歌う。島倉さんが、アイヌの娘ピリカという役で、それを藤田まことのあんかけの時次郎が追いかける、その中で夫だった藤本さんのことをひやかしていうんですよ。本当は夫婦仲が悪くなっていたかもしれないのですが。

岩谷時子作詞「ウナ・セラ・ディ東京」を最初に歌ったのはザ・ピーナッツですが、いろんな人が歌いまして、岸洋子も歌いました。園まりの「逢いたくて逢いたくて」、加山雄三の「君といつまでも」、ピンキーとキラーズの「恋の季節」、郷ひろみの「男の子女の子」……そのときどきの大ヒット曲ばかりで、どれも岩谷時子の作詞です。訳詞では「ろくでなし」も定番ですね。「マイ・ウェイ」「百万本のバラ」。ミュージカルの『王様と私』や『ウエストサイド物語』も彼女の訳詞で再演を重ねています。

すごい収入だったと思います。カラオケでも歌われていますし。岩谷さんは独身でしたから子供もいない。岩谷財団ができて、賞も設けられて、辻井さんという目の不自由なピアニストの方が最初に選ばれた。なんとか少し西宮にもお金を落としてもらいたいといっているうちに亡くなってしまった。九十七歳でした。

「ウナ・セラ・ディ東京」は西田佐知子も歌っています。彼女は引退して久しいのですが、「菊正宗」のＴＶコマーシャルで声だけ出てきますね。かつてマーキュリーレコードというレコード会社が西宮にあり、関西出身の西田さんが所属だったこともありました。マーキュリーレコードは首都圏以外では唯一メジャーなレコード会社でした。

それでは西田佐知子の「ウナ・セラ・ディ東京」を聴いていただきます。

♪「ウナ・セラ・ディ東京」

哀しいことも　ないのに　なぜか　涙がにじむ　ウナ・セラ・ディ東京　ムー……
いけない人じゃ　ないのに　どうして　別れたのかしら
ウナ・セラ・ディ東京　ムー……

あの人はもう　私のことを　忘れたかしら　とても淋しい　街は　いつでも
後ろ姿の　幸せばかり　ウナ・セラ・ディ東京　ムー……

あの人はもう　私のことを　忘れたかしら　とても淋しい　街は　いつでも
後ろ姿の　幸せばかり　ウナ・セラ・ディ東京　ムー……
ウナ・セラ・ディ東京　ムー……

安保闘争のあった昭和三十五年、「アカシアの雨に打たれて」が大ヒットした西田佐和子には、「コーヒー・ルンバ」とか、たくさんヒット曲がありました。私の好きな歌手は引退してしまうんですよ。ちあきなおみ、西田佐知子、みんな生きているんですけどね。私は大学生のとき好きな歌手がちあきなおみ、中学高校のときは西田佐知子、小学校のとき、まわりはザ・ピーナツとか弘田三枝子とか、でも私だけ松尾和子のファンでした。最後に彼氏が監獄にいるとわかる、松尾和子の「再会」という歌を聴き、初めて歌詞のすごさというのがわかって、子供ながらに歌詞開眼といいますか。

昭和三十から四十年代は、ナイトクラブでラテンのナンバーがよく歌われていました。歌謡界もロスプリモスとかスペイン語を使ったような芸名が多かった。ジャズかラテンを歌う歌手が歌謡曲に転向してヒットを飛ばすというケースがよくありました。そんな歌謡曲を漠然と聞いて大きくなったのですが、子供だからウソ聞きしていたんですね。五木ひろしの「横浜たそがれ」は、山口洋子という作詞家の歌詞が、「横浜たそがれ　ホテルの小部屋」と始まるのですが、私の頭の中に、小さな部屋、小部屋という概念がなかったのです。歌舞伎や映画で端役の俳優さんのことを大部屋さんというけど。それで「横浜たそがれ　ホテルの　神戸や」と思いこんでいたのです。横浜と神戸を比較して、横浜はたそがれがいいけどホテルは神戸やで、と。でもそこだけ関西弁を使って変な歌やなあと、ずっと思っていました。のちにカラオケの映像で文字を見て愕然とします。

次に、私も初めて聴くのですが、岩谷時子の母校、市立西宮高校の校歌ではなく生徒歌というのが、岩谷時子作詞、いずみたく作曲という豪華版ながら、ご存じない方も多いと思いますので、いまから聴いてみます。

♪「市立西宮高校生徒歌」

風渡る池の　ほとり　ここにある　若い月日
まわるまわる　時計の上で　力いっぱい　さわやかに
友だちよ　今を生きよう　西宮　ハイスクール・ライフ

ふりむけば松は　みどり　僕がいて　私がいる
歩く歩く　未来への旅路　海の広さを　胸に抱き
友だちよ　今を大事に　西宮　ハイスクール・ライフ

陽にもえる紅い　つつじ　誰か知る　愛の思い出
歌え歌え　青春讃歌　夢と希望を　捨てないで
友だちよ　肩を組もうよ　西宮　ハイスクール・ライフ

初めて聴きましたが、なかなかいい歌です。市西の卒業生は知っていると聞きました。校歌も有名な人がつくると騒がれますね。西宮では薄田泣菫や竹中郁といった著名人が校歌をつくっているので、そういうコンサートをやってみたら面白いでしょう。

年下の越路吹雪が先に亡くなって岩谷時子はがっくりきます。越路吹雪はガンを患い、岩谷時子がなんとかもう一度舞台に立たせようと睡眠薬やたばこを取り上げようとするのに、ご亭主のほうが厳しくなかったのか、越路吹雪をめぐる夫とマネージャーの軋轢とかマスコミを賑わしたことがありました。
その後、ミュージカルの訳詞も手がけるようになります。ベトナム戦争を題材にした『ミス・サイゴン』をこのあいだもフェスティバルホールで再演していましたが、訳詞を手がけた岩谷時子は、主演の本田美奈子という歌手と仲良くなり、越路の再来と思って大事にしたのですが、彼女も病魔に倒れて早く亡くなる。たまたま岩谷時子が足を怪我して同じ病院に入院し、ボイスレコーダーを通して当時無菌室に入っていた本田美奈子を激励した。これはテレビドラマになり、岩谷時子の役を竹下景子が演じました。
亡くなってまだ一年、二年ですから、これからいろいろ伝記が出てくるでしょう。

西宮を愛した喜志邦三

次は喜志邦三です。これから聴いていただきます「春の唄」は国民歌謡として発表されたもので、西宮北口駅とアクタ西宮をつなぐデッキのところに歌碑があります。もっと見えやすいように置いてほしいものです。

♪「春の唄」

ラララ　紅《あか》い花束　車に積んで　春が来た来た　丘から町へ
菫《すみれ》買いましょ　あの花売りの　可愛《かわ》い瞳に　春のゆめ
ラララ　青い野菜も　市場について　春が来た来た　村から町へ
朝の買い物　あの新妻の　籠にあふれた　春の色

ラララ　啼《な》けよちろちろ　巣立ちの鳥よ　春が来た来た　森から町へ
姉と妹の　あの小鳥屋の　店のさきにも　春の唄
ラララ　空はうららか　そよそよ風に　春が来た来た　町から町へ
ビルの窓々　みな開かれて　若い心に　春が来た

震災の前、アクタのあたりには古い市場がありました。「春の唄」の二番目の歌詞「青い野菜も市場について～」は、あの市場のイメージかもしれません。すっかり風景は変わってしまっていますが、歌だけでも残ってよかったと思います。

もず昌平さんのように関西では詩人・作詞家の先輩として喜志邦三のことを尊敬している人は多い。喜志邦三は新聞記者を務めたのち、大正十四年から神戸女学院で教え、三木露風の「未来」に加わります。三木露風は播州龍野の出身で、象徴的な詩を書いた人ですが、一般には「赤とんぼ」の作詞が有名で、龍野市は「赤とんぼ」で町起こしをしています。

喜志邦三は昭和十四年にＮＨＫの放送文芸賞を受賞し、戦前から有名でした。「踊子」は三浦洸一が歌ってヒットした曲ですが、川端康成の小説で有名な『伊豆の踊り子』のことですね。この曲を石川さゆりが歌っているのを聴くのは初めてです。

♪「踊子」

さよならも　言えず　泣いている　私の踊子よ　……ああ　船が出る

天城峠で　会《お》うた日は　絵のように　あでやかな
袖が雨に　濡れていた　赤い袖に　白い雨……

月のきれいな　伊豆の宿　紅いろの　灯《ともしび》に
かざす扇　舞いすがた　細い指の　なつかしさ…

さよならも　言えず　泣いている　私の踊子よ　……ああ　船が出る

下田街道　海を見て　目をあげた　前髪の　小さな櫛も　忘られぬ
伊豆の旅よ　さようなら……

西宮北口の市場のはずれに住んだ、津高和一という有名な画家が震災で奥さんとともに亡くなりました。飼っていた猫たちはもらわれていき、猫たちの写真集も出ましたが、作品が残ることで思い出も残る。たくさんの思い出を持つ街が作詞家を生み出します。

いまから五十年前、西宮市は「文教住宅都市」になりました。石油コンビナートを海岸に誘致すると当時の田島市長がいいだして、市議会もOKを出し（議会もあてになりません）、市民のあいだで猛反対が起こって、普段おとなしい関西学院の先生方も環境を破壊するなと抗議し、地元の造り酒屋も宮水が出なくなりえらいことになるぞと。主産業ですからもっともな抗議で、それで市長が造り酒屋出身の辰馬さんに替わって、もう一度とこういうことがないようにと「文教住宅都市宣言」をした。四日市には悪いけれども、西宮にコンビナートが来ていたら、「西宮ぜんそく」ということになっていたかも知れません。

「文教住宅都市西宮の歌」の作詞は喜志邦三。作曲した鎌田廉平は、私の兄が大社小学校に通っていたときの音楽の先生でした。西宮市内であちこち音楽の先生をされた方ですね。こういう歌を喜志さんがつくっているというのも西宮市の文化人として認められていた証です。堺の出身ですが西宮をふるさとと思って書かれた。一九七二年の西宮市民文化賞を受賞しています。

西宮市民のアイデンティティとなった「文教住宅都市西宮の歌」を、案外みんな知らないので、聴いてみましょう。

♪「文教住宅都市西宮の歌」

わが町　高き　理想あり　文教住宅都市の名を　世界に告ぐる　西宮
われら互いに　手をとりて　行く道　心の　花も咲く

わが町　伸びて　限りなし　文教住宅都市の名を　歴史にしるす　西宮
われら住む町　うるわしや　かわらぬ緑も　ゆたかなり

わが町築く　いしずえよ　文教住宅都市の名に　明日を誓う　西宮

われら愛する　この町は　青空はるかに　澄みわたる

普段歌うことはあまりないのですが、くせのない、五十年前にできた歌です。

麻生香太郎くんのこと

私の甲陽中学高校時代、六年間、同級生だった阿部孝夫君。夙川の雲井町か殿山町に家があり、ええしの子でした。勉強もよくできて、ハンサムで、ペンネームを麻生香太郎という作詞家になり、ヒットした曲は森進一の「新宿港町」。ほかに小柳ルミ子の「一雨降れば」、ＮＨＫ朝ドラ『さくら』の主題歌とか。少年時代から芸能界が好きで、いまはプロデューサーのようなことをしています。大学生のときに作詞家になり、『ラブラブショー』というテレビ番組に出たりしていました。妹さんが神戸女学院を出て朝日放送のアナウンサーになり、『ＡＢＣヤングリクエスト』を担当していました。あの主題曲は奥村チヨさんが歌っていましたね。奥村チヨさんは夙川学院の卒業生です。

三波春夫さんの息子さん、三波豊和のデビュー曲が、麻生香太郎の作詞の「あゝ甲子園」で、麻生香太郎が野球好きだとは聞いていませんけど、注文があったから書いたのでしょう。作詞・麻生香太郎、作曲・三木たかし、聴いてみましょう。

♪「あゝ甲子園」

最後のバッターとなった一年生が　泣いていた八回
痛恨のエラーをしたショートを　誰もかれもが慰めていた

ひとりひとりの心が　痛いほどにわかった
そして僕自身もこらえきれずに……泣いた

たたかい敗れた　サイレンが　スタンド狭しと　鳴り渡る
帽子でかくした　男泣き　よごれた涙の　美しさ
あゝ　甲子園　たとえ敗れても
あゝ　友よ　悔いはないさ
スコアボードに　消えて行く　燃やした月日よ　俺たちの青春

（以下省略）

くせがなく、のびやかに歌っています。

先年亡くなられた高田直和さんは、朝日放送のプロデューサーで、西宮市文化振興財団の理事もしておられましたが、小林幸子の「おもいで酒」を作詞された方です。小林幸子は子供のとき天才歌手といわれていましたが、プロになってもなかなかヒット曲が出なかった。「おもいで酒」がヒットしてメジャーになります。高田さんは「おもいで酒」以降、小林幸子とは縁が薄くなっていたのですが、晩年にパチンコ屋であの曲が流れ始めた。すると流れるたびにお金が作詞家にも何パーセントか入ってくる。八十過ぎてこんな金持ちになっていいのか、といってらした。

私が文芸雑誌を編集していた頃、少女時代を香枦園で育った島田陽子さんという方が詩人仲間では知られていたのですが、一九七〇年の大阪万博のときに応募した「世界の国からこんにちは」が主題歌に入選して、人生が変わりました。

私なんか、生《なま》の舞台のように一回きりの仕事ばかりなので、ちっとも儲からない。コピーがきく音源とか映像でヒットを飛ばすと儲かるわけです。その最たるものが作詞家です。作曲家は音楽家ですので、専門的な音楽教育を受けている人が多い。だから私は作詞家よりも作曲家のほうが威張っていると思っていましたが、歌謡曲はあくまでも作詞が優先で、それに曲をつけるのですね。作詞の審査員をするようになって、詞をつくる人は尊敬されるとわかりました。

薄田泣菫の功績

次に校歌を聴いてみたいと思って、大物を選んでみました。

薄田泣菫は、作詞家というより、明治以降の十人を選んだら入るような大詩人です。新体詩が生まれたのが明治二十年代で、最初のスターが土井晩翠と島崎藤村、「春高楼の〜」とか「まだあげ初めし前髪の〜」。明治三十年代は薄田泣菫と蒲原有明が二大詩人。四十年代が北原白秋と三木露風。大正に口語詩が生まれて萩原朔太郎や佐藤春夫が出てくる。泣菫は明治三十年代から四十年代にかけて、日本で一番人気のある詩人でした。若くして成功し、毎日新聞に招かれて学芸部長になりますが、四十歳くらいからパーキンソン病にかかり、体が不自由になりましたので、分銅町の自宅で随筆家になります。『茶話』は、日本の新聞コラムの最高傑作といわれています。「雑草園」と本人が名づけた泣菫の旧居は、いまも屋敷の板塀だけ残っています。山手幹線のちょっと南側です。

安井小学校は、校区に住む有名な詩人、泣菫に校歌を依頼したわけですね。夙川小学校の校歌も同様です。大社小学校から安井小学校に転校された小松左京さんが、大社小学校の校歌は全然記憶にない、安井小学校の校歌はものすごく覚えているといっていました。それでは薄田泣菫の作詞した安井小学校の校歌を聴いていただきます。

♪「安井小学校 校歌」

大空高く　太陽の　光あふるる　西宮　ここなる大き　学園に　学ぶ我らは　野の若木
若き木なれば　すくすくと　培われつつ　伸びゆかん

北には広田　南には　戎の社　あるところ　ここなる清き　学園に　遊ぶ我らは　若き鳥
若鳥なればはつらつと　羽ばたき歌う　空をみて

かくてぞ我ら　たゆみなく　精神を高め　身をきたえ　天賦の性を　展ぶるにも
雄々しく強き　子とならん　強き子なれば　双肩に　祖国も負わん　後々は

安井小学校の歌も夙川小学校の歌も、昔のは最後に愛国調が出てきます。いまは祖国とか言葉にして歌いませんよね。

故郷はいまの倉敷市で、そこへ疎開したまま、戦争が終わった昭和二十年に尿毒症で亡くなっています。倉敷では泣菫の詩の朗読を学校教育に取り入れて非常に大事にしています。西宮には三十数年も住んだのですから、泣菫の詩を一つくらい朗読させたらどうでしょうか。理屈抜きに覚えさせてしまうと言葉の感覚が豊かになります。

一世を風靡した詩人で、ジャーナリストとしても成功しました。明治十年生まれですので、谷崎潤一郎と比べても先輩になります。いま、夏目漱石の『こころ』を朝日新聞が百年ぶりに再連載していますけど、当時は大阪朝日とか大阪毎日に原稿が載ることが文士としての出世の証でした、それを仕切っていた編集者でもあったので、自作を取り上げてほしいといった、芥川龍之介や志賀直哉の泣菫あての手紙が、毎日新聞が新社屋へ移るときに見つかっています。泣菫の資料は倉敷が大事にしていますが、西宮市も随筆・エッセイを対象にした「薄田泣菫賞」を出したらどうでしょうか。

心の滋養がたくさんある街は、いろいろな才能が育ちやすい。西宮の場合は和洋折衷というのか、西洋音楽が早くから入りましたし、宝塚も近くにあり、神戸女学院や武庫川女子大の音楽科もあり、ラジオ関西の電話リクエストなんかがポピュラー音楽を中心に取り上げましたので、それを聞いて育ち、ポピュラー音楽に対する感性が早くから培われた村上春樹のような例もあります。それから、いまよりもっと自然が豊かで、山も海も川も美しく、それでいて都会的な環境に隣接しているという、たいへん恵まれたところでした。しかも文化人がたくさん住んでいるという、言葉を培うのには理想的な環境にあったと思います。

高齢化社会に向けて、西宮に作詞家の学校ができないものでしょうか。候補地はアサヒビールの工場跡地。消防署や病院の移転が悪いとはいいませんが、あれだけの敷地ですからロマンもほしい。ＪＲ西宮駅に東口をつくれば、すぐそこです。ＪＲ茨木駅の横に立命館大学が入ってきた。東海道線の沿線で快速の停まる駅に大学があれば、かなり遠くの、赤穂や長浜あたりからも通える。西宮も茨木と似た条件です。快速が停まる駅に大学の一つくらい持ってこられないものか。たとえばアートマネジメント学科を持ってくるとか、芸術文化センターも近いことですから。東大阪で成功した近畿大学なんかが阪神間にもキャンパスをつくれば成功するんじゃないでしょうか。

健全な歌が続きましたので、もう一度、夜というより黄昏のムードに浸りたいと思います。岩谷時子作詞、宮川泰作曲、「逢いたくて逢いたくて」、園まりでどうぞ。

♪「逢いたくて逢いたくて」

愛したひとは　あなただけ
わかっているのに
心の糸がむすべない　ふたりは恋人
すきなのよ　すきなのよ
くちづけを　してほしかったのだけど
せつなくて　涙がでてきちゃう

愛の言葉も　知らないで
さよならした人
たった一人のなつかしい　私の恋人
耳もとで　耳もとで
大好きと　言いたかったのだけど
はずかしくて　笑っていたあたし

愛されたいと　くちびるに
指を噛みながら
眠った夜の夢にいる　こころの恋人

逢いたくて　逢いたくて
星空に　呼んでみるのだけど
淋しくて　死にたくなっちゃうわ

7

ミステリー文学と阪神間の風土

二〇一一年十月二十七日　関西学院大学 西宮上ケ原キャンパス

有栖川 有栖（推理作家）

一九五九年大阪市生まれ。同志社大学法学部卒。一九八九年に『月光ゲーム』でデビュー。『マレー鉄道の謎』で日本推理作家協会賞、『女王国の城』で本格ミステリ大賞を受賞。近著に『鍵の掛かった男』『狩人の悪夢』など。

（聞き手：河内厚郎）

本格ミステリーの復権

――ミステリー文学にはさまざまなジャンルがありますけど、有栖川さんの書かれるような本格ミステリーとは、つまり、謎解き物ということになりますね。

有栖川　知能犯がいろいろなトリックを利用する複雑な事件を、名探偵が推理で解きほぐす。いちばん古いタイプの、古典的なスタイルです。

サスペンス小説は、途中のハラハラドキドキが眼目。ここ数年流行した警察小説は、警察が組織的な捜査を行って事件を解決する、その科学捜査や組織力をリアルに描くことに力点を置く。警察の捜査がどういうふうになっているのか、誰しも興味ありますよね。謎を解くには解くけど、推理で解くというより調べ上げるというニュアンスです。社会派ミステリーは、リアルな現実の社会で、いま起きている事件や、明日起きるかもしれない事件を、社会背景とともに足が地に着いた形で描く。

警察小説や社会派ミステリーは、アクロバティックな論理で謎を解くのではなく、秘密が暴かれていく物語と解釈できます。

推理小説はミステリーとも呼ばれますが、ミステリーには、謎と秘密、両方の意味があります。秘密というからには、何かしら複雑なものが絡んでいて、それを解きほぐすといえばそうですが、パズルを解くようにというのとはちょっと違う。松本清張の小説はその典型で、犯人のアリバイトリックはどういうふうになっているのかと刑事が考えたり解き明かしたりする場面はありますが、そんなに複雑なトリックでもない。ＡさんとＢさんは表面的には仲が良いかもしれないけれども、ああいう状況ではＡはＢを恨むぞというようなところに人間関係の盲点があった――そんな心理の綾というか、小説として書くに値するテーマを普通に描いているんです。扱っている素材が犯罪だということで、推理小説と呼ばなくてもいいタイプの小説もたくさん書いています。

――森村誠一さんの小説は、どのタイプになるでしょう?

有栖川　森村さんは非常に面白いスタンスをとられました。社会派ミステリーがまだ盛んだった一九七〇年頃に江戸川乱歩賞を取ってデビューした『高層の死角』はホテル業界の裏面を、『新幹線殺人事件』はどろどろした芸能界をスキャンダラスに描いて、清張から始まった社会の裏側を描く社会派ミステリーにつながっていると同時に、古典的な密室トリックやアリバイトリックをいっぱい使う。いま自分たちが生きる現実社会で起きている問題を突っこんで描いて、現代人の欲望や孤独を描きながら、古いタイプの推理小説で使われるようなトリックがぽんと出てくるんですよ。新旧の推理小説の二本立て、折衷しているようにも見えます。密室のトリックを書きたいけれど、それは古いといわれる。社会派ミステリーに盛りこみたいとなると、強引に足したんじゃないか、なんかしっくりしないなという見方をする人もいますが、森村さんは本格ミステリーが大好きなんです。トリックがお好きで、うまい。でもそれはいまどき流行らないという感じでした、七十年代は。日常性や社会性へのアプローチが弱い横溝正史などは若いうちに熱中する幼稚なものみたいな見方もされていて、社会派推理小説が登場してやっと推理小説が市民権を得たともいわれました。その見方も一面的ですよね。社会派の体裁をとったら大人の読み物になるなんて野暮で短絡的だと思います。名探偵なんていまの時代にいないといえば身も蓋もないんですが、天才的な頭脳の持ち主がトリックを暴くというタイプの小説が古臭いとされていたときに、強引に設定したように見えますが、私の目にはすごく納得のいく形になっています。

森村さんの小説は、個人が組織に押しつぶされる話が多い。えてして悪役になったのは大企業で、自分を不幸にした相手が個人だったりしても、バックには巨大企業や政府や自衛隊がいる。森村さんは反権力の人で、お金も権力も組織力もある者に押しつぶされそうな弱い個人が復讐するときに、そのアリバイ工作を警察が見抜けない。ものすごく大きな存在に対して個人が復讐する「手づくりの奇跡」という意味あいを帯びてきて、あの時代の日本の推理小説にしか表現できないことだったという気がします。

〇〇殺人事件という小説なんて山ほどあると皆さんは思うかもしれませんが、その当時は流行っていなかったんです。横溝正史の『本陣殺人事件』なんていかにも古臭かったから、『新幹線殺人事件』という当たり前みたいなタイトルがかえって新鮮でした。新幹線が走りだしてまだ十年経っていなかったから、当時の最先端。しかも、そのあと、『超高層ホテル殺人事件』『東京空港殺人事件』といったタイトルの作品が続く。現代的なものプラス殺人事件というパターンです。私もサラリーマンをしていましたからよく使いましたが、新幹線って本当に人をこき使いますよね。ものすごい本数がダイヤグラムどおり走る、そんなビジネス戦士の道具みたいなものでトリックをしかけるところが森村さんの妙味でした。

都市と田園

有栖川　人は秘密を持っていて、隣の人は何者か、本当の姿を私は知らない。人混みに消えた人は探せない。ミステリーはそういう都会のメンタリティーを基盤に成立した文芸です。隣の子が生まれた日のことから覚えている、あの人の失敗の数々をみんな知っているような、ムラ社会では成立しにくい。そういう意味で都市文学といいながら、ミステリーは田園小説の趣を持つこともありますよ。

――ミステリーの本場イギリスにはそういう設定が多いですよね。

有栖川　イギリスは日本とは国土の余裕が違います。山がまったくない。丘もろくにないというくらいで、電車で旅行したことがありますが、嫌になるぐらい土地が平坦で、川の流れも止まっているみたい。広々しているから、人がゆったり住める。イギリスでミステリーを読んでいると、不思議な気になることがあります。主人公や関係者がロンドンの大きな会社に勤めていて、そのくせ住んでいるところがすごい田舎でね。ルース・レンデルの小説を読んでいると、朝早く起きたから散歩にきた。一面に広がる緑、人工のものは何もない。小川が流れていて、雲雀が鳴いて、ああ気持ちが良いなとかいいながらロンドンの会社に行く。八時ぐらいには家に帰っていて、「ロンドンは蒸し風呂みたいだったよ」といいながら、日本でいうと北海道ぐらいにしかないような情景描写がしてある。

そんな田舎を舞台にするとミステリーは映えるんですよ。町中では事件を起こす場所もあんまりないし、絵になる殺人現場にふさわしい風景が欲しいなと思ったときに、田園の中で起きる事件は魅力的に書けます。横溝正史が有名な小説で水車をトリックに使いましたが、地元の人はあんなアホなこと思いつきません。水車は仕事に使うものです。でも都会人にしたら、なんでもない田舎の風習や手毬歌が怖い。川や山の風景がなんかよそよそしい。風が吹いてざわざわと木が梢が騒いでいると怖い。都会の人が田舎に行ったときに出会う違和感、小さなショックやスリルを取りこんだミステリーをつくったら面白くなる。横溝正史は神戸っ子で、しかも当時のモダンボーイが読む雑誌『新青年』の編集長でしたから、都会を舞台にした作品も多い。それが疎開先の岡山県で、ああ田舎にはこんなことがあるんやと知る。都会のメンタリティーを持った人が田舎に行くと、いろいろ発見がある。

完全に都市を持っていながら田園ミステリーが書ける、阪神間みたいなところはそうそうありません。阪神間は都会で、田舎でも田園でもないんですが、美しい風景はたくさんありますよね。海も山も川もあるし、豪邸が似合うから、ミステリーの舞台として非常にいい。ここが舞台なら、おいしい言葉もいっぱい出せる。裏六甲なんか神戸や大阪からすぐのところとは思えないような静かな趣がある。梶龍雄さんに『裏六甲異人館の惨劇』という長編ミステリーがありました。北のほうには高原もあるじゃないですか。

――大きなヨットハーバーや、伊丹のエアポートもあるし、温泉もあります。柏木圭一郎さんの『有馬温泉陶泉御所坊殺人事件』には、一一九一年創業という有馬温泉「御所坊」の金井社長が実名で出てくるんですよ。有栖川さんの『暗い宿』という短編集にも武田尾温泉が「猛田温泉」の名で登場しますよね。

有栖川　惜しいなと思ったのは、宝塚映画の撮影所。いまもあったら最高においしかった。刑事コロンボのような感じでも書けたのに。「ロサンゼルス市警のコロンボです」と名乗っていますが、ロサンゼルスは、海あり山ありの大都市で、ハリウッドがある。セレブリティの人たち、スターがいっぱい、大物プロデューサーや映画監督……。金持ちで、華やかで、欲望のぎらぎらした、裏で何しているんだろうとか、そういう人種がいろいろと描ける。しかも、この人たちはよそ者なんですね。そういう人々が行き交うハリウッド的なるものがあれば、ミステリーはますます書きやすい。宝塚は日本のハリウッドだというような状況なら、阪神間はいっそうミステリーに向いていたんです。

――震災を機に映画制作をやめてしまいましたが、八十年代はまだテレビ映画をたくさん撮っていました。東宝という会社も東京宝塚を縮めた社名なわけで、宝塚は映画と縁の深い街なんです。八十年代の阪神間では、グリコ・森永事件や芦屋令嬢誘拐事件、芦屋園児誘拐事件などが起こり、当時、宝塚映画の撮影所が「少年探偵団」という関西テレビの映画をつくっていましたが、実際の事件と似ているというんでドラマがストップになってしまったとか。

ミステリーの舞台としての、関西

――宝塚歌劇殺人事件なんてのはいかがです。男役と娘役がトリックで入れ替わるとか。

有栖川　阪急東宝グループの許可を得ないとまずいでしょう。名前を変えて架空の劇団にするとか。

――清く正しく美しく、ですものね。

有栖川　ミステリーと反対じゃないですか。いや、ミステリーも美しいものですが。

阪神間には甲子園球場があります。昔、東京創元社でユニークな企画があり、阪神タイガースをモチーフにしたミステリーの書き下ろしのアンソロジーを出したんです。参加作家は、みんなタイガースファン。それをいいだした編集長は東京出身の広島カープファンでしたが、星野監督が就任した年ぐらいに話が持ち上がって、だったらタイガースファンが書きなさいといわれて、何人も参加しました。アメリカ人のエドワード・D・ホックという作家も参加しましたが、なんで彼が阪神タイガースを知っているんですかと聞いたら、ホックの翻訳者を通じてタイガースのことを教えて書かせると。インチキ野郎と思ったんですが、その本ができた翌年にタイガースは優勝するから、縁起ものの本ですね。

それを阪神タイガースの公認グッズにしてもらえませんかと編集長がいったら、即答で断られたそうです。仕方がありません。誘拐事件の身代金受け渡し場所が甲子園球場とか、タイガースの選手が犯人になったりするのは、まずいでしょうね。架空の選手であっても。

——甲子園といえば、貴志祐介さんが球場の近くにお住まいです。

有栖川　ホラーも書けば、ミステリーもＳＦも書くという、エンターテイメントの超大型の作家です。熱烈な阪神タイガースファンですね。

——この（関西学院）大学の美しいキャンパスなんか、いかがですか。久しぶりに来られて。

有栖川　この近くが出てくる小説は書いたことがあります。『雨天決行』という短編では関西学院大学の名前も出しました。でも大学の中で事件を起こしたら怒られるでしょ。時計台から首が出てきて死体が逆さまに……そんな失敬なことできません。

——『阪急電車』という有川浩さんの小説がヒットして映画にもなりました。阪急今津線が舞台で、このあたりの学生も出てきます。関西は私鉄が多いわりに、私鉄ミステリーというのはあまり聞きません。今津線殺人事件とか、できませんかね。

有栖川　できても小さいトリックでしょうね。私鉄だと企業イメージがあるので差し障りが出そう。西村京太郎さんがＪＲで事件を起こしまくったのは国鉄時代からの流れでしょう。全国津々浦々に線路が延びている規模の大きさが好都合だったせいもあります。寝台車や新幹線を走らせているし。でも西村さんは私鉄を舞台にしてもたくさん書いてらっしゃいますよ。

――ところで先日、有栖川さんは、西宮北口の芸術文化センターで鮎川哲也追悼コンサートをプロデュースされました。鮎川さんを尊敬されていたわけですね。

有栖川　大ファンでした。初めてファンレターを出したのは中学生のときで、返事が来たんです。それから新しい本の感想を書いて送ったりして、手紙がときどき行ったり来たりしているうち、「今度、文庫の解説を書くか」といわれました。鮎川先生はアマチュアに書かせるのがお好きだったんです。それがきっかけでお目にかかり、「私の書いている小説を読んでもらえませんか」「これは江戸川乱歩賞を取ろうと思っています」。下心はないんですよ、鮎川先生は江戸川乱歩賞に関係なかったですから。でも読んでくださって「面白いと思うよ」「じゃあ、送ります」。あっさり落ちたあとで「私は面白いと思うから、知っている編集者に読んでもらおう」。三人目まで駄目だといわれ、四人目の編集者の方が「会って話を聞いてみましょうか」。中学生が敬愛する作家に手紙を送るという素朴な行為から作家への道が始まるとは、人生には思いがけないこともあるんですね。中学生がそこまで遠大な計画を練ってやったのならたいしたものですが、何も考えていなかったから完全に成り行きです。

もっとも、コネができたら目的達成というわけではありません。チャンスが来たときに、それを捕まえる準備ができていないと何にもなりません。出版社の方とお目にかかって話を聞くと、「このままでは駄目だけれど、書き直したらまた見てあげる」。具体的にどう直したらいいですかと聞いているようでは駄目なんでしょうね。抽象的なことしかいわれません。こっちは生まれて初めて編集の人と知り合ったから、何回でも書き直してOKをもらえるまで頑張ろうと思って持っていったら、「何回も書き直してもらうのは申しわけないから、これ見て決めます」「え、チャンスは一回しかないのか」。適当に直して何度でも見てもらおうなんて甘い話はない。要するに勝負どころでした。

――でも必然だったんでしょうね。だって、ミステリー作家になりたかったわけでしょ。

有栖川　もちろん。ただ、流行っていない謎解きものを書いていました。

それが八十年代の後半に波が来るんです。一九八七年にデビューした綾辻行人さんを先頭に、法月綸太郎さん、我孫子武丸さん、麻耶雄嵩さんらが続く。私は綾辻さんの一年七カ月ぐらいあとにデビューしましたが、本格ミステリーが好きでない人は関西から何かぞろぞろと出てきたと思ったかもしれません。

――有栖川さんの場合、関西弁を使うミステリーを書かれますし、東京の設定にしたらと編集者にいわれても大阪の設定にしたりと、そのこだわりが面白い。

有栖川　それも東京の編集者から好かれない要因になりえます。私の作品は、主人公や語り手が大阪人だったりしますが、舞台は京都・大阪・神戸の三都を使っています。やっぱり地元の大阪が勝手もわかって一番書きやすいけど、大阪の海は大阪湾しかないじゃないですか。二色浜以外はコンクリートで固めてあるから、須磨の海も出したくなる。やっぱり大阪は狭い。もうちょっといろんな風景がほしい。神戸・京都・大阪にしたら最強ですよ。砂漠とジャングル以外は何でも揃う。それを小説でフルに使わせてもらっています。

――在阪作家にとって、大阪の地下街というのは特徴的な場所だと思いませんか。

有栖川　いま考えているんです。大阪の地下街をトリックに使ったミステリーはないので。

――世界で最もよく使われている地下街じゃないでしょうかね。本当に店が多いし、警察の入り口まである。それに地下街って、「この扉を開けないでください」と書かれたところを開けたら、いろいろと思いがけぬところへ出られますから。

有栖川　ＳＦなら堀晃さんの『梅田地下オデッセイ』※4があります。たくさんの人が梅田の地下街に閉じこめられて出られない。地下街の中で独自の進化を遂げ、生存のためグループに分かれて戦う。食糧の争いもある。堀晃さんの小説は、いま本ではちょっと手に入りにくいんですが、インターネットでご本人が公開しています。

――八十年代、欧米型の富豪誘拐や令嬢誘拐が阪神間で起こり始めたと話題になり、その影響で吉村達也さんの『六麓荘の殺人』や斉藤栄さんの『芦屋夫人殺人事件』が書かれたのかなとも想像するんですが、現実の事件に影響を受けるって、ありますか。

有栖川　うーん、どうかな。ぱっと浮かんでこないけれども、実はあるんじゃないでしょうか。

アイデアを生み出す

――時間がきたら門を閉めてしまうゲーテッドタウンが、芦屋の海のほう、マリーナのあたりに現れました。アメリカにはたくさんありますが、日本では珍しいでしょう。

有栖川　そこは通行人が歩けない、入館証がないと入れてくれないところなんですね。変な人が入ってこられないようにといいながら、変な人を隔離できないから、自分で自分を隔離している町なわけですよね。安全は安全でしょうけれど、そこで何か起きないかなと推理作家は発想してしまいます。怪しいものは全部排除した安全な町ができましたというのを頭に描いたうえで、何か盲点がないのかと。セキュリティの厳重なタワーマンションやゲーテッドタウン。そそられますね。ミステリーに使えそう。絶対いい素材ですよ。

いまは猛スピードで時代が変わっているでしょう、ＩＴ技術が進んで。十年もしたら風景も変わると思います。町を歩いても、買い物をしても、どこかへ旅行をしても、ぜんぶ痕跡が残るという社会になりつつある。社会防衛という意味では仕方がないのかもしれません。イギリスなんか監視カメラが町中に増えて本当に安心していますと市民が歓迎しているとかいいますよね。そういう側面はあるにせよ、推理作家にとっては厳しいですね。車でこっそり移動することもできないし、駅にもビデオカメラがある。推理作家は犯罪のやり方を教えたり広めたりするために書いているわけじゃないけれど、やっぱり監視社会は息苦しい。完全にすべての個人の生活を監視するなんてできないと思うし、そういう締めつけが強まれば強まるほど、それを食い破るようなトリックが生まれるのでは、とも思います。

――いまはどんなものを書いておられるんです？

有栖川　今月末までに一本書かないといけないんですが、アイデアが出てこないときは地獄。いまがそれ。

――今日は二十七日。もう時間ないじゃないですか。

有栖川　えらいことになっています。ただし、何枚書いてもいいといわれたんですよ。昔はそんな依頼なかったけど最近はわりとあって、「作品にふさわしい長さでお願いします、二十枚なら二十枚でいいですよ」。百枚ぐらいは書こうかと思っていたんですけど、良いアイデアが全然出てこなくて、月末締め切りなのに、書きだしたのは昨日。一昨日の時点で書くことがまったく決まっていなかった。これは生まれて初めて「書けません」といおうかなと思ったんですが、ちょっとアイデアが浮かんだんです。それは四十枚ぐらい書けるかなという話で、昨日で八枚書き、あと四十枚か五十枚ぐらい。今日から五日間ほど、一日八枚書いたら終わるでしょう。

本当は、ここでしゃべっている場合じゃないんです。ほかの仕事なら、行きづまったとき、書類や在庫の整理をす

※4　堀晃『梅田地下オデッセイ』は、有栖川有栖編『大阪ラビリンス』（新潮文庫）に収録。

るとか、得意先をまわるとか、とりあえず汗をかいてすることがある。私の場合、アイデアが浮かばないと、何をすることもできない。

――猫と遊ぶとか。

有栖川　それ、ただの逃避です。苦しくなると、目に映るものから何かアイデアが浮かばないかと呻吟します。蛍光灯、コップ、電話……何かにならないかと。今日も帰って八枚書くんですが、まだちょっと書くことがはっきりしていない。もやもやとしたところがある。

本当にいいアイデアは、なかなか浮かびません。どのアイデアも、まあまあ。でも些細な思いつきでも、これとこれを組み合わせたら話になるというふうに使えることがある。書き溜めてあるメモを見たら、まるで覚えのないものが少なからずあって、怖くなりました。良いアイデアではないかもしれないけれど、ややこしいアイデアってあるんです。あれがこうなって、ああなって、そうしたらここで勘違いするんじゃないかというふうな、自分でも筋が通っているかどうかよくわからないものは、けっこう細かくメモに書いておき、後でじっくり考えます。私のパソコンには創作メモというファイルがあって、そこにあれこれ入っています。

――有栖川さんのエッセーは、味わいがあって、洒落ていて、いいですね。

有栖川　エッセーはなんぼでも書けます。いい気分転換になりますね。

ミステリー以外では、鉄道がらみの怪談ばかり集めた短編集[※5]を一冊出しました。そのあと天王寺七坂をモチーフにした怪談[※6]を書いています。大阪の町は真ん中あたりが台地になっていますね、上町台地という。ちょっと特徴的な坂があって、このへんにあったら目立たないかもしれないけれど、大阪市内にあるから独特の風情を醸し出している七つの坂で、それぞれに物語が眠っている。そこを題材に書いていて、いずれ一冊にまとめます。

――そういうのもアイデアの産物になるんですか。

有栖川　なにがしかのアイデアは要りますが、推理小説を書くときよりは気が楽かな。先人が書いた物語と似た着想でも許されますから。怪談らしく書ければいいと思いながら想を練ります。私の怪談は幻想小説に近いものが多く、どちらかというと、しっとり系。抒情的なまとめ方をしています。そうならざるをえないのは、天王寺七坂のまわりには人がたくさん住んでいますから、そこを舞台に夜な夜な生首が飛びまわるという話では怒られそう。人間というのは死んでも思いはどこかに残るんだ。怪談というのはそう思いたい人の情の反映で、死者が幽霊となって姿を現すときもあれば、音や気配で生きている者に何か伝えようとするときもある。それが怪談だと私は思っているんだなと書きながら気づいた。それでいいと思う反面、もうちょっと落としどころを散らさなあかんなと思ったりもします。

——阪神間を舞台にした怪奇小説というのはあんまりないんですよね。

有栖川　小松左京さんに凄いのがあります。『くだんのはは』。半分牛、半分人間という子供が生まれると、未来のことを予知する。阪神間を舞台にした小説で一番怖い怪談です。

——小松さんは西宮育ちですからね。ただ、どうもこのへんは、おどろおどろしさの漂うような風土には思われていないらしくて。

有栖川　明るい、華やかな感じがしますね。自然も豊かですが、都会ですからね。

※5　鉄道怪談は『赤い月、廃駅の上に』（角川文庫）に収録。
※6　天王寺七坂怪談は『幻坂』（角川文庫）に収録。

ミステリーに見る国民性

――いわゆるアメリカのハードボイルドって、あれはいったい何だろう。私は全然面白いと思わない。

有栖川　うーん、ハードボイルドを誤解されているかも。拳銃を打ち合いするのがハードボイルドではありません。読まずにそう思っている人もいますが。基本的にハードボイルドとは文体のことなんです。感情表現しない小説をハードボイルドというんです。

――いつも富豪の令嬢が誘拐されて、電話がかかってくる。

有栖川　娘がいなくなった、探してほしいみたいなのはよくありますね。探偵が引き受けて、次から次へ関係者に当たってまわっていく。いろんな人がインタビューされるのを繰り返すことにより、関係者の人間関係や現代社会の諸相が浮き彫りにされていく。探偵という、どこの階層にも属さないような人間はインタビュアーとして適任なんです。

ハードボイルドの文体をつくったのはチャンドラーやハメットじゃなくてヘミングウェイです。あの乾いた文体を指してハードボイルドと呼ぶんです。『老人と海』なんて、カジキと格闘するだけの話ですけど、高校時代に読んで格好いいなと思った。

――ヨーロッパの小説と全然違いますものね。アメリカならではの傑作ですね。

有栖川　あの老人はアフリカへ行ったことがあるんでしたっけ。それでよくライオンの夢を見る。悪戦苦闘の末しとめた獲物を鮫に全部食べられてしまい、何もなく戻ってきて、ライオンの夢を見る。悲しかったとか、悔しかったとか、やるせないとか、書かない。切ない何とか、雨が降る、ああ、とかでなく、老人はライオンの夢を見る。

日本にも優れたハードボイルドの作品はありますけれど、なかなか根づきません。日本人はやっぱりウエット、演歌に酔う。えてしてハードボイルドもこぶしが利いて、けっこう泣けるハードボイルドです。やっぱり日本人はそれかなと、じんときたりもします。

イギリス人もあまり向かないようです。イギリス人がハードボイルドを書くと、冒険小説っぽくなる。さすがは『宝島』『ロビンソン・クルーソー』の国。「娘が消えた、探してほしい」といわれたらイギリスの探偵は関係者を当たっているうちに波乱万丈の冒険に巻き込まれる。いつしか海上が舞台になったり。日本も同じ島国なのに海洋冒険小説はほとんどない。鎖国政策のせいでしょうが、国民性はそういうところに出ますね。

——フランスのミステリーは英米物と趣が違って、ボワロー&ナルスジャックとかね。

有栖川　フランスは心理小説の国でしょう。その伝統がミステリーにも出ます。四人、五人までの人物が繰り広げる心理サスペンスが得意。ひところ日本のサスペンスドラマがよく原作にしていました。人間関係が生んだ何か危険なものがミステリーとしての形を生む。頭を使った謎解きという感じは希薄です。

——恋愛小説みたいでね。シムノンのメグレ警視シリーズも独特なムードですよね。

有栖川　人の心のすれ違い、人間の怖さを、うまく描きます。

——ミステリーは理屈っぽいもので、現に有栖川さんも理屈っぽいんですが。世界一理屈っぽいといわれるドイツに、なぜかミステリー文学が栄えていないとか。

有栖川　ドイツ人も書いてはいますが、伝統的にドイツのミステリーは振るいません。十分に紹介されてこなかったせいもありそうですが。ドイツの本屋に行ってミステリーのコーナーに行ったらアガサ・クリスティーがいっぱい置いてあるらしい。旧聞ですけど。

ドイツ文学の前川道介先生がおっしゃっていましたが、ドイツ人は本当に理屈っぽくて、日常会話で「Das ist logisch」と口にする。「なるほどね」ぐらいの軽い言葉らしいけど、日本語にしたら「それは論理的だ」。日本人が「それは論理的だね」とかいったら、何を澄ましているみたいな感じでしょう。そういうふうに論理的であることを重んじる反動がホフマンやノヴァーリスのロマン派の文学につながったとしたら、理屈の面白さを楽しむミステリーからは離れていきます。

――ふだん理屈っぽいので、遊びの世界では思いっきりロマンチックなものを求めると。

有栖川　だと思います。日本人ってあんまり理屈っぽくないでしょう。理屈はそうだけれど情ではやっぱりようせんわ。そんな理屈どおりに話が進むわけがないと日本人は割り切っている。私生活では、私、いつもそう。もう義理と人情の人間ですよ。

警察だって、すぐ自供させようとするでしょう。「死んだ人の顔、見たらどうやねん、おまえかって昔からワルやったわけやないやろう」。あんなん絶対、欧米ではいうてないと思う。警察も「自白するわけがない。したらおしまいだからな」と考えるところを、日本人の場合は「良心があるならいえ」と迫る。ドイツとは逆で、やっぱり情が勝つ。その反動で推理小説のロジックを楽しむ趣味も出てくる。推理を突きつめればみたいな話がファンタジー性を帯びてくる。名探偵が出てきて謎を解くとか密室トリックみたいなミステリーが世界で一番ポピュラーなのは、現在、おそらく日本です。

――日本はミステリー先進国といっていいわけですか。

有栖川　本格ミステリーにかぎらず、レベルは高い。最近は台湾や韓国でも本格ミステリーが読まれていて、日本のものをモデルにして書く作家も出てきています。もちろん欧米の作品もどんどん翻訳されています。

――有栖川さんの小説も翻訳されているんですか。

有栖川　はい。台湾、中国、韓国。タイで翻訳されるミステリーも出てきました。民主的な考え方が理解されて、経済成長で各国の生活様式があまり変わらなくなってきたせいでしょう。アジア人同士でわかりやすいということもあるでしょうし。

——森村さんがよくおっしゃっていますけど、罪刑法定主義が確立されている法治国家でしかミステリーは存在しえないと。弱小な個人が無実を証明できる可能性のない社会ではアリバイもへちまもない。

有栖川 デモクラシーはミステリーが書かれて読まれる前提ですね。江戸時代みたいに、「おまえがやったやろ、違うんだったら証明しろ」と、容疑をかけられたほうが無罪を自分で証明しないといけないのなら、推理小説は成立しません。

『細雪』をミステリーに

——ここ阪神間は、『細雪』の昔から私生活を扱った小説が多いんですよ。

有栖川 ミステリー版『細雪』もいいですね。谷崎潤一郎の『細雪』はまったくミステリーではないんですが、あの四姉妹がミステリーを演じたら面白そう。横溝正史に出てくる三姉妹、三兄弟ものみたいになるかも。堂々たる阪神間ミステリーになるでしょう。

——面白いですねえ、細雪殺人事件。そういえば谷崎もミステリーは好きでした。一種のモダニズムだったわけですよね、ミステリーの初期は。

有栖川 関西に移り住む前の初期の短編には濃厚に影響が表れています。当たり前のものを当たり前に書くことに飽き足らない作家でしたから、ミステリーそのものは書いていないけれど、ミステリーに惹き寄せられていました。

——結果的にはミステリーでなく変態文学のほうへいってしまった。『細雪』はとっても優雅なブルジョアの物語なのに、最後の一行、覚えておられますか。「（雪子の）下痢はとうとうその日も止まらず、汽車に乗ってからもまだ続いていた」。スカトロジーの面目躍如な終わり方をします。

有栖川　わあ、それで今日の対談を締めますか（笑）。

8

水木しげるの西宮時代

二〇一〇年十月二十一日　西宮市立教育会館

村上 知彦（神戸松蔭女子学院大学教授）

一九五一年芦屋市生まれ。関西学院大学社会学部卒。スポーツニッポン新聞大阪本社文化部、チャンネルゼロ取締役、情報誌『プレイガイドジャーナル』編集長を経て、二〇一五年まで神戸松蔭女子学院大学総合文芸学科教授。手塚治虫文化賞選考委員、文化庁メディア芸術祭審査委員、日本マンガ学会理事。著書『黄昏通信　同時代まんがのために』『まんが解体新書　手塚治虫のいない日々のために』など。

（聞き手：河内厚郎）

――水木しげるブームが起こっても、西宮時代についてはほとんどふれられないのが残念です。今日は西宮に仕事場を持っていらっしゃる、マンガ評論家の村上知彦先生にお越しいただきました。村上先生は手塚治虫文化賞の選考委員もなさっておられますし、西宮でお育ちですので、地元ゆかりの話がお聞きできるのではと思ってお呼びしました。

村上 河内さんから、ある会議中に突然、「水木しげるが西宮に住んでいたこと知ってはりますか」と振られて、「ええ、知っています」と答えたら、「それならやってください」と気軽に頼まれてしまいました。実は、いまおっしゃったように、水木しげるの西宮時代はほとんど知られていません。というのは、あまり資料がないんですね。神戸で紙芝居を描き始めたけれども、その後、紙芝居が売れなくなったので、東京に行って貸本マンガを始めたということは知られていますが、その間、西宮に住んでいたというのは知られていません。

まずは自己紹介をしたいと思います。生まれは芦屋ですが、二歳ぐらいのときに西宮北口の県営住宅、いまの兵庫県立芸術文化センターの建っているところに引っ越してきました。それから三十歳過ぎまで、三十年以上、西宮北口に住んでいました。実は、水木さんが住んでいた今津にはあまり行ったことがありません。昔、阪急と阪神が隣り合わせの駅でしたので、乗り換えはしょっちゅうしていましたが、今津で降りたというと今津文化で映画を見たことや川畑書店という本屋さんで本を買ったりしたぐらいで、あまり今津の土地勘はありません。むしろそのへんの話は、今日聞きに来られている方のほうがご存じかなと思っています。

水木しげる作品は小さい頃から知っていましたが、貸本時代のマンガはあまり読んでいませんでした。ちらちらとは見ていましたが、貸本全盛の頃、僕はまだ小学校低学年でしたから、ちょっと敷居の高かった感じでした。中学になって『ガロ』とかマンガ雑誌に描かれるようになってからはずっと読んでいました。今日は、朝の連続ドラマ『ゲゲゲの女房』で脚光を浴びて文化功労賞を受賞されるという、一大ブームの中にある水木さんの西宮時代の話ということですが、まずは水木さんの略歴から、西宮、今津、あるいは関西とどうかかわりがあったかを確認したいと思います。お手元の資料に水木しげるミニ年譜[※7]を掲載させてもらいました。これは、『ユリイカ』という詩と文学の雑誌で、だいぶ前に水木しげる特集が組まれたときに載っていたものです。水木しげるは一九二二年、大正十一年、大阪で生まれました。出身は境港ということになっていますが、お父さんが当時大阪で働いておられたため、大阪のいまの住吉区東粉浜、当時は西成郡粉浜村で生まれて、すぐにお母さんとともに実家の境港に帰郷されています。自伝等に詳しく書かれている境港時代までふれますと、時間がなくなりますので、省略します。そのあと関西とかかわりを持たれるのが一九三七年。境港の小学校を卒業されてから、大阪の印刷所、石版印刷会社の図案職人にならんとして就職します。学校を出て勤め始めたのが大阪だったということです。

――図案職人の見習いということは、やっぱり絵を描いたりするのが好きだったと。

村上　そうですね。子供の頃から、子供の絵とは思えないといわれて、いろいろ賞を取ったり、少年天才画家という新聞記事になったりしているぐらいですから、絵を描くのが好きな子供だったことは確かです。そういう特技を活かして勤めようとしたのでしょう。大阪で勤めたというのも、お父さんが大阪で仕事をされたりしていて、いろいろつてがあったんだろうと思います。ただ、ドラマやインタビューなどでご存じかもしれませんが、どうも働くことに向いていなかったようで、仕事は転々とされています。しばらく大阪で勤めていましたが、一九三八年、体調をくずしたということもあって、いったん境港へ戻りました。その後、やはり絵が好きだということで、そちらで身を立てさせようということだったんだと思いますが、絵の学校に入るために再び大阪に出てきました。

――その頃はどこに住まれていたんでしょうか。大阪市内でしょうか。

村上　このときの住居ははっきりしていないのですが、ここには親類宅に居候と書かれていますので、そういう感じ

※7　当日配布した資料と会場で掲示した写真・地図は、権利等の諸事情により本書には掲載していない。

だったんだと思います。絵の学校といっても専門学校ということです。画学校にもいろいろあったんでしょうが、入りやすいところに入ったという感じでしょう。進学のためにいろいろ勉強をし、資格を得るために学校を転々としました。その間、ずっと大阪に住んでいたようです。保険会社に勤めていたお父さんはジャワのほうに仕事に行かれていたのですが、一九四〇年に帰国されて、甲子園口に家を構えたということです。

——西宮に住んでいたことが間違いなくわかるのは、ここからですね。

村上　そうです。お父さんが帰国して甲子園口に住んだので、このときに境港におられたお母さんを呼び寄せて、親子三人で甲子園口で暮らし始めたということです。このときは無職だったそうですが、美術学校に行ったりしながら、一九四三年、日本大学附属大阪夜間中学に入学します。美術学校に行くために中卒の資格を取りたいというので、いろいろな学校に行ったのですが、どこも最後までつとまらなかったということです。一九四三年に召集令状が来て鳥取連隊に入りましたから、一九四〇年から一九四三年の春まで甲子園口に住んでいたとわかります。甲子園口に住んでいたことは、数ページですが自伝マンガに出てきたり、エッセーなどにもちらっと出てきたりします。

——昭和十五年から昭和十八年までというのは、湯川秀樹が甲子園口に住んだ時代とほぼ重なります。湯川博士はそれまで苦楽園にお住まいでしたが、甲子園口に移られています。

村上　水木さんは、戦争が終わって、一九四六年三月、ようやく駆逐艦雪風に乗って帰ってきます。私は少年時代、戦記マニアで、駆逐艦雪風が大好きだったものですから、それを知ったときは何か嬉しかった覚えがあります。復員してから東京に住んでおられました。片腕をなくされていますので、戦地でいい加減な手術をされていたのをちゃんと診てもらうために再度入院します。傷痍軍人の団体で仕事をして食べていた時期もありました。そのかたわら武蔵野美術学校に通ったりもしていますが、ここもちゃんと出ていません。傷痍軍人の団体の仕事、募金のための旅行といわれていますが、それで西のほうにやってこられて、終点の神戸でたまたまアパートが売りに出ているので買わないかという話を持ちかけられて即買うことにしたと。このへんも面白いなと思いますが。それで東京を引き揚げて、神戸で暮らし始めるわけです。

——そこそこ、お金を持っておられたということでしょうか。

村上　これは月賦で買っています。何百万円かするのですが、百万円の借金が初めからついているかわりに二十万円で買えると。その二十万円を月賦で返したらいいということで、手元にあるお金でとりあえずは買えたということです。

——アバウトな感じですね。

村上　そうですね。ですから東京にいても、とくに展望がなかったということなんだと思います。アパートなら家賃収入が入ってくるので、それを支払いに充てても余りで暮らせるのではないかという甘い考えを持たれたそうです。ちなみに、この神戸時代のことは、『ゲゲゲの女房』のブームのときに、水木しげるさんが神戸に住んでいたということにちなんで阪神電車がキャンペーンをやり、いろいろ紹介されたようです。この時代に水木しげるというペンネームが決まります。買ったアパートが水木荘という名前で、神戸の水木通りというところにあったからですが、そこで紙芝居の仕事を始めたということです。アパートの入居者の中に紙芝居関係の方がいて、こんな仕事があるということで紹介されて描き始めたということです。出入りしていた紙芝居の元締めで発注元のハシモトという人が、何度本名は武良だといっても水木荘に住んでいる水木さんとしか呼んでくれなくて、それで面倒くさいから紙芝居のペンネームを水木しげるにしたということです。そうして神戸で紙芝居を描き始めたのですが、その作品名が年表の一九五一年、一九五二年のところにいくつか紹介されています。毎年、数作品描いたということです。紙芝居というのは、一回十枚ぐらいのものを、評判が良ければ五十回、百回と続けるわけですから、一作品持っていれば五十日ぐらい食えるということです。一九五二年が七作品ということですから、何回続いたのかしれませんが、毎日毎日描き続けて年に七作品ぐらいということです。

一九五三年、昭和二十八年、ここからようやく本格的な西宮時代になります。[※8]神戸では家賃を集めるのが大変だったようで、アパート経営がうまくいかなくなりました。この時代ですから家賃を払ってくれない人もいっぱいいたんだと思います。そのへんの話も面白おかしくマンガに描かれたりしています。西宮に二階屋を買って引っ越し、今日のテーマになる今津の時代となります。そのときに、B級戦犯で巣鴨プリズンに収監されていたお兄さんが出所してこられて、今津の家にお兄さん一家と同居することになりました。[※9]ここでも紙芝居を描き続けています。翌一九五四年、これがのちの『墓場の鬼太郎』が生まれた年です。ここまでは全部紙芝居です。マンガはまだ描いていません。絵描き見習いからようやく仕事ができるようになったという時代です。年表の一九五四年のところにこうあります。鈴木勝丸――先ほど出てきました紙芝居の元締め、阪神画劇社の経営者から、こういう不況の時代は因果ものが当たるとアドバイスされ、教えられた伊藤正美原作の『ハカバ鬼太郎』という昔の因果ものを元に「後の人気漫画『鬼太郎作品』の前身となる『蛇人』『空手鬼太郎』『ガロア』等を描く」。このときはまだ『墓場の鬼太郎』というタイトルは使っていません。鬼太郎という昔の紙芝居のキャラクターを借りて似たような話をつくった。だから元の『ハカバ鬼太郎』そのままでもないんです。名前とイメージだけを借りて、勝手に話を考えて描いたという感じだと思います。翌一九五五年、「後の漫画の前身となる『河童の三平』を描く」。これも、紙芝居として『河童の三平』を描いて、それをのちにマンガで描き直したものが代表作品の一つになっているということです。一九五六年も紙芝居を描き続けて、一九五七年に「いよいよ紙芝居業界も衰退し、見切りをつけて貸本漫画に活路を見出すべく、単身上京」。その前の一九五六年のところに、テレビの普及が進み、紙芝居業界の低落傾向がはっきりとしたと書いてあります。テレビ放送が始まったのが一九五三年です。NHKがまず始めて、その数カ月後に日本テレビが始めて、それから三年か四年ぐらいということですから、徐々に普及しだした頃です。単身上京し、亀戸に下宿します。

一九五七年の何月だったかは正確にわかりませんが、それまでが西宮時代だったことになります。お兄さんはそのまま西宮に残ったんだろうと思います。

そのあとは、これからは貸本マンガでならなんとかやっていけそうだということで、一九六〇年代に入ると貸本もだめになっていくのですが、一九五〇年代の後半はちょうどよくなってきた頃で、さいとう・たかをとかが大阪から東京に出ていったのもほぼ同じ頃でしょう。そのあとの苦労は『ゲゲゲの女房』で詳しく描かれています。上京した一九五七年から貸本マンガを描き始めて、一九六一年に奥さんの布枝さんと見合い結婚をします。境港で見合いをして、すぐ東京に連れて帰って、そこから『ゲゲゲの女房』の話が始まるわけです。資料には一九六五年まで載せていますが、一九六五年『別冊少年マガジン』に『テレビくん』を発表し、第六回講談社児童漫画賞を受賞。これを機に貧乏生活、貸本と決別して雑誌へと移ります。ようやく順調に仕事がまわりだす、その直前が今津時代ということです。

――のちに描かれるマンガのヒントは今津時代に出てきているということになりますか。

村上　そういうことです。先ほどいいましたように、非常に資料が乏しいものですから、いろいろ推測で補いながらお話ししていくことになると思います。今津時代はまだマンガ家になっていないということを、皆さん、しっかりと頭に入れておいてください。

最初の画像を映してもらえますか。いま文庫本になっています『マンガ水木しげる伝』の「戦中編」から取ったも

※8　水木しげるが書いた『ゲゲゲの家計簿』（マンガ）という本には、今津へ引っ越したあと、昭和二十七年の正月を今津で迎えることになったことが記されている。したがって、今津転居は昭和二十六年であったことになる。

※9　水木しげるの兄の釈放は昭和二十八年のことであった。

のです。今津の商店街が下のほうに出ています。

——この商店街は、阪神電車の線路の南側でしょうか。

村上　ええ。阪神今津駅の一本南の東西に延びている筋だと思います。今日の資料に、今津時代の水木しげるについて非常に詳しく調べて書かれている「今津っ子さん」という方のブログを引用していますが、そこで説明されています。ただし、この絵は、当時の記憶をもとに書き起こしたというよりは、何か資料写真を手に入れて、それをもとにやや修正を加えているようなので、どうも時代は昭和四十年代ぐらいではないかと思いますが、住まれていたあたりの風景であることは確かです。上に「東京の加太大先生はそう言われる」と書いてありますが、これは、加太こうじさんという東京の紙芝居作家で、プロデューサー的なことをされていて、紙芝居に関する著作もいろいろある方です。『思想の科学』などに原稿を書かれたりもしていました。この方がいろいろ東京とのパイプ役のようなことをやっておられました。その左側が、勝丸さんという阪神画劇社の元締めで、水木さんへの直接の発注主です。この当時、紙芝居をやっていたということですが、残念ながら水木さんの描いた紙芝居は残っていません。紙芝居というのは原画をそのまま持ち歩いて全国巡回します。原画が転々と次から次へと紙芝居師の手に渡っていくわけです。しっかりした貸し元だと保存されていたりしますが、倒産したりして散逸しているものがほとんどで、確かに水木さんのものだといえるものはどうも残っていないようです。この画像は手元に残っていた紙芝居の描き損じらしくて、二〇〇四年に神戸の大丸ミュージアムで「大（ｏｈ！）水木しげる展」が行われたときの図録に載っていたものからコピーしたものです。『ダイラ』というＳＦ風の紙芝居の描き損じです。

　次の画像をお願いします。これは『小人横綱』というもので、年譜によると大ヒット作だったようです。回数が四十九、五十、五十一と書いてあります。一日に一回やるわけです。

——これは朝潮の顔のようにも見えますが。

村上 なんともいえないですが。

――こちらはパンダですね。当時まだ日本人になじみがなかったはずです。

村上 全然知られていないと思います。戦争で中国へ行かれたわけでもないのになぜかなと。これも謎です。解説にも、すでにキャラクターとして使っていたことになるという注釈がついています。

――やっぱり昔から変わっておられたのかも。

村上 何なんでしょうか。妖怪の一種のように見えたのかな。いずれにせよ紙芝居というのは、そういう五十回、五十一回と続くようなものだったということです。それを毎日毎日一回十枚ぐらいを見せて、さあ続きはどうなる、というところで次の日に続くわけです。

次、お願いします。ここで『空手鬼太郎』が出てきます。先ほどちらっとタイトルだけ出てきましたが、現物は残っていませんので、再制作したものです。洋酒メーカーの広告のためと書かれていますが、当時の感じを復元してくださいと依頼されて描かれたものです。

――これはもう完全に、われわれの知っている水木さんのマンガですね。

村上 ええ。再制作した絵ですから、水木マンガの画風になっていますね。

――これは今津時代ですか。

村上 オリジナルの『空手鬼太郎』が描かれたのが今津時代でした。鬼太郎ものはいくつかあったと書かれていますが、先ほどいったように、水木しげるの原形となる『ハカバ鬼太郎』という紙芝居は戦前すでにありました。ただ、水木さんはそれを見て描かれたのではなくて、こういう話だということを言葉で聞いて、そこからキャラクターだけ借りたと。目玉おやじというのはおそらく水木さんのオリジナルだと思います。これは空手使いと鬼太郎が対決するという話のようです。もちろん、いまお見せしているのはCM用に簡単にしたものなので、元の話というのは、たぶんこの部分がごく一部にあり、延々と続いたのでしょう。

――つまり、鬼太郎は今津時代に生まれたキャラクターといってもいいわけですね。

村上　そうですね。水木しげるの鬼太郎に関しては、先ほどの年譜にあったように、今津時代に勝丸さんという元締めからそういうのをやってみないかと話を持ちかけられて、キャラクターを戦前のものから借りてきて、お話は水木さんが考え出したということです。今日は会場のまわりの壁に紙芝居の図版を展示してありますが、先ほどもいいましたように水木さんのものは残っていませんので、当時の紙芝居はこんなものであったという、ほかの方のものをいくつか展示しています。詳しい解説をしませんが、こういう絵柄だったり内容だったりするものの一つを水木さんが手がけられていたということです。

――水木さんは絵を描くだけだったんでしょうか。

村上　いいえ、お話も自分で考えられていました。これもパターンがあって、すでにできあがったものに色を塗るだけという仕事、話があってそれに絵をつけるという仕事、それから話も絵も全部自分で考える仕事という、三パターンあります。

――水木さん自身が語っておられたというようなことは?

村上　いいえ、それは別です。いわゆる紙芝居屋さんというのは、水木さんのような作者が描いた絵を、貸し元の阪神画劇社などと契約して借りてきて、公園とかで演じてまわる人です。演者はまた別ということです。

――私などは紙芝居を覚えている世代ですが、村上さんは覚えておられますか。

村上　覚えています。私は西宮に住んでいましたが、途中で二年だけ大阪阿倍野の母方の祖父母の家に預けられているんですね。母が西宮北口で美容院をやっていたんですが、美容学校に行くあいだ、おじいちゃんおばあちゃんに子供の面倒を見てもらうということで、幼稚園から小学校一年、五十七年から五十八年頃に大阪の阿倍野におりまして、そこでは紙芝居が毎日のようにまわってきていました。西宮北口に戻ってから見た記憶はあまりないんです。阿倍野に行く前には西宮北口で見た記憶がかすかにあります。具体的にどんな作品かまったく覚えていなくて、飴を食べた記憶しかありません。型抜きの抜き飴というのがあって、細い部分がつくってあり、なめているうちに折れるんですね。折れないと景品がもらえるんですが、たいがい折れてしまってもらえなかったという、そういう思い出しかないです。

この時代の紙芝居作品が、実は、のちの水木マンガの原形になっているのです。鬼太郎ものも、紙芝居はマンガの鬼太郎とはかなり違うものだったと思います。年譜の一九五四年のところに、鬼太郎作品の前身、『蛇人』『ガロア』などを描くとありますが、どういう作品かはまったくわかっていません。ただ、五十回も百回も続くようなものであったし、なおかつ当時の紙芝居のパターンのようなものも踏襲していました。因果ものが当たるといわれていましたが、ここで鬼太郎が出てきます。鬼太郎は、お母さんが亡くなって埋められた墓場の中で、母親のお腹の中から誕生します。その設定だけをおそらく借りているんだと思いますが、そういう親の因果が子に報いという、子供がそういう宿命を背負って生まれて、ちょっと奇体な存在になってしまうということです。

——十日えびすに、そういう見世物がありました。

村上　見世物小屋のものとか、そういうものの流れですね。

——不況の時代に因果ものが当たるというのは本当でしょうか。

村上　これは僕はよくわからないですね。ただ、やっぱり不幸な話のほうが共感を呼ぶということなんですかね。

——墓場のイメージが、もしかしたら今津の浄願寺の墓地という可能性は？

村上　今津の土地勘がなくて、いわれて僕もそうかなと思ったんですが、水木さんがお墓を好きだったことは確かなようです。だから今津に住んだということではないとは思いますが。鬼太郎は、作品としては紙芝居の元締めの勧めで生まれましたが、おそらく水木さん自身、わりと乗って描いていた作品だったんだろうなと思います。ただ、ヒット作ではなかったようです。エッセーとかで、鬼太郎はいくら描いても当たらなかったと書いています。ヒット作としては、先ほど見せた『小人横綱』が大ヒット作になったようです。

ここからは、のちのマンガ作品をお見せして、今津時代の紙芝居との関連を説明していこうと思います。次、お願いできますか。貸本マンガを描き始めてからのものですが、『地獄の水』という作品です。近年に出た復刻版から取ったものです。これは水木しげるではなく東真一郎というペンネームで描かれた、貸本マンガの中でもごく初期の本の中の一場面です。冒険、探検因果ものといった感じです。お父さんが科学者で、こういう怪物の姿になってしまう。そういう変身ものが結構、水木さんのものには多いんです。地獄の水という、その水で体が変わって、最後には溶けてしまい、最後まで溶けずに残っているのが目玉だけ。水木さんは非常に目玉に執着があるようです。次の画像を出してください。目玉がカップに入っていますが、このときに目玉おやじのパターンが出現します。

——それは、幼年時代の何かの記憶がもとなのか、あるいは戦争に関係があるとか。戦争ではかなり激しい体験をなさっているわけですけど。

村上　目玉になぜ執着するのかということに関しては、七十年代の終わりから八十年代の初めにかけて出版された『別冊新評』という雑誌の中に、加太こうじさんが語ったことを証言している人がいて、それが記事になっています。「紙芝居を始めて一九五三年、西宮にて加太こうじは、二カ月に一回ぐらいずつ水木の家に四日、五日泊まるあいだ、紙芝居について話し合った。あるとき彼の家に行ったとたんに、あいさつ抜きで彼は言った」。水木しげるが加太こうじにいった言葉です。「目がですな、目玉でありますが、それが神戸のまちを歩いていたら面白いですかな。加太さんの来るまで、それを一週間ほど考え続けていたんです」といっています。目玉を描き始めたのが神戸時代ぐらいからなんでしょうか。目玉のイメージのようなものは幼年時代から持っていたんでしょうね。幼年時代に描いた絵本のようなものとか、そういうのを見てみたら、たぶんもとになるモチーフみたいなものが出てきたりするかもしれませんね。

――子供の頃、よくおばあさんに物語を語り聞かせてもらったといいますね。

村上　のんのんばあという近所のおばあさんから聞いた話と、境港のお寺で見た地獄絵というものに、ものすごく影響されたようです。

――毎日新聞が「鬼太郎生誕の地――兵庫・西宮が街おこし」という記事を書いてくれましたが、鬼太郎の登場人物、砂かけばばあというのは西宮市周辺に伝わる妖怪とあります。

村上　水木さんの妖怪というのは、子供時代に聞いたものと、資料で調べて描いたものとあるわけですが、それがもともとどこのものだったとかは、のちに調べて体系化されています。だから自分で聞いた記憶と過去からちゃんと伝わっているものとをつなぎ合わせながら造形していったというものです。砂かけばばあにしても、どこかでまずインプットされて、それがいろんな資料によって肉づけされていったわけでしょうから、西宮に伝わる妖怪だとしても、必ずしも今津におられたときに聞いたわけではないし、西宮だから特別扱いしたということもないと思います。つながりはあるとは思いますが。

次の絵を出してください。これは『怪獣ラバン』という怪獣物です。『ゴジラ』のような話ですが。こちらも復刻版が出ています。この表紙の絵はもしかしたら別の方が描いているかもしれません。貸本マンガにはわりとそういうことが多くて、中身を描いているマンガ家と表紙の絵を描いている画家が別ということもあります。既得権益というか、食える人の人数を増やそうということだと思うんですが。

――昔もワークシェアリングをやっていたんですね。

村上　ベテランが若手の仕事の一部をピンハネしているときもありますし、いろいろなパターンがあると思います。

『怪獣ラバン』は、探検に行った人が仲間の探検家に陥れられて巨大な怪獣の姿になってしまうという話です。いわゆる変身のパターンが出てきます。怪獣に変身してしまった一郎がお母さんに一目会いたくて訪ねていくという結構悲しい話です。先ほど年譜の中に出てきた『巨人ゴジラ』という紙芝居が原型になって、この貸本マンガができています。ですから『巨人ゴジラ』というのはたぶんこんな話だったんだろうと思われます。最初水木さんは『巨人ラバン』としたかったのを、それでは迫力がない、東宝で当たっている怪獣物のイメージがついているほうがいいということで『怪獣ラバン』に名前を変えられたとおっしゃっています。これは図版は用意していませんが、実は、『ゲゲゲの鬼太郎』で、同じ話をまた鬼太郎のものとして描き直したりしています。その意味でいうと、そののちの鬼太郎とか貸本マンガにつながるものは紙芝居時代に描いた作品から取られているものがあるということです。

次、お願いします。『怪奇猫娘』という作品です。先ほど貸本や紙芝居のタイトルで猫娘というのが出てきましたが、この表紙を見ると、いかにも猫娘という感じですね。これにも墓場のシーンが出てきます。墓場に埋められた母親から赤ん坊が生まれるという、鬼太郎の誕生と同じパターンです。貸本版『墓場鬼太郎』を描く前に描かれた作品です。貸本版の『墓場鬼太郎』の誕生をイメージする作品が、ここで一度描かれて、それが繰り返されているということです。紙芝居時代の鬼太郎はこういう話ではなかったのではないかと思いますが、こういう作品を経て、貸本の鬼太郎になり、『ゲゲゲの鬼太郎』になっていった。紙芝居の鬼太郎とマンガの鬼太郎をつなぐ作品といってもいいかもしれません。

次のページをお願いします。これは同じ作品ですが、その赤ん坊が成長して猫娘になったところです。お母さんが亡くなったのは猫のたたりですが、娘にまで因果がめぐって、すごい美人のお嬢さんが、魚を見ると猫のような姿になってしまう。一方で、先ほどの年譜の中にも出てきた『河童の三平』なんかは、そのままのストーリーで紙芝居時代に描いていたものを、再度マンガで描き直しています。そういうパターンもあります。

――グロテスクですね。

村上　紙芝居にしても、貸本マンガにしても、グロテスクなものなんです。

――もう少し若い世代の楳図かずおさんなんかも、やはりちょっと見世物的な、グロテスクなものを描かれますね。私なんかネコ好きなものですから、こういうのを見るとギョッとしてしまいます。ただ、昭和三〇年代というのは面白い時代だったなという気がします。テレビの出まわっていく時代ですが、まだ多様な文化が残っていたというか。

村上　テレビが出まわりはじめて紙芝居なんかは駆逐されて消えていました。紙芝居というのは、街頭、公園、神社とかに子供を集めて見せるものなので、子供がテレビを見に家に帰ってしまうと商売にならないわけです。いっぽう、貸本は家で読めるものですから、ある時期まではテレビと共存できていたということです。グロテスクとか見世物的というのは、紙芝居自体が大道芸ですが、もともと仏教の説教みたいなものから始まっているようです。絵を見せながら説話をするという。ほかにも立絵という人形劇のようなものもありました。絵に割り箸をつけて動かしてみせるような、そういうものも紙芝居と呼ばれていました。

――影絵のような感じですかね。

村上　影絵もそのパターンの変形といっていいだろうと思います。人形劇的なものはおそらく世界中にあると思いますが、平絵の紙芝居というのは、日本にしかない、かなり特殊なもののようです。

――縁起物や絵巻物の伝統があるからか、画像と文字の組み合わせというものに日本人は慣れ親しんでいますよね。

村上　そうですね。マンガにしても、海外のマンガと日本のマンガとではかなり違ったりするのも、絵巻物などの物語の展開の仕方が関係していると思います。

――神戸女学院の内田樹先生の説では、日本では、象形文字の漢字と、それにルビや助詞をつける仮名、両方の文字が併存してきた。これが画像と発音する文字を組み合わせる文化のもとになっているから、日本でマンガが強いのは当然だということになってくると。

村上　それはもともとは養老孟司さんの説ですね。おどろおどろしさみたいなものは仏教的なところから来ている可能性もあると思いますし、あとはやっぱり怖いもの見たさのような部分、見世物的な部分が大きかっただろうと思います。紙芝居にしても、貸本マンガにしても、そういう意味では親や先生からは嫌われるものでした。駄菓子を買って見るわけですから不衛生だといわれたり、いろんな人の手を経ているから触るだけで汚いとか。このへんの話は『ゲゲゲの女房』あたりで扱っていましたね。

――これで紙芝居から貸本マンガへと移る時代背景と水木しげるとの関係がおわかりになったかと思いますが、村上先生に何かご質問はありませんか。

会場　墓場というのは、肝試しのようなことで行くことはあっても、あまり行きたいところではないと思います。なぜ水木しげるは墓場が好きだったのでしょうか。

村上　これは本人に聞いてみないとわからないですが、『ゲゲゲの女房』の中でも墓場を散歩しているような描写がありましたね。子供の頃から、のんのんばあの話を聞いて、妖怪というものを身近に、友だちのように感じていたところはあったようです。

――妖怪の存在を本当に信じているんでしょうか。

村上　というよりも、見えているんだと思います。信じるというのは、信じるか信じないかといわれて、信じるほうを選ぶということですが、選択の余地なくそこにあると感じてしまっている。そういう意味でいうと、墓場が怖いところだという意識はおそらくなかったんだろうと思います。ただ、それを作品に利用するときに、世間の不気味だと思っているイメージをうまく利用しているので、そのへんの見極めはついていたんだなという気はします。

――43号線、第二阪神国道は、あの時代、まだなかったですよね。私が小学校に入った頃にできた記憶があるので。

村上　ええ。当然なかったと思います。

——ということは、いまの土地の感じとはだいぶ違いますね。

村上　もちろん（阪神）高速もないですし、もう少し開けた感じだったと思います。

ちょっと絵を出してもらいながら話をしましょうか。これも、先ほどの神戸の「大（Ｏｈ！）水木しげる展」の図録から取ったものですが、結構、西宮時代にスケッチを残していらっしゃいます。

——今津水波町とありますね。

村上　「今津の廃屋」と書かれています。これはマンガの中でも背景に使われたりしています。本人が散歩しているコースの中にこういう風景があって、それをスケッチしていたというのはどのへんなのでしょうか。かなり南のほうですかね、感じとしては。

——誰かおわかりになりますか、結構、海に近いところのようですが。

村上　商店街とか、町中という感じではありません。ちょっと外れのような。空き地なんかもそばにありそうな、こういう風景の中を散歩しておられたということです。

——スケッチをたくさん残しているということは、やっぱり絵描きになりたくて。

村上　この時代にも神戸の研究所に絵を習いに行っていますから、とりあえず紙芝居で食っているけれども、絵描きになろうという意思がこの時期まではあったということだと思います。

——マンガ家になろうという意識はなかったんでしょうか。

村上　まだマンガの世界を知りませんから。絵描きと紙芝居はわりとつながっていると思います。紙芝居描きの中でもいわゆる絵画の訓練はあまりしていない人もいらっしゃいますが、水木さんの場合はわりと絵画に近い感じだったんじゃないかと思います。

次にいきましょうか。これが、その背景に使われている場面です。先ほどの今津の廃屋がマンガの背景に使われています。自伝マンガの中の一コマです。角川文庫から出版されている『私はゲゲゲ』という、先ほどのとは別の自伝マンガの中から見つけたものです。「神秘家水木しげる」というサブタイトルがついています。

次、お願いします。このスケッチは、自分の部屋から見た外の風景です。二階屋を買って、下を人に貸したりしていますが、その二階で一日中、紙芝居を描いていたと。窓からガスタンクが見えています。南向きのはずですから、南向きの窓だと思います。駅前の商店街のところですから、当然建て込んではいるだろうと思いますが、このようにごちゃごちゃ二階屋があったり平屋があったり、屋根の上に物干し台があったりする感じだったということです。

――「あきらめの境地だ」とも書いてあります。

村上　紙芝居というのは毎日十枚か二十枚描くわけですが、それでもらえるのが二百円ぐらいだと。売れっ子になると十枚で十円ぐらいもらえたらしいですが。

――当時の二百円。今ならどのぐらいですかね。

村上　二千円、三千円とちがいますか。こういう時代ですから、とにかく自転車操業というか、その日暮らしに近いような感じで。それもヒット作で、人気があるからどんどん続けてくれといわれると続けますが、もう人気がないから打ち切るといわれると、次の話を一から考えなければならない。そういう先の見えない状態ということです。

次、お願いします。これも「画帳『西宮市今津』より」と書いていますから、今津で描いたスケッチだけのスケッチブックがまるまる残っているんだと思います。これは阪神武庫川駅の付近です。いまは川の上に駅がありますが、阪神の武庫川駅というのはもともとは尼崎側にありましたね。尼崎市側の雰囲気だと思います。

こちらは今津の商店街のスケッチです。「路地の角から通りを眺めるような構図はマンガのコマを見ているようだ」は、大丸ミュージアムの学芸員さんが書いた言葉だと思います。

――これなんか、いまも変わらないような町並みですね。

村上 ええ。やっぱり、地べたでながめる感じのと、上から見下ろすのとでは、かなり違う感じはしますね。上から見下ろすと、いまと全然違うというか、時代性のようなものが逆に見えてくるけれども、地べただと人が行き来して表に見えているところなので、なんとなくイメージが連続しているんだと思います。昭和三十年代だったらこんなものといったイメージがこちらにもありますし、裏側や違う角度から見たりすると何かこんなんだったのかという感じが逆に見えてくるのかもしれません。下に日付が入っていますね。

――昭和三十年の九月三十日。朝七時と、時間まで書いてあります。

村上 商店街ですから、店がまだ開いていない時間でしょうか。

会場1 その今津ナントカと書いてある店は、今津米穀さんですね。

村上 最初に見てもらった自伝マンガに、今津の町を水木さん本人が歩いておられる一コマがありましたが、あれと同じところを別の角度から見ている感じでしょうか。

会場1 そうですね。

村上 ですから同じ店が入っていますよね。では次、お願いします。

――今度はカラーですか。

村上 そうですね。水彩で着色してあるんだと思いますが。

――窓の外にガスタンクが見えます。

村上 大阪ガスのものですね。いまでもこれはあるんでしょうか。

会場1 ないです。いまはグラウンドになっています。芦屋にもありました、天然ガス。

会場2 グラウンドではなく、今津中学の前の、いま大阪ガスの緊急の駐車場になっている、酒蔵通りの横にガスタンクはあったと思います。私は今津駅前商店街の者ですが、水木さんの住んでいた家からその方向でガスタンクが見えるかというのは、ちょっと疑問なんです。

村上　ガスタンクは今津中学のどちら側でしたっけ。

会場2　東ですね。今津西と酒蔵通りの交差点がありますね。その南側です。

村上　ガスタンクの位置はもっと右になるはずなんですか。

会場2　そうです。

村上　なんか真南に近いところにあるように見えているけれども、そんなはずはない、窓からのぞいたら見えるぐらいの感じだったということですね。

会場2　ガスタンクをその位置で見ようと思ったら、津門川町になるかと思います。

村上　では、その窓から身を乗り出せば、右手に見えるぐらいの感じですか。

会場2　第三朝日という映画館があった頃だと思いますが、水木さんの家の場所は、僕らが調べているところでは、東歯科医院のあった、いまのトップワンの場所。そこから見た場合、その位置だと結構、川の方に近いんですね。

村上　今日の資料に、今津っ子さんのブログに掲載されていた、水木さんの住んでいただろうと思われる家の位置が出ています。地図も出ています。これは現在の地図でしょうか。

――昭和三十八年の住宅地図と書いてありますね。

村上　だから少しのちですよね。それで見たところ、東歯科というのが、のちに水木さんが売却して出ていったところだという記述があって、そこだということがほぼわかっているということです。その下に書かれているスイス堂時計などが先ほどの水木さんが描かれた絵に出てきていると思われます。

ガスタンクの絵がもう一枚ありました。これは近くで描いたものです。

――「大阪ガス供給所のものだと思われる」とあります。

村上　要するに、あの位置からは見えるはずがない、先ほどの絵はガスタンクを近くで見たイメージと部屋の中から見た絵とを合成してしまっているかもしれないということですね。ガスタンクを描きたくて、見えないはずのガスタンクを見えるように描いてしまったということかもしれません。そのほうが何か収まりがいいとか。

▲ 現在の今津駅前商店街と、水木しげる邸跡を示す看板
提供：曲江三郎（3点とも）

ブログでは、絵を勝手に使うと著作権上問題になるというので略図で上げられていますが、ここに今津米穀店の今津という文字だけが出ています。スイス堂の時計屋さんもはっきりと写っています。写真屋さんの看板を見ると、どうも時代はもう少しあとのようです。

水木さんの描かれる背景というのは、町並みにしても、風景にしても、ものすごく緻密です。『ゲゲゲの女房』では、点々だけを延々と打たされていたアシスタントの青年の役を柄本明の息子（柄本佑）が演じていましたが、水木さんというのは背景に関して妥協しない人だというイメージがあります。なんでここまで詳しく描かなあかんねんというぐらい、ただの草むらをものすごく丁寧に描いておられます。自然というものに対する見方がやっぱり僕らとは違うような感じがあります。町も「町」として見ていなくて、自然の一部のように見ているのかなというふうにも思ったりします。

今日の資料の中に水木しげる先生へのアンケートがあります。この講座をするにあたって西宮時代のことをうかがった結果です。西宮市文化振興財団の方がこんなものがあったほうがいいだろうということで聞いてくださったようです。

——そっけない答えが多いですけど。

村上　いま一番忙しいときで、水木プロダクションとしてはおそらく本当はこんなことに構っていられないという時期だったかと思いますが、答えてくれたということが重要で、あえて載せさせていただきました。無視されなかったというか、それでも精いっぱい答えてくれたということです。水木さん自身が、もともとあまりそういうことにちゃんと答える人ではないんです。最初インタビューを申し込んだら、忙しいのでアンケートにしてくださいといわれて、マネージャーの方が時間のあるときに聞いておきますというような感じだったらしいです。それで聞いた結果、こういう答えでしたということで、いった言葉をそのままか、要約しているのかわかりませんが、そんなに詳しくは聞けなかったということだろうと思います。神戸市立美術研究所については、「今津から神戸市立美術研究所へ通ってデッサンを勉強されていました。神戸市立美術研究所には、小磯良平氏、小松益喜氏など錚々たる方たちがおられましたが、水木先生が印象深く思われる先生はどなたでしたか」という質問に「印象深い先生はいない」。それだけです。思い出せなかったらいけないだろうということで、わざわざ名前をあげたのだと思うのですが。

図版、次、お願いします。これが先ほども紹介しました『私はゲゲゲ』という自伝マンガに出てくる当時の話です。神戸市立美術研究所というのは、阪神電車のキャンペーンのとき、見学スタンプラリーコースに入っていました。いまは「北野工房のまち」となっています。元北野小学校の建物をそのまま使っています。

――校庭が観光バスの発着地で、旧校舎内にパン屋さんや紙すき工房などがありますね。

村上 当時は北野小学校の校舎を借りて夜間だけやっていた学校です。そこに小磯良平氏らが教えに来ていました。マンガには北原小学校と名前を変えて描いています。北野小学校で夜間だけ美術研究所が開かれていたということです。だから看板も、持ち運びできる看板が置いてあったということです。左下のコマで「きみはなかなか筋がいいね」といっています。次の絵をお願いします。そのように励ましてくれたのは講師の小磯良平氏であると自分で描いてます。それにもかかわらず、質問には「印象深い先生はおりません」と答えてしまうというところが水木さんらしい。そのときそのときで結構おっしゃることがころころ変わったり、忘れておられるのか思い出すのもじゃまくさいのかわかりませんが、インタビューをそのまま受け取ると騙されたりします。別に悪気があってというわけではなくて、そういうことにあまり関心がないというのが本音だろうと思います。

――北野工房のまちは古い校舎を利用していますが、当時も木造だったんでしょうか。戦前に小松左京や岩谷時子の通った安井小学校なんかは長く木造でした。

村上 そのへんはちょっとわかりませんが。昭和三十年頃、ちょうど僕が小学生の頃というのは木造から鉄筋に建て替わる頃でしたから。僕は小学校に三つ行っていますが、一つめは大阪市内で、ちょうど鉄筋の新校舎ができて格好いいなと思って見ていました。二つ目は塚口の小学校で、そこは完全に木造でした。三つ目は甲東園の甲東小学校でしたが、そこも一部、木造校舎が残っていたかなと。時期的にはちょうど建て替えが進んでいた時期なので、順番で残っていたりするところがあったと思います。

——小磯良平に、きみはいいものを持っているといわれたとある。本当でしょうか。

村上　これはわかりません。マンガですから、知っている画家の名前を出しておいたほうがいいだろうということで、小磯良平が教えていたというのはウソではないから、そういう話にしたのかもしれません。『芸術新潮』が今年、水木しげるの特集を組みましたが、そこでも評論家の呉智英さんが水木さんがそういうことをいっていたということを書いています。呉さんは学生時代から水木さんの手伝いをやっている方です。

——愛知県に住んでいる方ですね。水木さんとはどういう関係ですか。

村上　学生時代に水木さんに気に入られて、水木プロに出入りして鬼太郎のテレビの脚本の原案を書いたりと、一時はブレーン的なこともされていました。

　水木さんが小磯良平さんと直接面識がなかったというのはウソだと思います。実際に直接指導を受けているはずです。君は頑張りたまえぐらいのことは、たぶんいわれたでしょう。

——時間があるときに再度インタビューしたら新ネタが出てくる可能性もあります。

村上　そうですね。ただ、ネタというのも、こちらの聞き方に合わせて答えてしまうところがありますので。

——答えを誘導するように質問しているのに。サービス精神のない人なんですか。

村上　いいえ、サービス精神はある人です。ただ気まぐれなものですから、サービス精神をどこで発揮するのかが読めない人だと思います。

せっかくですので、アンケートに対する水木さんのほかのお答えも見てみましょうか。

――武庫川が印象的だったと答えておられますね。

村上　スケッチにも武庫川駅がありました。ただ、記憶に残る風景や建築物はおありでしょうかという聞き方に対し、武庫川と答えが出てくるのは何だろうなとも思いますが。

――モダニズム建築を好きな人なら甲子園ホテルを思い浮かべるところです。

村上　実は、甲子園ホテルのことを見つけるのが遅くて、今日の図版には使えませんでした。やはり同じく『私はゲゲゲ』の中ですが、これは甲子園口時代で、戦前に住んでいた頃です。ほとんど見えないと思いますが、甲子園ホテルを背景に使っています。ただ、甲子園ホテルについては何もふれていなくて、ただ背景として書いているだけです。

――ホテルとして営業していた時代でしょうか。戦争中に閉めてしまいますが。

村上　戦前ですから、かろうじて営業していたのかな。ちょうどそういうのがどんどん難しくなっていく時代ですから微妙なところだと思います。ただ、甲子園口の風景として記憶にあって、絵はもちろん資料で描かれているんだと思いますが、そういうことにまったく関心がなかったわけでもないと思いますね。ただ、モダニズム建築である意味あいとか、それに対してものすごく興味を持つとかではなくて、ただ風景としてちゃんと記憶はしているという感じだと思います。

――宝塚歌劇についても質問したということは、実際に観ておられたからですね。

村上　宝塚歌劇についてはあちこちに記述があります。甲子園口から宝塚動物園と少女歌劇を見に行くのが楽しみだったとエッセーにも書かれています。宝塚歌劇の思い出のスター、作品の影響はありますかという質問には、手塚治虫のように詳しく覚えているわけではないと。きれいな女性が歌って踊る姿が面白かったという、何という答えだという感じですが。これも実は、もう少し詳しく書かれたものがあります。水木さんの自伝としては、ちくま文庫に入っている『ねぼけ人生』が有名で、これは定本のようになっていますが、ほかにも何種類か子供向けのものとかいろいろありまして。

――これは全部、村上先生の蔵書ですか。

村上　そうです。『ほんまにオレはアホやろか』という、いかにもいい加減に書いたというか、誰かが聞き書きして書き起こしたに違いないというようなタイトルですが、中身はきちんとしています。これは新潮文庫から出ているもので、以前にポプラ社から刊行されたものです。ポプラ社はわりと児童文学系ですから、中学生向けといった感じの本です。この著書の中で宝塚について非常に詳しく語っておられます。やはり甲子園口時代の話で、アルバイトで『文那通信』という業界紙を商社に配る仕事をしていましたが、「休日は、散歩と写生である」と書いています。楽しそうに歩いておられたんだなという気がします。「それと、宝塚」であると。休日の楽しみとして散歩と写生と宝塚というふうに三つあげています。「宝塚は当時から、関西の総合娯楽場で、動物園と少女歌劇を中心に、いろんな遊戯施設があった」。これは先ほどの質問の元ネタ、年譜を書かれた人がここから引用していたということですね。「ぼくは動物が好きだから、戦時下の休日を楽しむ家族づれに混じって、象や猿やオットセイや昆虫館を一日中オドロキの目でながめていた」。昆虫館で手塚治虫と会っていた可能性があります。「動物とおなじぐらいウレシイのが少女歌劇」。ウレシイと書いていますね。「歌舞伎は、女の役も男がやって、男だけの世界だが、宝塚は、男の役も女がやって、女だけの世界。しかも、観客も女ばかり。男のくせに宝塚を見るなんてのは、よほどの変人なのだが、ぼくはこれが大好きだった。華やかで美しく、軍国調の世間とはえらいちがいだし、女だけの世界というものが存在しているのが異界のようでおもしろかった」。妖怪を見るように宝塚の女性を見ていたのでしょうか。異世界、別世界の話という楽しみ方だったんでしょう。

河内　もちろん、きれいなものとして見ていたわけでしょうね。

村上　そうです。妖怪もきれいに見えているんです。「葦原邦子とか越路吹雪とか糸井しだれとか乙羽信子とか、みんなステキだった。宝塚は、千秋楽という最終日がすごい熱狂になる。舞台も観客もコーフンして、絶叫がとびかい、それが女ばかりだからものすごい。ぼくはいつも一番前で見ていたから、おしよせる女の津波に押しつぶされかけたことが何度かある」。これは相当ですよ。

――かなり通っていたわけですね。配達の仕事をしたり、苦学されているように見えるけれども、もともと貧しくはなかったわけですね。

村上　境港の名家ですよね。お父さんはちょっと活発に……。

――転勤族でしたね。

村上　保険会社の転勤だったと思います。

――宝塚歌劇の入場料は当時安かったらしいけれども、しょっちゅう観に行っているし、画学校にも通っているということは、経済的にはさほど困っていなかったんですね。

村上　そうですね。戦前までというか、戦争に行くまではお父さんといっしょに甲子園口に住んでいたわけですから、自分自身はそんなに働き口がなくてアルバイト程度だったけれども、絵の学校には行かせてもらっていたということですね。

――村上先生のお父さん、村上三郎さんは前衛アーティストでしたが、水木さんのように風来坊的だったのですか。

村上　風来坊ではなかったですが、勤めはできませんでした。具体美術協会という、吉原製油の社長だった吉原治良さんが戦後の関西で始めた、世界的に注目されていた前衛美術グループに所属していました。

――日本で最初の前衛美術運動でした。

村上　村上隆にも影響を与えているらしいですが。変わった人がたくさんいて、いまもご健在の方がいっぱいいます。

うちの親父は亡くなりましたが。

――足で絵を描く白髪一雄さんのフットペインティングとか、頭にメッセージを描いたりする嶋本昭三さんはご健在で、甲子園口に仕事場を構えておられます。※10 村上三郎さんのは、キャンバスの後ろから本人が飛び出してくる、紙を破って通過するという。

村上　最初は神戸の廻船問屋か何かに勤めたんですが、三日か一週間で辞めて、そのあとは河内さんの母校である甲陽学院で少しだけ、正規の教員ではなくて美術だけ教えていたようです。そのような感じで、あまりまともな職についていませんでした。

会場　水木先生に宝塚のことをお聞きしたのはいいと思いますが、手塚治虫さんにはあまりいいイメージを持っていないと思うのです。この二つのキーワードをいっしょに聞くのはタブーじゃないかと、自伝などを読んでいて思ったのですが。

村上　質問は西宮市文化振興財団の方が考えられたものですが、手塚治虫についても、ちらちらといろんなところで発言されています。ただ、宝塚と手塚治虫というつながりは水木さんの中ではないと思います。手塚治虫はマンガでトップを張った人で、自分はそのときずっと不遇であったと。ただ、僕が選考委員をやっている手塚治虫文化賞を水木さんが受賞されたときのあいさつなんかは、非常にユーモラスに、手塚さんも石ノ森章太郎さんも仕事を一生懸命やった人は早く亡くなるんですよ、はっはっは、と笑っておられました。あまり働いてはいけませんと。でも、『ゲゲゲの女房』を見たらわかるように、自分が一番働いているんですね。水木さんというのは根をつめて徹底的に働く人ですが、人生のある時点でそれを達観してしまったというか、働かないということを目標にしながら働いてしまっている人なんだろうと。

――実際に接してみて、どんな感じの方ですか。

村上 何度もお会いしているんですが、まったく覚えてくれません。

――やっぱり、おおらかな感じの人ですか。

村上 そうですね。

――がつがつした印象は受けませんが、仕事はがむしゃらにしておられると。

村上 ええ、がむしゃらに。本当に子供みたいな人で、好きなことには熱中してまわりが目に入らないぐらいですし、興味のないことはまったく頭に残らないという。

――水木しげるの今津時代、阪神の線路の北側、津門宝津町に小松左京さんがお住まいでしたし、のちには今津山中町に万葉学者の犬養孝さんが住まれますし、明石家さんまさんが下宿していたこともありました。西宮在住の笑福亭松之助さんの弟子になって、今津から自転車で師匠の家へ通っていたようです。まだまだほかにもいろいろな人の足跡が出てくるのではないかと思います。

水木しげる氏は、二〇一五年十一月三十日に死去されました。享年九十三歳。

※10 白髪一雄氏は二〇〇八年四月八日に敗血症のため八十三歳で、嶋本昭三氏は二〇一三年一月二十五日に急性心不全のため八十五歳で死去されました。

9

刻まれた足跡
——甲子園球場

二〇一四年六月十五日　なるお文化ホール

後藤　正治（ノンフィクション作家）

一九四六年、京都市生まれ。『遠いリング』で講談社ノンフィクション賞、『リターンマッチ』で大宅壮一ノンフィクション賞、『清冽　詩人茨木のり子の肖像』で桑原武夫学芸賞を受賞。近著に『探訪　名ノンフィクション』（中央公論新社）、『奇蹟の画家』（講談社文庫）、『天人　深代惇郎と新聞の時代』（講談社）、『言葉を旅する』（潮出版社）、『後藤正治ノンフィクション集全10巻』（ブレーンセンター）など。

今日は甲子園球場にまつわるお話をしてくださいということで、喜んでこちらにまいりました。

私はノンフィクションという世界で、かれこれ三十年余り仕事をしてまいりました。ここまで何冊くらい本を書いたのか、数えてみると三十冊ほどありました。この中にはエッセイ集とか短編集もあって、それらも含んでの数ですが、平均すると一年に一冊程度本を出してきた勘定になります。小説家の人は年三冊くらい書く人が多いとか。三十年余りやると百冊以上書いている方が多いと思います。私は小説じゃなく、ノンフィクションの分野なので少なかったのでしょうが、売れる作家ほど出版社からの注文は多いもので、私はあまり売れない作家として歩んでまいりましたので、この程度の冊数になっているのかなと、自分で納得しているところです。

この仕事を始めた最初の何年間かは医学とか医療の分野を中心にやっておりました。人工心臓や移植医療の分野における研究者や医学者の仕事、それにかかわる患者たちのノンフィクションを書いていた時代がありました。

その後、スポーツのことをけっこう書くようになりました。三十冊のうち十冊ぐらいをスポーツにかかわる本が占めているかなと思います。分野でいえば、プロ野球、ラグビー、ボクシング、オリンピックなどです。

歳をとってきたせいでしょうか、表現者の世界に心惹かれるものを覚えて、近年では詩人の茨木のり子さんの評伝（『清冽』）を書いたり、画家の物語（『奇蹟の画家』）を書いたりしております。また朝日新聞の朝刊で天声人語というコラムがありますが、最も優れた書き手ではないかといわれた深代惇郎さんの足跡をたどった本（『天人』）を手がけたりもしています。

世代とともに、関心を寄せる分野が移っていくように思います。書くことからはやや遠ざかっていますが、いまもスポーツを見たりスポーツ・ノンフィクションを読んだりするのは好きです。

固有の趣

さて今日は甲子園にかかわる、「刻まれた足跡」というテーマでお話しさせていただきます。

思い返しますと、これまで甲子園にはよく足を運びました。行くたびに思うのですが、この球場だけが持っている固有の趣があるように思えます。ワクワク感と申しましょうか、高揚感といいますか、そういうものを覚える不思議な球場です。スタンドに座ると、空が広いといいますか、開放感があって、浜風が感じられて、これが心地よく、ビールもうまい。

反対に、ビールがおいしくないのが東京ドームです。かわいい娘さんが背中にタンクを背負っていて、そこから紙コップに注いでくれるのですが、どうもおいしくない。おそらく空調の関係だと思うのですが、ほかの球場も含めてドーム球場は好きになれない球場です。

海外のスタジアムにも行きましたけれども、ヤンキースタジアムは風情があっていい球場だと思いました。シカゴにリグレースタジアムという球場がありまして、百年以上の歴史を持っております。ここはナイター設備がない。野球というのは昼間するものだということで、そういうコンセプトを頑固なまでに守り抜いている球場で、趣があります。さまざまな野球場がありますが、やはり甲子園というのは特別な球場であると思います。

何が値打ちなのかといえば、歴史ということになりましょうが、古ければ尊いのかといいますと、それだけはないと思います。

甲子園球場の名を知らない日本人はいないと思います。ところが、西宮市に甲子園があるというのは、知らない人が案外いるんですね。関西の方にとっては当たり前ですけれども、東北とか九州の方に、甲子園球場はどこにありますかと聞くと、大阪か、兵庫県のどこかでしたかといった声が多い。西宮市＝甲子園というのが結びつかないという人もけっこうおられる。西宮市にとっては残念ですが、それほどのブランドをこの市が抱えているというのは誇りに思っていいことだと思います。

原型を残す

甲子園球場の「いろは」についてふれておきたいと思います。

球場ができたのは大正十三年、一九二四年です。今年で九十周年ということで、九十年の歴史を持っています。甲子園球場は二つの野球のメッカです。一つは高校野球。戦前でいいますと、全国中等学校優勝野球大会の試合会場でありました。もう一つはプロ野球、阪神タイガースのホームグラウンドです。

夏の全国高校野球選手権大会と春の選抜大会はずっと甲子園球場で行われていたように思われがちですが、当初は豊中球場および鳴尾球場という球場があって、ここで大会が行われていました。ところがだんだん人気を呼んで、お客さんを収容しきれなくなって、大きな球場をつくろうということで、阪神電鉄が甲子園球場をつくった。完成が大正十三年で、このときが全国中等学校優勝野球大会の第十回大会です。それ以降、中学・高校野球のメッカは甲子園になっていきました。

余談になりますが、甲子園球場は三年前、新しくリニューアルされた球場になりました。旧球場とはかなり変わりましたが原型は残ったと思います。蔦の外壁も、まだ蔦が生えかかっている程度ですが、雰囲気は残っています。

甲子園球場のリニューアル案が議論されていた時期、ドーム球場案もあったようです。

甲子園球場を屋根つきのドーム形式にして、人工芝を敷いた東京ドームのようにするといったプランがありました。

すぐ立ち消えになったようですが、プランとしてはありました。

私は絶対反対という趣旨の原稿を新聞に書きました。「甲子園球場をドーム球場にするというのは、法隆寺の築地《ついじ》塀《べい》をコンクリートで固めるようなものだ、愚かなことをしてはならない」と。

後日、阪神電鉄の役員の方に、「あのエッセイはこたえました」といわれたことがあります。もちろん私の原稿でプランがどうこうなったというわけではありませんが、甲子園の原型がリニューアル以降も維持されているというのは、大変喜ばしく、嬉しく思っております。

今日はＤＶＤを二つ持ってまいりました。一つは甲子園球場八十周年の際につくられたもので、高校野球の歩みをたどる映像が収録されております。

太田幸司の甲子園

〈映像約五分〉


皆さんいかがでしたでしょうか、懐かしい顔ぶれが何人か出てきましたね。清原も、松坂も、松井も、皆十八歳、十七歳の高校生の時代があったわけですね。

思い出に残る高校野球というのは、世代によって異なると思いますが、私の場合、先ほど画面にチラっと出てきましたが、青森・三沢高校の太田幸司さんがまず浮かびます。彼には甲子園の思い出を聞いたこともあります。

太田さんは甲子園で活躍してアイドル的なスターになりました。高校を卒業後、近鉄バファローズに入り、その後タイガースのユニフォームも着ました。いまは野球解説者として活躍されています。

高校時代の思い出を聞いたときに、いくつか印象的な話を耳にしました。青森県の三沢というところから甲子園まで、どうやって来たのですか、と聞きますと、前日の夕方、夜行列車で青森駅を出ると朝に東京駅に着く。新幹線に乗り換えて、新大阪に着いて、そこからバスで甲子園に来たという。二年生の夏、生まれて初めて大阪に来て、こんなに暑いところで野球ができるんだろうかと思ったくらい暑かったというのですね。甲子園については写真でしか見ることがなかったので、実際に見て、鳥肌が立ったといっていました。「こんなところで野球ができるのか」「こんなところで、野球をしてもいいのだろうか」というふうに思ったくらい、感無量な気持ちになったといいます。

三年の夏の甲子園では、三沢高は決勝で愛媛の松山商高と対戦し、延長十八回で引き分ける大熱戦となりました。この試合は伝説になっていますけれども、「疲れましたか?」と聞くと、太田さんはこういっていました。当時ピッチャーはチームに一人しかいない状況で、毎日投げるのは当たり前、完投が当たり前なので、とくに疲れ切ったというほどではなかった。むしろ疲れてきて、そのぶん力が抜けて良い球が投げられた、というのです。

ピッチングでよく「力を抜け」といわれるのですが、これはやろうとしてもなかなかできないそうです。力を抜くとボールが伸びる、キレが増すといいますが、アタマではわかっていてもできない。延長十八回投げた日は、自然と力が抜けて、生きたボールが行っていたんではないか、といっていました。

太田さんはプロ野球に入ってそこそこ活躍しましたが、大投手にはなれなかった。コーチからずっと「力を抜け」といわれていたが、引退するまで力を抜くという本当の意味がわからなかった。ふと高校時代の延長十八回投げたときが、自分にとってもっとも良い、力の抜けたフォームで投げていたんじゃないか、と語ったのが大変印象に残っています。

尾崎行雄の甲子園

それからもう一人、甲子園でとくに記憶に残っていますのは、浪商高校の尾崎行雄です。私はこの投手には思い入れがありまして、『スカウト』という本の中でもふれております。『スカウト』の主人公は長く広島カープに在籍した木庭教というスカウトです。

この取材で大勢のスカウトに会ったんですが、いままで最も速い球を投げたピッチャーは誰ですかと聞くと、一番よく聞かれた名が尾崎です。江川、池永、あるいは伊良部という名前も出ましたが、尾崎を一番手にあげるスカウトが多かった。

尾崎は甲子園に三度出場しています。一年生時の夏、二年生時の春・夏ですが、法政二高というライバルチームがありました。投手は柴田勲。のちに巨人で一番、俊足の外野手として活躍しましたけれども、当時はピッチャーをやっておりまして、浪商と法政二高がライバルであった時代が二年間続きます。一年生夏、二年生春はいずれも浪商は法政二高に負けます。二年生の夏、準決勝でようやく浪商は法政二高に勝ち、決勝で和歌山の桐蔭高校を破って悲願の優勝を果たしました。甲子園が大いに盛り上がった年でした。

私が尾崎さんに会いに行った当時、彼は浅草でワインレストランを経営しておりまして、ゆったりとした感じの初老のおじさんになっていました。私が一番聞きたかったのは、なぜあんな速い球を投げられたのか、ということ。

当時スピードガンはありませんでしたが、百五十キロは軽く出ていただろうという話なんですね。尾崎によれば、百五十キロはおそらく出ていたと思うけれども、百四十台の後半だったかもしれないと。ただ、自分はスタミナがあったので、一回から九回まで、仮に百四十台後半だったとしても最後までそのスピードで投げたでしょうという。

彼は大阪の泉大津の出身で、お父さんは運送業をされていたそうですが、豊かな家でもなく、少年の頃の一番の楽しみは、カレーライスかじゃこめしをお腹いっぱい食べることであったといいます。ユニフォームもなければ、スパイクもなく、スパイクは兄が履いていた地下足袋を借りてやっていたといっていました。ボール一つが宝物の時代でした。バットというのは、木の棒を手首のところだけ削って使う。同世代の野球少年はみんなそうだったと思います。そういう時代に育った一人が尾崎です。朝から晩まで野球をして、家に帰ったら、じゃこめしかカレーライスをお腹いっぱい食べる。そういう野球少年時代を送った。

素朴といえば素朴、シンプルといえばシンプルな風景が浮かびますが、かつて、そんな時代が日本にあって、そういう時代そのものが、あれほど凄まじいストレートを生んだ背景にはあるのではないかなと思いました。

尾崎さんの話で一番びっくりしたのは、二年生の夏の大阪府大会、予選ですね、ここで完全試合をやっていることです。完全試合というのは一回から九回まで、ランナーを一人も出さないで完封勝ちをすることですが、高校野球は力の違うチームが対戦することがありますので、完全試合自体はまれにあります。とくに珍しくはないのですが、この日の完全試合は、なんと九回まで二十七個のアウトのうち二十四個が三振だったということです。残りの三つはピッチャーゴロと内野ゴロだったということですが、こういう形の完全試合というのはちょっと例がないのではないかと思えます。

尾崎さんは三年前に亡くなられましたけれども、甲子園とのかかわりでいいますと、郷里が泉大津で、親戚が大阪に住んでおり、夏の甲子園の時期になると毎年、お盆休みを兼ねて甲子園に来ていたといっていました。バックネット裏に座って、一、二試合見て、黙って帰るという。それをお盆休みの日課にしていたという話が印象深く残っています。

川藤幸三の三振

私がノンフィクションを書くということで甲子園に通ったのは、高校野球ではなくてプロ野球のほうでした。それまで阪神タイガースのファンでしたけれども、ノンフィクションを書くということで野球を見つめたことはありませんでした。単に趣味、楽しみごととしてプロ野球を見るというのにすぎませんでした。一九八五年はタイガースが二十一年ぶりに優勝した年でした。

バース・掛布・岡田がクリーンナップを組んだ強力な打線の威力で優勝しました。

この翌年だと記憶しているのですが、文藝春秋という出版社の白石一文さん、いま直木賞作家となって売れっ子の小説家ですが、当時、私の担当編集者でした。白石さんから電話がかかってきて、今度、文春からノンフィクションの別冊を出すので、後藤さん、何か一つ企画を考えてくださいという連絡がありました。医学ものばかりもお疲れでしょうから、少し違う世界を書かれたらどうですか、という話をいただきました。

そのとき、私はふと、一年前のあの一打席を書くのはどうだろうと思いました。

タイガースには当時、川藤幸三という代打の切り札がいました。いまは野球評論家ですが、当時はここ一番という場面でしばしば殊勲打を打って人気者となり、「球界の春団治」という異名もありました。

私が思い浮かべたのは、川藤が打ったシーンではなく、逆に三振したシーンです。甲子園球場でのジャイアンツ戦で、九回まで巨人が四―二でリードしていた。九回裏タイガースがチャンスを得て、二死満塁となる。ここで代打・川藤がバッターボックスに立ちました。絶好のチャンス、ヒットを打てば同点、長打が出れば逆転というこれ以上ない場面です。

大いに期待をしてテレビ画面を見つめていたのですが、カウント二―三となって、最後、ど真ん中のストレートを空振りした。三振はよくあることですが、あんな絶好球をなぜ空振りしたんだろう……という疑問が頭の隅に残っていたんですね。

それで、白石さんから電話をもらったときに、どうしてバットに当たらなかったのか、さらに代打というのは一体何だろうという思いがかすめました。代打は、一試合一打席です。一振りで結果が出る。さらに毎試合起用されるとはかぎらない。不思議な職業というか、稼業に思えて、ノンフィクションとして面白いかなと思い、川藤への取材を始めました。それが一九八六年の夏で、この年の秋に彼は現役を引退したんですが、三カ月ほど、密着取材をしました。甲子園にもよく行きましたし、遠征にもついていきました。

川藤さんについては、イメージがありますよね。ユーモアチックというか、明るい人柄で、春団治という異名が似合う人、というイメージがあります。ほかにもニックネームがいろいろありまして、スポーツ新聞の記者から聞いた話ですが、「二・〇〇」というニックネームもありました。その意味は、おそらくつくり話だと思うのですが、「あなたの座右の銘は何ですか?」と聞かれた際に、川藤が「二・〇〇」と答えたというんですね。「左右の目は?」と聞かれたと思い込んでそうと答えたと。面白話なんですが、彼ならありうるかもしれないと思える話ですよね。でも実は大変な努力家でした。

川藤は、福井県の若狭高校の出身で、ドラフト最下位で入団しています。ピッチャーとして入団するも、全然使いものにならない。バッティングもいま一つ。何度かクビになりかけるのですが、代打という一芸を磨いて、ようやく一軍に定着していきました。

九回二アウト満塁、最後の打席で、ど真ん中の絶好球をなぜ空振りしたのかということも詳しく聞きました。川藤という人はこういうふうに話す人でした。

マウンドに立っていたのは加藤初というリリーフエースだったのですが、速い球と鋭いスライダーを持つピッチャーです。一球目アウトコースのまっすぐがきて、見送った。二球目はスライダーを振ってファールになった。三球目は内側のまっすぐを見送った。四球目は外側のまっすぐをスライダーのタイミングで待っていたのでファールした……というふうに、一球ごとに話していく。一球ごとの自身の心理も語るんですね。

私はびっくりしました。一年前の打席をそこまでよく覚えているのか、と。川藤さんには失礼ながら、ひょっとしたらこれはつくり話をしているのかなと思ったんです。加藤初にも会いに行きました。彼は横浜に住んでいたんですが、彼も記憶力の良い人でした。一球目は外側のまっすぐを、二球目はスライダーの外側を、三球目内側のストレートを……というように話してくれる。球種とコースが川藤の証言と一致しているんですね。

私はプロ野球というのを、いままでそういう目で見たことがありません。一年前のある打席を、ピッチャーもバッターもそこまで覚えているのか、とびっくりしました。プロ野球も素晴らしい世界だ、というふうに思いました。それがスポーツ・ノンフィクションをやっていく大きなきっかけになりました。

この打席については、川藤は、最後まで球種が絞り切れなかった、だから半呼吸、スイングが遅れた。「腹のなかの勝負でハジメに負けた」と語ったことを覚えています。この取材は「最後のひと振り」というタイトルで短編集に収録されています。

江夏豊VS王貞治

一流選手はすべて記憶力がいいのですが、江夏豊というピッチャーの記憶力はびっくりするほどで、スコアブックを手に質問した日があるんですが、一回から九回まで、なぜこの球種をこのバッターに投げたのかということを聞いても、きちんと話せる人でした。江夏のタイガース時代のことを書いたのが『牙』というノンフィクションです。現役時代、江夏の最大のライバルはジャイアンツの王選手でありました。対戦を収録したビデオを持参してまいりましたので見ていただきたいと思います。そのあとでまた少しお話をしたいと思います。

〈ビデオ約二十分〉

いかがでしたでしょうか、たいへん懐かしい映像で、私はすでに何度か見ているんですが、改めて二人の名勝負に引きこまれつつ見ておりました。

このビデオでは、王と江夏の二つの名勝負が収録されています。一つは江夏が勝った、一つは打たれて敗れたシーンですが、両者に二つの勝負についてインタビューする機会がありました。

まず、江夏の勝ちのシーンですね。シーズン三百五十四個という三振記録を王から取るつもりで三振を取ったものの、数を勘違いしていた。それで、もう一回り、九人のバッターからあえて三振を取らず次の王の打席で三振を取ったと。神業のような技ですが、王さんの発言では、これはちょっとつくり話で、眉唾じゃないかというふうに映像でおっしゃっています。私の取材した感触でいいますと、これはやはり江夏の卓越した投球術で、王まで三振を取らずにまわしたのは事実だというふうに思えました。

映像に出ておりましたが、最後の球は真ん中高めのボール球を王選手はフルスイングしていますよね。彼ほどのバッターになると、三振しない、空振りしない技術というのはあるわけです。内野ゴロを打つとか。当てにいくとか。そうすれば、三振記録を取られた選手としては記録されないわけで、十分それができたと思うのですが、そんなことは微塵も考えていない。球をスタンドまで打ち込むといった気迫でフルスイングして空振り三振しています。ここに、江夏の球の威力と同時に、王が偉大なバッターであった証が示されているように思います。

もう一つは、江夏が打たれた、逆転三ランホームランの場面が出てきています。これは見ておわかりのように、会心の当たりではないんですね。ライトのラッキーゾーンに入っています。いまであれば、あれはホームランにならない。王選手の会心の当たりではないのですが、それでも三ランホームランになった。打ったほうが素晴らしいんですが、江夏の素晴らしさもこの打席の投球に出ていると思います。

というのは、キャッチャーの辻恭彦の証言にも出てまいりましたけれども、この日、王選手はまったくの不調だったんですね。江夏に九回まで三三振を奪われている。アウトコースの球にまったく手が出ない。江夏は球種が少ない投手で、まっすぐとカーブ、カーブといっても小さな変化をするものしかない。江夏は晩年、フォークも投げましたが、当時はカーブとストレートしかなくて、外側にカーブを投げると王選手のタイミングはまったく合わずに打てないのは江夏も辻もわかっていたんです。カウント二―三になって、江夏は最後インコースのまっすぐを投げています。なぜ外側に投げなかったのか?という点に江夏の江夏たるゆえんが示されている。

どうして外側に投げなかったのかと聞くと、外側に投げておけば打たれないのはわかっていた、しかしあの場面では、王選手のバットが出る範囲で勝負がしたかった、というのです。彼の美学なんですね。かつて、三振記録を王選手から取るという気持でぶつかっていったとき、王選手はフルスイングをした、逃げなかったと。今度は自分が逃げたくなかった、と。そういう意味のことをいっておりました。江夏的というか、勝負としては外側に投げておくほうが安全で正しいんでしょうが、しかし、そういう美学の中で勝負をしたかったという気持ちも十分私には理解できるように思いました。

デッドボールはなかった

王・江夏にかかわる取材で、とても印象に残っている話があります。

取材した当時、王さんは福岡ダイエーホークスの監督をされていました。試合前、監督控え室で往時の思い出をうかがったのですが、別れ際にポツリと、江夏とは十二年間やったけれども、デッドボールが一つもなかったはずだとおっしゃったんですね。十二年間というのは、江夏はタイガースに九年間所属しました。その後トレードに出されて南海ホークスに行き、さらにその後、セ・リーグに戻って広島カープのリリーフエースになっている。この三年間を足すと十二年間になるわけですが、デッドボールが一つもなかったと。

これは大変意味深い話でして、一つは江夏のコントロールが素晴らしく良かった証であると思います。左腕ピッチャーというのはだいたいコントロールがそんなに良くないものですが、江夏は球が速いうえに、コントロールが素晴らしく良かったということです。

もう一つ、意味しているものがある。江夏と王の勝負球は、インコース低めのまっすぐだったということで両者の証言は一致しております。膝元に来るまっすぐを打つか、打ち取られるか。それでもなおデッドボールがなかったというのは、ぶつける球を投げなかったことを意味しています。

打撃術がとても向上していますので、バッターに当たるか当たらないか、ギリギリの、いわゆるダスターボールといわれるんですが、これはピッチャーの武器なんです。とくにバッターの胸元すれすれの球を投げると効果的です。江夏はさまざまな投球術を駆使した投手ですが、デッドボールになるような球は投げなかった。そこに彼の美学があったように思えます。

『牙』を書く際、江夏さんとは一年ほどお付き合いしましたが、なかなか難しい人で、わがままなところもあって、少々困ったこともあります。皆さんご存じのように、彼は現役生活を引退してから、覚せい剤の不法所持で捕まるという事件も起こしております。けっしてほめられることばかりはしていない。けれども、私は「江夏とは何か」と聞かれると、いつもこう答えてきました。グラウンドにおける江夏は素晴らしかった――と。

素晴らしいという意味は、素晴らしい成績を残したというだけではなく、汚い技というのか、そういうものを使わなかったという意味で素晴らしい投手だったという意味です。

ライバル王選手と十二年間戦って、打ったり打たれたり、勝ったり負けたりでしたが、ダーティワークをついに一度も使わなかった、デッドボールは一度もなかった。そういう点に、彼の野球人としての特筆すべきところがあるのではないかなという気がします。

記録を見てみますと、江夏・王の生涯の対戦成績は二百五十八打数七十四安打です。打率としていえば二割八分七厘。三割まではいかなかったのですね。本塁打二十本、三振は五十七個となっています。とても趣のある数字だと思います。二百五十八回対戦して、何球投げたかというのはわかりません。ただ、王は初球から打つバッターではなかったので、だいたい一打席三、四球は少なくとも投げていると思うのですが、仮に四球投げたとすると、一千球投げたことになる。一千球投げてデッドボールが一つもなかった。そういうふうに考えることもできるかと思います。

ジーヤンの一喝

甲子園に戻って締めくくりたいと思うのですけれども、江夏も、甲子園は大好きな球場だといっておりました。先発して、ベンチからサクサクとスパイクで歩く感触を受けながらマウンドに登っていくのが大変好きだといっておりました。

江夏は自分をピッチャーとして一人前に育ててくれた恩人として何人かの名前をあげています。監督の藤本定義さん、それから先輩の村山実さん、ライバルだった王、長島と、さまざまな人をあげましたが、そのうちの一人に藤本治一郎という名前をあげました。おそらく皆さんご存じないと思うのですが、甲子園球場のグラウンドキーパーという仕事を五十年近くやっていた名物爺様です。江夏がタイガースに入団してきたとき、チーフのグラウンドキーパーでした。愛称は「ジーヤン」。

この人は二つ特技を持っておられました。甲子園球場のグラウンドはイレギュラーが少ないグラウンドとして有名ですが、これは土の質と砂との配合が良いせいでしょうが、グラウンドキーパーが丹精こめてグラウンドを整備しているたまものだと思います。とくに藤本さんが土をならすとイレギュラーがないと。

藤本さんにはもう一つ技があって、天気読みの名人だったことです。彼は瀬戸内の漁師の息子として育っていますが、そういう血筋もあるのか、とりわけ局地予報に優れていた。

いま、気象庁の天気予報がとても正確ですが、かつてはそんなに当たらなかった。今夜、降るか降らないか。昼間、藤本さんはグラウンドにぼーっと立って、空を見上げている。

湿気と皮膚感覚で降るかどうかわかる人だったらしく、夕方からぐずつくと彼が判断すると、試合前に水を撒くことを控えたり、あるいは撒かないときもあったというのです。

江夏が入団して一年目のできごとです。ご存じのとおり、彼は鼻っ柱の強い、生意気な若者だったのですが、藤本さんから、怒鳴りあげられたことがあるといっていました。

オープン戦で先発したときに、ベンチ前で投球練習をしていた際に唾を吐いた。それを見とがめた藤本さんが、江夏に詰め寄り、ここはお前たちの職場じゃないか、職場に唾を吐くとはどういうことだ、と顔色を変えて怒ったというんですね。実は唾を吐いたわけではなかった。風が強い日で口に入った土をぺっと吐き出しただけだったらしいのですが、藤本さんがあまりに怒っていたので、ひたすら謝ったということです。こういうふうに甲子園を愛している人がいるのだと気づいた。自分を一人前にしてくれた恩人ですという。そんな往時のこぼれ話も語ってくれました。

甲子園にかかわって、選手だけでなく、さまざまに関係者がいる。高校野球、プロ野球を通して、歴史がいっぱい詰まっている、思い出が詰まっている。それが甲子園を特別な存在にしているのではないかと思います。甲子園に一度は来た、あのスタンドに座ったという人はたいへんな数になるでしょう。甲子園はそういう人たち一人一人の記憶の中に残っている。その総和が、甲子園球場の意味ではないかなと思います。

10

「勇者たちへの伝言」が聞こえる街　西宮

二〇一五年十二月六日　西宮市市民交流センター　ホール

増山　実（作家）

一九五八年大阪府生まれ。同志社大学法学部卒業。放送作家として『ビーバップ！ハイヒール』（ＡＢＣ）のチーフ構成などを担当。二〇一二年、『いつの日か来た道』で松本清張賞最終候補に。二〇一三年、同作を改題した『勇者たちへの伝言　いつの日か来た道』でデビュー。二〇一四年、二作目となる『空の走者たち』を上梓。

『勇者たちへの伝言』は、一昨年二〇一三年の十二月に出版となりました本です。私は西宮出身ではないのですが、西宮が舞台の話ということでこのあたりを相当歩いています。今日の会場である西宮市市民交流センターに入ったのは初めてですが、この前の道路はしょっちゅう歩いていまして、今日また久しぶりに歩きました。

今日こちらに来られている方はだいたい西宮の方で、地理も詳しいかと思うのですが、この先を少し行くと散髪屋さんがあります。えらいモダンな散髪屋さんに変わっていますが、私が来たときにはあんなにモダンな散髪屋さんではなかったです。そこの散髪屋さんは阪急ブレーブスの選手たちがよく行って髪の毛を切っていたそうです。喫茶店もあり、そこもブレーブスの選手たちがよく行っていたということです。また、近くにはテニスコートがあって、あそこには阪急ブレーブスの若い選手たちの寮があったということです。

なぜ阪急ブレーブスの話をするかというと、この小説が阪急ブレーブスを軸にして書いた物語だからです。いまはもう西宮ガーデンズという巨大なショッピングモールになってしまっていますが、あそこに西宮球場という阪急ブレーブスの本拠地がありました。小説はかつて西宮球場があった頃の話を書いたものですが、今日は懐かしい西宮の写真とともに、皆さんといっしょに振り返ってみたいと思います。

なぜ『勇者たちへの伝言』を書いたか

私は昭和三十三（一九五八）年生まれです。生まれは大阪市の東淀川区。阪急京都線に相川という駅があり、その近くで生まれました。二、三歳のうちに吹田に引っ越し、そこで子供時代を送りました。吹田市の小学校、中学校へ通い、高校は大阪府立春日丘高校に通いました。大学は京都で同志社大学に一年留年して五年間通い、就職は大阪のとある出版社に三年間勤めまして、二十七歳のときに放送作家になりました。テレビやラジオの台本を書いたり企画したりする仕事です。

小さい頃からラジオが好きで、深夜放送が全盛の頃には、『ＡＢＣヤングリクエスト』や『ＭＢＳヤングタウン』『オールナイトニッポン』など、深夜の番組を中学の頃から聴いていました。父親の仕事がクリーニング屋なのですが、仕事でアイロンをかけながらラジオを聴いているという姿を見ながら育ったもので、ラジオの仕事に将来つけたらいいなという思いから、放送作家の仕事につきました。

高校の同級生に歌手の嘉門達夫がいました。けっこう仲が良く、彼は高校のときからすでに笑福亭鶴光の弟子として芸人の見習いをやっていました。私は大学に行きましたが、彼はそのまま芸人になりました。その頃から彼のいろんなネタを考えて書いたり、彼が歌う歌を何曲か作詞したりと、放送業界に近いところにいました。

当時から彼に放送作家にならないかといわれていたのですが、すぐに放送作家の道を選ぶのは、あとで後悔するのではないかと考えまして、いったん会社員になりました。しかし、二十七歳のときにもう一回嘉門君から、やっぱりやってみないかと誘いを受けました。だいたい三年会社員をやるとどんなものかはわかるもので、思い切って放送作家になりました。

放送作家になったのは、もともとラジオが好きだったというのはあったのですが、実は会社員時代はあんまり良い社員ではなく、営業だったのですが、車に乗ると営業にまわらずに図書館に行って本ばかり読んで、夕方になると会社に帰るという不良社員でした。もともと小説が好きだったということもあり、会社員時代から小説を書きたいという思いもありました。ただ、いきなりは難しいと思ったので、放送作家をしながら、小説を書けばよいと思っていました。そんな思いから、まず放送作家になったのです。

ところが、この放送作家という仕事も、傍目には楽しそうで気楽そうに見えますが、なかなか大変な仕事で、番組も人気がなければ三カ月くらいで終わってしまいます。私は会社員ではなくフリーでしたので、非常に不安定な仕事でした。とにかく頑張っていかないと、まず生活ができない。小説なんか書く暇もないという状況でした。一生懸命食べていくためにやっていました。どんなものをやっていたかというと、代表的なものでいえば、朝日放送の『探偵！ナイトスクープ』があります。あの番組には開始当初から二十四年間、かかわっていました。ほかには、朝日放送の『劇的ビフォーアフター』や、いまも担当している番組でいうと、同じ朝日放送の『ビーバップ！ハイヒール』というハイヒールが司会している番組です。

いつか小説を書きたいと思いながら、放送作家の仕事が忙しく、二十七歳から、ふと気がつくと二十年も放送作家の仕事を続け、気がついたら五十歳に近づいておりました。もう私はそのとき、小説は書けないな、書かないな、と半分あきらめていました。本当に書きたいのであれば、これまでに書いていただろう。それにもかかわらず書いていなかったというのは、書く気がないのだろうと、自分自身でも半分そんな気持ちでいました。

ところが二〇〇六年、ちょうど四十八歳のときです。いっしょに『探偵！ナイトスクープ』をやっている仲間の百田尚樹という放送作家がいました。毎週一回、会議で顔を合わせていたのですが、その彼が突然、小説を書いたと私に打ち明けました。『永遠の0』という小説を書いたといいだしたんです。五十前で、よく書いたなあと思いました。ずいぶん刺激を受けて私も頑張ろうと思ったのですが、もうそれから四年、時はすぐに過ぎてしまって二〇一〇年となりました。

偶然聞いた不思議な「空耳」

五十二歳のときの話です。放送作家の仕事を相変わらず忙しくやっておりました。阪急神戸線に乗っておりまして、その日は徹夜明けで寝ていなくて、うたた寝をしていました。そのときに車内アナウンスが聞こえまして、それが「次は〜いつの日か来た道」と聞こえたんですね。何だろうと思ったのですが、実はそれは「次は西宮北口」といっていたんです。不思議な空耳を聞いたなと思い、電車で西宮北口に到着したとき、ふと思い出したんです。小学校五年のときに初めて西宮北口の西宮球場に、父親といっしょに阪急ブレーブスの試合を観に来たな、と。子供のときに父親と二人だけでどこかへ出かけた最初の思い出がそれでした。家族でどこかへ出かけることはそれまでも何度もあったのですが、なかなか父親と二人で出かけるというのはないことでしたので、よく覚えています。あとでその話をまわりにすると、同じような経験をした人が多いんです。初めて父親と二人だけで外に出かけたのが野球場だったという人が、とても多い。なぜかと考えると、野球を観に行こうとするときに、ほかの家族は遠慮して、結果、父と子供と二人だけで行くことになる家庭が多かったということだと思います。

私の父親は無口であまりしゃべらなかったんですが、その日も無口であまりしゃべらない印象でした。その日の思い出がよみがえり、この場所をちょっと歩いてみようかとふと思い、電車を降りて西宮北口駅を歩いてみました。それが二〇一〇年の春です。久しぶりに歩いたのです。西宮北口へは、小さい頃野球を観に行った以外にも、西宮球場でいろんなコンサートをやっていたこともあって、たまに行っていましたが、そのときは本当に久しぶりに西宮北口の街に降りたのです。町並みがすっかり変わっていました。まずこの写真を見ていただきたいのですが、これはいま現在の西宮北口の駅前です。次に、私が初めて来た昭和

▲ 現在の西宮北口駅前

▲ 昭和 43 年 2 月当時の阪急西宮北口駅
提供：西宮市情報公開課

四十四年当時の西宮北口駅前の写真をご覧いただきます。これは昭和四十三年の写真です。線路もいまのように高架ではありませんね。線路の横の道路を挟んで、バラック建てといいますか、昭和の雰囲気の商店街が写っていますね。この商店街を歩いた先に西宮球場がありました。

かつて西宮球場のあった場所は、阪急西宮ガーデンズという、思い出のかけらも感じられない場所に変わっていました。中に入ってみると、球場跡のショッピングモールはピカピカのきれいなものでした。映画館のある五階は非常に人の賑わいがあるところなのですが、その横にあまり人の気配のない空間があり、入り口に「阪急西宮ギャラリー」と書いてありました。阪急グループのいろんな足跡が展示されている中に、当時の阪急ブレーブスの選手のユニフォームやトロフィーが飾られていました。ここにようやく阪急ブレーブスの思い出があったなと思ったのですが、それにしても本当に申しわけ程度にあるぐらいのもので、賞状やトロフィーを見ても仕方がない。温かみのない冷たい場所だと思ったんですが、唯一目をひいたものが次の写真です。西宮球場のジオラマがあったんです。簡単ではありますが、線路や町並みも再現してあるんですね。とても懐かしくて、これを見ただけでもここにきて良かったなと思ったものです。しかし、いいとは思ったんですが、子供の頃に見たときと球場の雰囲気が違って見えるなとも思いました。何が違うのかと考え、ふとしゃがんでその風景を見てみたんです。すると突然、子供の頃に見ていた目線の球場の風景が見えてきました。子供の頃の記憶が、一気に噴き出してくるような感じでよみがえりました。そのとき、さっき電車で聞いた空耳を思い出しました。そして、「いつの日か来た道」というタイトルで小説を書いてみようと思いついたんです。なんの内容もまだ決まっていないのですが、なぜか書ける気がしました。これがこの小説を書いたきっかけです。

▲ 阪急西宮ギャラリーに展示されている西宮球場のジオラマ

▲ ふと、しゃがんで見てみると……

昭和四十四年の西宮北口に出会う

西宮に関する最初の記憶は、小学校五年のときに父親とたった一度行った野球観戦でした。あの頃の昭和四十四年当時の西宮のことを書こうと思い、いろいろ調べてみようと街を歩いたり、香櫨園の西宮中央図書館に行って当時の西宮球場界隈はどのようなものだったのかと地図を探しました。ちょうど昭和四十四年当時の住宅地図がありました。喫茶カトレア、シマダカメラ、キシダ薬局、カレーサンボア、とんかつ聖屋、松代食堂、古里食堂、くるみ食堂、グリルポエム。この地図にはないですが、リラというレストランがあったりして、これらを小説の中に記述しまして、当時の町並みを描写しました。すると、あとから読者に「すごい記憶力ですね」といわれたことがありました。「細かく覚えているものですね」といわれたのですが、もちろん覚えていたわけではありません。住宅地図を見ながら記述していったんです。「町並みの描写が懐かしかった」と西宮にお住まいの方々からよくいわれました。リラというレストランがあったのですが、「角にあって、ちょっとおめかししていくようなお店でしたよ」というような思い出を寄せていただいたりしました。この「西宮文学案内」のプロデューサーである河内厚郎さんは、実家がお米屋さんをやっておりまして、当時よくこのあたりの食堂にお米を配達にまわった記憶があるとも聞きました。あと、西宮球場のすぐ近くの社宅に住んでおられた方からお便りをいただいたんですが、「ナイターがある日は夜なのにライトの光でその社宅の庭が昼間のように明るかったのを覚えています」と書いておられました。あの小説は、そういう街の記憶をよみがえらせるのにも役立ったのかなと思います。球場の近くに銭湯があったとも聞いております。いまは跡形もなく、道路になっています。セットバックしていまも家は何軒か並んでいます。しかし当時の雰囲気は、ほとんどたどれません。

故郷を出た父の思い出

とにかくこの小説は最初、タイトルしか決まっていなかったので、この先どう書いていこうかと考えました。そのとき、初めてこの西宮球場に来たのが、父親と初めて二人で出かけた思い出だったこともあり、父親のことを書こうと思ったんですね。私の父親は最初にいいましたように、クリーニング屋をやっていました。石川県の能登半島の出身でした。

当時の能登半島の人々はみんなそうだったんですが、地元には仕事がなく大阪に出て仕事をするしかないんです。父親も田舎から大阪に出てきたのでした。石川県の人が関西に出てきてする仕事というのは、だいたい決まっていまして、大きくいうと二つあり、一つは豆腐屋さん、もう一つはお風呂屋さんです。いまでは少なくなりましたけれど、もしご近所とか、どこかへ行かれたときに豆腐屋さん、お風呂屋さんがありましたら、どちらのご出身ですかと聞いてみてください。まあ関西でしたら、八割くらいが石川県出身ですと答えられます。これはなぜかというと、豆腐屋さんというのは安い資本で始められます。もう一つは、朝早いし水を使う仕事なので、なかなか都会の人にはつらい仕事です。お風呂屋もやはり水を使い、朝早く、夜遅い。都会の人はやりたがらない仕事です。その点、能登半島の人は我慢強い。それぐらいのことはなんともない。お風呂屋で成功した人は、郷里から人を呼び寄せて働かせ、やがて暖簾分けして独立させます。お金も故郷の北國銀行から借ります。貧しい町から都会に出て生きていこうと思うと、そうやって同郷同士、お互いに助け合って団結するのですね。たとえはだいぶ悪いのですが、イタリアのシチリア島の人たちがアメリカに渡ってマフィアのシンジケートをつくってまとまるようなものです。

うちの親も最初豆腐屋をやろうとして出てきたのですけれど、いろいろ経緯があって洗濯屋になりました。洗濯屋も、水を使うしんどい仕事ですね。父親は、そうして郷里を出ていったんです。考えてみればうちの父親だけでなく、西宮、阪神工業地帯にはそういう方々が多いですね。北陸だけでなく、沖縄などから出てきている人も多いです。そういう人たちはかたまって生活しています。沖永良部出身の人も多いですね。春日野道、王子公園のあたりにかたまって住んでいます。小説の中にも書きましたが、『真夜中のギター』という曲を千賀かほるさんという歌手が昭和四十四年に歌っています。彼女も実は、お父さんお母さんが沖永良部出身なのです。

もっと広く考えると日本国内だけでなく朝鮮半島から阪神地区に住んでいる人も多い。戦前の話ですが、甲子園浜は昔はけっこう魚が補れた。海女さんもいて、朝鮮半島からやって来て仕事をしている人がいたということです。在日の人たちといえば大阪の鶴橋が有名ですが、阪神地区、西宮にもずいぶんたくさん住んでいる。そういうことを考えるうちに、人間にとってふるさととは何なのかを、この小説のテーマにしようと決めました。

ふるさとから離れて住んでいる人たち、ふるさとを、新たにどこかに求めて来た人たちのことを書こう。そしてもう一つ。阪急ブレーブスの西宮球場がなくなったという寂しさから、あの球場を、せめてこの小説の中だけでもよみがえらせたい。そういった思いから書いた部分もあります。なぜなら、野球チームを応援しているファンからすると、球場というのも一つのふるさとじゃないかという思いがあったんです。球場が心のよりどころとなっており、それが急になくなって、奪われたときのどうしようもない疎外感といいますか、喪失感は、ふるさとを失くしたという感覚に近いものがあると思うんです。実際、私もそうでした。

野球にはホームベースというものがありますが、この言葉に象徴されるように、どこか家族的な、不思議な感覚が、野球や球場にはあります。それがあった頃の西宮、なくなったあとの西宮を描いた小説が、この『勇者たちの伝言』という小説です。

さまざな西宮の「音」が聞こえてくる

この小説を読むと、風景が映像のように目に浮かんでくるとよくいわれます。さすが放送作家だとか、映像の仕事をしているからこのようなものが書けるのですねとかいわれますが、私自身は、どちらかというと映像から遠いことを書こうとしたのです。最近の小説は映画的なものがたくさんありますが、私の考えとしては、それだったらシナリオでよいのではないかと思うのです。小説である意味がないと思うのです。ですので、映像からなるべく遠いものを描こうと思って書いていました。

なのになぜこの小説を読むと映像が目に浮かぶのかと考えたのですが、それはおそらく映画的、ということでなく、脳の中で再現しやすい、ということを皆さんはおっしゃっているのではないかなと思うのです。その理由になるかどうかわかりませんが、小説を書くにあたって一つ留意したことがあるんです。音についてしっかりと書こうと考えたのです。そもそも、発端が電車の中で聞いた空耳ですし、耳から聞こえてくる音をたくさん取り入れて描こうと思ったわけです。

たとえば、昭和のあの時代に、駅前にアコーディオンを引く傷痍軍人がいたわけです。私が西宮に来たときもいた記憶があります。またほかにはラジオから聞こえてくる歌であるとか、たくさんの歌。あるいは西宮球場のグラウンドから聞こえてくる、打者のバットがボールをとらえる音、ボールがミットにおさまる音、歓声や野次。当時は野次がよく聞こえていました。いまはほとんど聞こえない。なぜかというと、のべつまくなしにずっと鐘や太鼓を鳴らしているからです。昔はあれがなく、人間の声がよく聞こえていた。一塁側にいたら三塁側の野次が聞こえてくるほどでした。野次のやりとりができるくらいよく聞こえていた。そんな時代です。

西宮球場というのは、夜はナイターで野球をやっていたのですが、昼は競輪場をやっていまして、実は昼のほうが人がよく入っていたという話です。日本で野球場と競輪場を併設していたのは西宮球場だけだということです。芝の上に板を敷いてやっていたようです。そういった競輪の音であるとか、そういう音を小説の中にたくさん取り入れました。

▲ 日野神社（西宮市日野町）

この写真は日野神社ですね。阪急神戸線の北側にある神社です。これが小説の中に重要な舞台として登場します。私は実は日野神社のことを知らなかったのですが、なぜその存在に気づいたかといいますと、仕事で東京に行くことがよくありまして、伊丹空港から東京に行くとき、飛行機は必ず西宮の上空を旋回するのです。ですから飛行機の中から西宮の街がよく見えます。西宮球場がなくなったときにも、ぽっかりと空いた敷地がよく見えていました。そのとき、線路沿いに一カ所だけ、とても緑が多く、こんもりと森になっている場所が見えていたんです。あの森はなんだろうと前からずっと思っていたので、西宮を舞台に小説を書くとなったときに、ふとあの場所を思い出したのでした。

行ってみると、そこは神社でした。由来を書いた案内板があり、そこには「七百年の遠い昔、ここには城があり城の鎮守として神社がつくられた。その鎮守の森がいまもそのまま残っている。城がつくられる前は百済王の後裔と関係のある土地だった」、そういったことが書いてありました。最近行ってみるとなぜかその案内板は書き換えられていまして、日本古来からここにあったように書かれていました。

現在と比べて、何年か前まではもっと木が茂っていました。本当に森のようでした。大木も多かったです。この神社の中に入ると、ザーっという音がするのです。何の音かというと、楠《くすのき》の葉がすれ合う音なのです。どうしてそのような音がするかというと、楠の葉は普通の葉よりも硬いのです。その硬い葉同士がすれ合って、砂嵐のような音を鳴らしている。そのことを小説の中にも書いています。そういった西宮の音について、たくさん書いています。

この写真は「ダイヤモンドクロス」です。阪急の神戸線と今津線が路面で交差しているものです。鉄道の線路は立体的に交差するのが普通で、このように路面で交差するのは全国的にも珍しいということです。当時の交差した線路の一部が、阪急西宮ガーデンズの隣の公園に移設されています。いまはモニュメントになっていますね。

そういった電車が通過する音も西宮の特徴的な音だと思い、たくさん書いています。

先ほど、住宅地図を見て実在のお店の並びを描いていったといいましたが、一つだけ架空のお店の名前を入れています。この小説の重要な舞台になっているのですが、その店の名前を「ひびき食堂」にしています。これだけが実際には

▲ ダイヤモンドクロスの遺構
地面に「井げた」の形が埋め込まれている。

存在しないお店です。なぜここだけ架空にしているかといいますと、この小説は西宮の音をめぐる物語ですので、音に関係のある「ひびき」食堂という名前をつけました。

小説の中で描いた音も、いまはもう聞こえない音が多いですね。小説をお読みになるとき、かつての西宮にたくさん響いていたであろう、いろんな音に思いを馳せてもらえれば、嬉しいです。

「移動」する物語

この小説のもう一つの特徴としては、さまざまな人間が町にやってきて、また別の町に移動していくという、「人が移動する物語」だということです。物語の中には、いろんな乗り物が登場します。冒頭は、先ほど申し上げました、阪急神戸線のうたた寝から始まります。冒頭からして、移動する電車の中です。

船も出てきます。安子という登場人物の家族は朝鮮半島から船に乗って日本に渡ってきます。同じように、日本から船で半島に渡っていく人も出てきます。当時九万三千人の在日の人が、新潟港から出た船で北朝鮮へ渡っていきました。

もう一つは、自転車。自転車が重要な道具として出てきます。ある象徴として書いています。これは実際に読んでいただければと思います。

それから、飛行機も出てきます。私は飛行機が好きで、とくに飛行機から町をながめるのが好きです。飛行機に乗っていると、地面を歩いているだけでは絶対に見られない景色が見えます。

私が好きな作家には飛行機好きな人が多いです。たとえば、『星の王子様』を書いたサン＝テグジュペリは飛行機の操縦士でした。また、私の好きな画家のパウル＝クレー、彼も飛行機乗りでした。ゴジラやウルトラマンで有名な特撮監督の円谷英二さんもそうです。飛行機には人間の創造力をかき立てる何かがあると思います。上空からは地上では見えないものが見えるという、そういうところがあるからだと思います。

この小説は西宮のことをめぐる物語であるということと、人が移動する物語であるということ、あともう一つの特徴は、実在の人物が、フィクションであるにもかかわらず何人か登場します。

阪急ブレーブスの元選手が何人か登場します。一人は代打の神様といわれた高井選手。実際にお会いしてお話をうかがって、小説の中に反映しています。高井選手は、代打の世界記録を持っており、オールスターにも出場した阪急の代表的な選手でした。引退したあと、私が会いに行ったときにはＪＲ立花駅前のショッピングセンターで警備員をされていました。すごく意外でした。選手を引退したあと、リハビリのトレーナーの医院を経営していたのですが、阪神大震災で全壊したということです。その後、新しい仕事を新聞の求人欄で探して、警備員になったということです。履歴書に阪急ブレーブス選手と書いて持って行ったそうです。担当者はびっくりして、「あの阪急ブレーブスの高井さんですか？」と聞かれたそうです。そんな高井さんのことを書いたりしています。

もう一人は古い阪急ファンにはおなじみのバルボンさん。彼は引退したあと大阪弁の通訳として人気者となりました。彼も私の小説の中で重要な役として登場します。

バルボンさんは一九五五年にキューバから飛行機に乗ってやってきました。もともとはドジャースのマイナーチームの選手だったのですが、ある日、日本に行かないかという話があり、迷っていたときに、日本に関する映画を観たそうです。その映画では、島にヤシの樹が生えていて、気候もキューバに似ていそうだと思い、これなら大丈夫だと来日されたそうです。ところが日本に着いたのは冬で、ものすごく寒い。地面には白いものがあり、これは何かと問いかけると、雪なのだと。思っていたのと全然気候が違うと、とてもショックを受けたそうです。あとからわかったのですが、バルボンさんが観たのは太平洋戦争を扱った戦争映画で、映っていた場所は戦闘地域のサイパン島かどこかの南の島だったという話です。そこを日本だと思いこんで来てしまったんですね。そのうちキューバ革命が起こり、日本から飛行機が飛ばなくなってしまいました。

バルボンさんは現在八十歳を超えていますが、いまも西宮にお住まいです。昭和三十年にキューバからやってきて、つい最近までオリックスの少年野球のコーチをなさっていました。「いまのふるさとは西宮だ」と、また「日本に来たことは後悔していない、とても幸せ」とおっしゃっていました。バルボンさんは町でもよく声をかけられます。散歩がお好きで、自転車で武庫川をよく散歩されているそうです。キューバのような日本から遥か遠く離れたところから海を越えて来た人が、いまも西宮を愛して暮らしているというのは、嬉しい話です。

先ほどお話しした北朝鮮への渡航の話ですが、昭和の時代に九万三千人の在日の方が、当時、楽園と新聞などで宣伝されていた北朝鮮を信じ、新たなふるさとを求めて渡航しました。実は日本人はほとんどこのことを知らないのです。私より上の世代の人たちは、新聞などで取り上げられていましたから知っているのですが、若い人たちはまったく知りません。しかし、在日の人でこのことを知らない人はいません。九万三千人帰っているので、誰かしら近い人が北朝鮮に帰っているわけです。私は日本人なので、在日の方がこの小説を読んだらどう思うか、すごく気になりました。「日本人のお前に何がわかるんだ」というような感想を持たれるかもしれません。私には在日の友人がたくさんいますので、本が完成したとき、彼らに、内容は伝えずに、とにかく読んでほしいと渡しました。すると、「これはすごく深い理解にもとづいて書かれている。我々故郷《ウリコヒャン》の話だ」といわれ、とても嬉しく思いました。その中で、一つ印象に残っている感想として「バルボンさんのことが書かれているのが嬉しかった」といわれました。希望に燃えて海を渡った結果、悲惨な目に遭った人もいるけれど、新たなふるさとを求めて幸せになったバルボンさんのような人のことも描かれている。そこがとても良かったといってくださいました。

誰よりもブレーブスを愛した男

あと、もう一人、重要な人物を小説の中に書いています。阪急ブレーブスの元応援団長の今坂さんという方です。だみ声が有名で、野次がうまい人でした。いつもブルペンの上に陣取って阪急ブレーブスを応援していた方です。この方にもお話をうかがい、小説に反映させています。

今坂さんは本当に阪急ブレーブスを愛していた方です。もともと大阪の九条に住んでいたのですが、近所のおじさんに野球を教えてもらって、よく大阪球場のレフトの外野席で野球を観ていたそうです。なぜレフトの外野席かというと、当時大阪球場は南海ファンでいっぱいで、そこしか空いていなかったそうです。そんな理由でレフトの外野席で野球を観ていたところ、阪急の選手が打ったホームランボールが自分のところに飛んできたそうです。それが嬉しくて、試合後、ボールをホームランを打った選手のところに持っていったそうです。するとサインをしてくれた。それから今坂さんは一生阪急を応援していこうと決めて、中学を卒業したら高校に行かずに阪急電鉄に就職したそうです。なぜかというと阪急が好きだから。しかも職場は西宮の操車場で、終わったらすぐ野球を観に行ける。毎日毎日仕事が終わったら歩いて球場まで応援しに行っていたということです。応援するには声が通らないといけないということで、毎日武庫川で発声練習をしたそうです。のどをつぶして血が出たくらいだったといいます。

いまから二十年前、今坂さんは阪急電鉄の社長に突然、呼び出されたそうです。いったい何やろう、何か良いものでもくれるんかなと軽い気持ちで社長のところに行ったら、「阪急ブレーブスが身売りすることになった。あなたに一番先に伝えようと思った」という悲しい話でした。選手よりも誰よりも先に、彼に伝えたそうです。それくらい、彼が阪急ブレーブスを愛していることがまわりにも知られていたということです。それを聞いたとき、今坂さんは頭が真っ白になり、その後の三日間は自分がどこで何をしていたか、記憶がないそうです。気がついたら、西宮球場で、ブレーブスの最後の試合を応援していたといいます。今坂さんは、球場がなくなってから、西宮北口の駅に一度も降り立たなかったそうです。自分の人生をすべて注いだ西宮球場がなくなった。それはまさに、大切なふるさとを失ったようなものだと思います。

ところが、私がこの小説を書いた一年後に阪急西宮ガーデンズから電話があり、五階のギャラリーにトークスペースをつくるから、第一回のトークイベントで話をしてくれないかと頼まれました。小説でこのギャラリーのことを辛辣に書いていたので、それでもいいのかと確認したのですが、それでもいいというので承諾しました。このとき、一人で話をするよりも誰かと話をしたほうがよいと考え、今坂さんを思い浮かべました。今坂さんは球場がなくなってから一度も西宮に来られていないということを知っていましたので、断られるかと思いましたが、やはり今坂さんに来てほしいと思い、勇気を出して思い切って電話しました。すると、「行きます」と一言お返事をいただき、来てくださったんです。今坂さんの気持ちを思うと、私は感激のあまり、トークイベントの途中で涙が出てきて止まらず、話ができない状態になりました。そんな状態の私を今坂さんが助けてくださって、無事イベントを終えることができました。

三週間ほど前にこの本が文庫本になりました。実は最初、いまお話しした今坂さんのエピソードをあとがきで書いておりました。しかし、最後の最後で、考え抜いた結果、このエピソードは載せないことにしました。あえて載せませんでした。なぜかというと、この小説は、読んだあとに、一種独特の、不思議な感覚になる小説なんです。読んだあとにしばらくボーッとしてしまうような、そんな小説なんです。そのあとであとがきを読むと、そこには現実が書かれている。すると、物語の読後感が変わってしまう気がしたんです。読者が物語から現実に引き戻される気がしたんですね。そういうことを考えて、泣く泣く切りました。ですから、このエピソードは、本日初めて皆さんにお話ししました。

今坂さんには本当に感謝しています。

二つの夢

今坂さんには夢があるそうです。

いまも阪急ブレーブスのファンはたくさんいらっしゃいますが、その人たちが集まるような居酒屋というのは、実は一軒もないんです。ファンの居場所がないんです。ですから仕方なく、南海ホークスのファンの集まる居酒屋なかに集まるそうです。今坂さんは西宮に阪急ブレーブスのファンが集える店を持つことを夢としているそうです。

実は私のこの小説は、世に出る前、文藝春秋社の松本清張賞という新人賞に応募しました。最終選考まで残りましたが、受賞はかないませんでした。しかしどうしても本として出版したくて、角川春樹事務所に持ちこみました。春樹社長が自ら読んでくださいました。春樹社長に呼ばれ、角川春樹事務所の社長室に行きました。そこで私は自分の夢を語りました。

かつて西宮球場があった場所にはいま、阪急西宮ガーデンズというショッピングモールがあります。その四階にブックファーストという、とても大きな書店があります。かつて西宮球場があったあの場所に、この阪急ブレーブスのことを書いた小説がいっぱい並べられるのを見ることが、私の夢です。その夢の風景をいつも頭に思い浮かべながら、この小説を書きました、と。春樹社長は、一言、「わかりました」とニコッと笑ってくださいました。そして数カ月後、私は実際に、ブックファーストに私の本が棚いっぱいに並んでいる様子を目にすることができたのです。ほんとうに夢じゃないかと思うできごとでした。

あの日うたた寝していた私に、「いつの日か来た道」とささやいた声の主は、一体誰だったのだろうといつも考えます。

私はこの西宮の街が、この小説を書かせてくれたと思っています。

11

西宮に息づく料亭文化

二〇一五年八月八日　夙川公民館 講堂

小西 巧治（西宮芦屋研究所副所長、神戸国際大学「阪神間文化論」非常勤講師、調理師）
一九四八年西宮市生まれ。ＨＰ「村上春樹の西宮芦屋」ブログ「西宮芦屋研究所レポート」開設、朝日新聞英文ウェブＡＪＷの The Hanshinkan Kid シリーズ寄稿、その他、新聞各紙への阪神間文化情報提供やＮＨＫテレビ、関西テレビ、ラジオ関西などの阪神間関連番組に出演。
ゲスト：町田　進（懐石料理「立峰」店主）

香櫨園の料亭街

この西宮文学案内は、なるべくテーマに一番ふさわしい場所で講演するという方針でいままでやってまいりました。なぜ今回、夙川公民館で行うのかといいますと、実は、この場所「香櫨園」には、かつて料亭街がありました。香櫨園はもっと南のほうだと思われるかもしれませんが、いまの羽衣、霞、松生、相生、雲井、殿山の一帯にありました。一九〇七年に香野さんと櫨山さんという実業家が、二人の名前の一文字をとって香櫨園と名づけたということです。ここには遊園地や動物園や野球場に加えて、料亭や芸者の置屋さんがありました。いまわれわれは片鉾池の中にいますが、カトリック夙川教会の西のほうにも池があり、そこも含めて香櫨園でした。三十軒くらいの料理屋があったということです。「恵比須ホテル」というすごく大きなホテルもありました。もう一つ、阪急夙川駅が始発となる甲陽線の沿線、苦楽園や甲陽園にも料亭がたくさんありました。

阪神電車が今年で百十年といっていますが、阪神電車唱歌にこういう歌詞があります。

広田宮幣大社をも　拝して立ちよる香櫨園　四季の眺めは備はりて　新たに開けし遊園地

二十二番ある中の九番で歌われています。六番、七番、八番が西宮編となっており、六番に出てくる鳴尾の百花園はもうありません。源頼光ゆかりの今津の昌林寺はいまも津門神社の横にありますが、歌に歌われるほどにはいまは知られていません。七番には、えびす神社、御前浜。八番は、海水浴場。明治の末期にもう海水浴場ができていました。

香櫨園はウォーターシュートが非常に有名でした。遊園地の真ん中に博物館や動物園、その左側に運動場があり、ここで初めてシカゴと早稲田大学の野球の試合が行われたそうです。このまわりに料亭がずらりと並んでおりました。明治四十二年、一九〇九年に『花柳界美人の評判記』という本が出されています。国立国会図書館の資料なので、インターネットで見ることができます。※11 いってみれば、花柳界の芸妓さんとかのカタログです。そのはしがきに、

花は紅に、柳は緑になるは、そもや吾が御国の開闢《けそ》初めて、男神女神の差別《けじめ》分れしより、〈中略〉花の香を愛で柳の色をいつくしむは、今昔《いにしへ》ともかわることとなし、其咲き揃ふ花の数々を一冊子に集へて……

とあります。芸者さんの写真とプロフィールが載っていて、香櫨園のいろんな著名な料亭の名前が入っており、旭検番には十数人の芸者さんの名前が入っています。芸者の置屋、花柳界と動物園が共存していたことがわかるのは、八助さんという芸者さんの紹介です。

名古屋で咲かせ、京都で散らしたといへど西洋人なぞは四十が女の艶盛りと聞けば、此八助はまだ〳〵今が色の見頃かもしれぬ〈中略〉何せろ二十何年と云ふ修業なれば、腕は冴えたり、喉はよしと来て居るから、お得意の常盤津なぞを唸り出しては、園内の愛嬌動物さへも、節に伴て踊り出すと云ふ評判である、先づは香櫨園の妓長さん所であらう

※11　国立国会図書館デジタルコレクション『花柳界美人の評判記：神戸市内・西ノ宮・明石』http://dl.ndl.go.jp/info:ndljp/pid/768025

徳八さんというお嬢様芸者は、神戸の実家が裕福で、借家も随分お持ちだったそうです。

風景稀なる園内に、保養を兼て遊び半分とは豪《えら》い嬢さんである。〈中略〉其保養が土地に適ひ、又滋養がチト利き過ぎた加減か、背もズン〳〵高く延び体躯もますます肥へ太り行くから、……

趣味が高じて芸者さんという、さすが夙川といいますか。
それから美人芸者、玉治さん。年は二十八歳ということで、

是まで旭検番にては、芸に達者なものゝ多い代りに、美人には乏しいのであつた、然るに、六月中新たに入りし玉治拍手は、頗る美人との評判なれば、所謂萬緑叢中紅一点であらう、……

当時二十歳くらいの女性たちですので、いま生きていたとしたら百三十歳くらい。その後どのような人生を歩んだかはわかりませんが、お盆が近いことですから、こういう話をしていますと会場のどこかで聞いていただいているんではないかと思ったりもします。香櫨園でやりたかったのはこういう理由からです。

西宮の花柳界

料亭というのは、ご存じのとおり、日本料理を出す高級料理店で、商談や接待、政治家が密談をしたりするときにも使われます。同時に日本文化の集大成の場であるともいえます。料理・器・数奇屋造り・庭園・美術品・調度品、

そして邦楽邦舞を演じるのが芸妓というものですね。舞踊・音曲・鳴り物で宴会に興をそえる。昔は西宮にもたくさんいました。花柳界というのは中国から来た言葉で、中国では遊女などがいる地域を指します。香爐園が西宮の花柳界の中心だったのではなく、西宮の花柳界は阪神西宮の南側にありました。この美人評判記の表紙には「神戸・西宮・明石」とあり、兵庫県の中ではこの三つが大きな花柳界でした。なかでも西宮が一番目に大きかったといわれており、この本でも西宮の部分はかなりのページを割かれています。香爐園は旭検番だけでしたが、西宮検番はもっとたくさんありました。さらに「西ノ宮遊郭　妓数二百八十」と出ております。大きな遊郭があったということです。さくらFMで『西宮徹底解剖』という番組が月曜日午後八時半からあり、今年が西宮市制九十年なので、九十年前の西宮がどうだったかということで西宮の遊郭が放送されていました。インターネットならいまでも聞けますので、興味のある方は音声データを聞いてみてください。※12

『花柳界美人の評判記』の二十一年後。一九三〇年に「西宮小唄」お披露目の冊子が出ており、『花吹雪』という名前がついています。

一番が、

わたしゃ孤つけ縄帯すれど　味は摂津の灘の酒　デモナンデモ灘の酒
（囃）五合徳利にゃ一升いらぬ今更どうするどうするナ。
（以下囃皆同じ）

※12 『西宮徹底解剖』さくらFM、二〇一五年度放送分 四月号 市制九十年 九十年前の西宮あれこれ（四月十三日放送分）http://www.nishi.or.jp/media/2015/kaibou20150413OA.mp3

二番が、

港眺めりゃ酒倉ばかり　可愛いお方は口ばかり　デモナンデモ口ばかり

三番が、

歌もほがらに掬む宮水は　主に程よい酒となる　デモナンデモ酒となる

酒都西宮らしく、お酒にまつわることが一～三番に書かれています。西宮割烹組合も四十数軒あって、つい最近までありました甲陽園の「〇長《まるちょう》」さんなんかも名前が出ています。西宮芸妓置屋業組合、西宮貸座敷組合と出ているのは、名前こそ変わっていますが、先ほどの遊郭として出ているお店です。この冊子には当時の西宮市長の紅野さんがメッセージを寄せています。

瀬戸内晴美（寂聴）さんの『恋川』は、西宮の花柳界が舞台になった小説です。文楽の世界に九歳で入門し、のちに人間国宝にまで上りつめた二代目桐竹紋十郎の人生と、彼を取り巻く多くの女たちとのあいだに流れた、恋の川を描いた作品です。紋十郎は明治三十三年、一九〇〇年生まれで、九歳で文楽に入門した明治四十二年は、ちょうど『花柳界美人の評判記』が出された年でした。三浦座という、人形浄瑠璃も上演する劇場とその周辺の料亭の話が出ています。

西宮の酒問屋に、無類の人形芝居の好きな主人がいて、とうとう道楽が凝って、三浦座という一座を設けた。その時、文五郎たちが招かれて、西宮まで応援にいったことがある。興行が終ってから、酒問屋の主人は大阪から駈けつけてくれた文五郎たちを土地の料亭に招待した。小文も師匠のお伴でその時はお座敷につれていってもらった。

三浦座は、江戸時代の大阪奉行所の跡地に建てられた芝居小屋（劇場）で、場所はいまの戸田町。奉行所の本体は大阪にあり、西宮勤番所は支店のような形でした。のちに紋十郎になる小文《こもん》が十三歳のときに、文楽の一行が土地の料亭に招かれたあと、次のようなことが『恋川』の〝銀河〟や〝蛍の夢〟という章に書かれています。簡単にご紹介します。

料亭で小しんという丸顔の派手な芸者に盃を押しつけられたりしていたら一緒に来た人たちは、知らない間にみんないなくなってしまった。その後、小文は人力車で「こぢんまりした二階家」へつれていかれた。そこには料亭にいた芸者小しんがおり、小文はここで共に一夜を過ごした。

いまなら子供にこういうことをさせたとなると大問題になります。

それから昭和になり、西宮市の十周年となって、裏町の情景が見えます。「廓」という提灯がかかっているような状況です。

ここで西宮市の行政区画の変遷を少しお話ししておきます。一九二五年に武庫郡西宮町が西宮市に変わり、それから八年後に武庫郡の今津町と芝村、大社村が編入されて、戦中に甲東村とかが編入され、瓦木村が入りました。そして戦後になり、鳴尾村、有馬郡の山口・塩瀬が入った。これが現在の西宮市になります。

「西宮小唄」に戻ります。十番が、

山の極楽あの苦楽園　苦労すりやとて湯でとける　デモナンデモ湯でとける

苦楽園が温泉街だったということです。それから、十一番では、

走る自動車いつやら消えて　消えて甲陽のランデブー　デモナンデモランデブー

甲陽園です。十二番は今日のテーマとは関係ありません。

たれを待つやら武庫川堤　外に気はない松ばかり　デモナンデモ松ばかり

これで「西宮小唄」は終わっています。

高級リゾート地、苦楽園と甲陽園

明治三十八年に阪神電車が通りました。この頃の十数年間、明治末期から大正の中頃に、苦楽園ができ、甲陽園ができ、香櫨園が廃園になり、宝塚歌劇が一九一四年に発足します。

苦楽園は一九一一年から別荘地として開発されました。中村伊三郎という実業家が家宝の苦楽瓢という瓢箪にちな

んで名づけました。ちょうどこの一帯からラジウムを含む温泉が発見されて、保養地としても注目されます。一九一四年に山開きが行われ、一九一九年には西宮土地の保有となり、宿泊施設もできましたが、一九三八年の阪神大水害で温泉が枯渇し、その後は住宅地として発展してきました。かつての苦楽園には温泉があり、ふもとから馬車で送迎されていたということです。ここへ関東大震災の年（一九二三）に谷崎潤一郎がやってきます。最初は六甲ホテルに泊まり、長春楼という温泉によく行っていたそうです。現在の苦楽園市民館の横に池がありますが、その近くに六甲ホテルがありました。大正六（一九一七）年に与謝野寛・晶子夫妻が苦楽園に滞在したときの様子を、のちに長男光の夫人となる迪子さんが、その著書『想い出　吾が青春の与謝野晶子』で次のように書いています。

阪急電車の夙川駅で降りると、山側の方に苦楽園行きの車が待っている。私達はその頃まだ珍しい自動車に乗って、ところどころ岩のむき出している、でこぼこ道を進んだ。木々はあまり大きくなく、五月の陽光に山道は乾いてひび割れがしていた。間もなく、六甲山の中腹にある苦楽園に着いた。数奇屋風の離れ家が景色のよい場所に点々と建っていて、その一つを与謝野家が借り受けていた。そこに集まって食事などを共にした。洋風のホテルや大きな温泉浴場、また園主の中村家の母屋が遠く近く散在していた。ホテルには山田耕作さんが泊まっておられ、夕方、与謝野家の人達とホテルへ行った時、広間の灯火を暗くして、ピアノの燭台にろうそくをともし、ピアノを聞かせてくだすった。静かな山の夜のその即興曲はロマンティックな余韻を残し私たちを魅了した。

豪華なホテルだったようです。谷崎は『阪神見聞録』に当初の印象を書いていますが、関東と関西を比べて、なんと嫌なところに来たのかと思った、ラジウム温泉に行ったときはジロジロ見られ、あなたは谷崎さんかと聞かれた。最後は、人間のほうはどうも食い物ほど上等ではないようだと締めくくられているのですが、それがだんだんと心境が変わっていったようです。

かくいう私自身も四、五年前、文藝春秋に阪神見聞録なる稿を寄せ、大阪の人間に対する反感を露骨に述べ、為に土地の人の憎しみを買ったことを今に忘れない

昨日、本を読んでいましたら、谷崎が来る一年前に、彼の最後の奥さんとなる松子さんが、若き医学者T氏に六甲ホテルの夕食に誘われ、食事後ベランダにいって、唇を急に奪われたと書いてあります（谷崎松子『蘆辺の夢』）。玉音放送をつくった下村宏（海南）も、同じ頃、苦楽園に住んでいました。

谷崎の小説の挿絵を描いたこともある小出楢重という有名な画家が次のような文章を残しています（「春眠雑談」）。

素晴らしく平坦な阪神国道、その上を走るオートバイの爆音、高級車のドライヴ、スポーツマンの白シャツ、海水着のダンダラ染め、シネコダックの撮影、大きな耳掃除の道具を抱えたゴルフの紳士、登山、競馬、テニス、野球、少女歌劇、家族温泉等であるかも知れない。

昭和三年に書かれた、いまから八十七年前の阪神間の風景です。最後の部分に少女歌劇、家族温泉とあるので、これだけ見ると宝塚かなと思うのですが、このへんから宝塚へは当時は良い道がなかったので、ひょっとしたら甲陽園のことではないかと思います。

甲陽園は本庄京三郎という人が「東洋一の大公園」とすべく、温泉、旅館、映画撮影所、少女歌劇の劇場などを有する「甲陽遊園地」という一大レジャー施設をつくりました。一九三六（昭和十一）年七月十日に発行された『大社

村誌』には、東本願寺大谷法主、横綱大錦、名優中村鴈治郎といった人たちが競って甲陽園に家を求めたと書かれています。子孫池という池でボートに乗ったりもしていました。『阪急沿線案内』というものに料亭が紹介されています。大正時代に書かれたとありますが、年代的にぶれている部分はあります。カフェ・パウリスタという建物があり、前から見ると二階建て、横から見ると三階建て、当時は地下がビリヤード、一階がダンスホール、二階が甲陽土地の本社とカフェだったという建物です。二〇〇九年にテレビ番組『開運！ なんでも鑑定団』に出品された長谷川利行が東京のカフェ・パウリスタを描いた絵は非常に文化的価値があり、一千八百万円という値段がつきました。

甲陽園には撮影所がありましたし、映画雑誌の『キネマ旬報』が香櫨園に来たり、映画関係者が関東大震災のあとこちらへ来たりという事実もありますので、「甲陽園がハリウッドだった頃」というようなタイトルで「西宮文学案内」をやりたいと思っています。

二〇一八年は、甲陽園の百周年の年になります。

『細雪』に描かれた播半

『細雪』の中で有名なフレーズがあります。

芝居は鴈治郎、料理は播半かつる家

そのほか、大阪島之内の吉兆、それから神戸花隈の与兵衛だとか京都の瓢亭も出てきますが、鴈治郎、播半、つる家……すべて甲陽園にあったものです。鴈治郎は大阪の歌舞伎役者で、別荘が甲陽園にあった。播半も本店は大阪、つる家もそうですね。しかし甲陽園にはその全部があった。中村鴈治郎というのは、私は初代は知りませんが、二代目、三代目は知っています。いまは三代目が坂田藤十郎となり、現役でまだ頑張っています。そして去年、中村翫雀さんが四代目を襲名しました。

播半の宣伝が先ほどの「西宮小唄」の冊子に入っています。本店は大阪心斎橋。つる家も広告を出しています。本店がいまの北浜にあり、西宮の店舗は「西宮市外甲陽園」となっています。当時の甲陽園は西宮市ではなく大社村でしたが、人社村と書くとあまりにも田舎くさいので西宮市外と書いたのでしょう。つる家は明治四十一年に北浜で創業、昭和三年に京都岡崎につる家を開店、大阪や東京で店舗展開をしていきます。大阪のつる家が創業したあと、昭和三年に昭和天皇の即位の大礼が京都であったときに、貴族院議員や衆議院議員がお祝いに入洛したときの食事を大阪のつる家が出すことになり、京都つる家を開店させたのでした。ただ、大阪のつる家や京都のつる家のホームページを見ても甲陽園のつる家は載っていないのですね。しかし、確実に甲陽園につる家はあった。甲陽線が開通した年につる家も開店し、ずっと営業していました。一九八九年に改築したあと、すぐ阪神大震災がきまして、残念ながら閉店。跡には大きなマンションが建っています。

播半は明治十二年に平山半兵衛さんという方が創業しました。播磨の出身なので〝播〟磨の〝半〟兵衛で〝播半〟と名づけたそうです。その後、播半を継いで宗右衛門町に開店した乾由之助さんという方が、病気療養のため甲陽園に二千坪の土地を買ったということですが、当初はここで料亭はしていませんでした。御堂筋に洋館の播半を出したりと大阪で店舗展開をしていましたが、昭和二年に甲陽園支店を開店します。その後、大阪の店は戦火に遭って消失してしまったので、戦後は甲陽園だけが残り、昭和三十一年、戦後十一年目に昭和天皇・皇后がお泊りになった。戦前戦中、播半は本店・洋館・宗右衛門町・甲陽園と全部で四店舗あったわけです。

『細雪』には、昭和十一年から十六年あたりの阪神間の情景が描かれています。甲陽園の播半は昭和二年の開店なので、昭和十一年頃には当然ありましたが、『細雪』に出てくる播半は大阪のほうです。蒔岡家では法事で必ず播半を使っていました。

三回忌の時迄は俳優や芸妓などの参会者も相当にあり、心斎橋の播半での精進落ちの宴会は、春団治の落語などの余興もあって、なかなか盛大に……予定したように地味にする訳に行かなくなり、最初は料理屋での宴会を止めてお寺で弁当を出すつもりにしていたのが、結局又播半へ持って行くことになってしまった。……

さらに、蒔岡家の四人姉妹の長女の主人が銀行員で、東京へ転勤になる。そこへ芦屋に住んでいる人たちがたまに行くときに、もともとは長女の家に泊まっていたのですが、

幸子は考えて、まだ滞在が長びくのであったら、旅館へ移る方がよいかも知れない、〈中略〉そこの女将はもと大阪の播半の仲居をしていた人で、亡くなった父もよく知っていたし、……

播半で仲居さんをしていた人が向こうで始めた旅館へ泊まるという具合に、東京へ行っても播半がついてくるということです。

今年は谷崎潤一郎の没後五十年。芦屋の谷崎潤一郎記念館は有名ですが、西宮のことも谷崎作品にはよく書かれています。『細雪』には西宮の景色がたくさん出てきます。

読売新聞に連載された『にぎやかな天地』の作者は宮本輝さん。熟鮓や醬油や鰹節――日本の伝統的な発酵食品に関する図鑑をつくるために、甲陽園に住む船木聖司という青年が取材のため全国を駆けめぐるというような話です。

食文化という面から非常におもしろい小説で、このような場面が出てきます。

聖司がそう思っていると、播半に呼ばれてやって来たのに、客の都合で不要になったらしい一台のタクシーが空のままUターンした。……

逆瀬川から帰ってくるときの描写では、

逆瀬川の川べりを少し走り、六甲山系への曲がりくねった道を行くと、昔から名門と称されるゴルフ場の横を通って、さらに昇ったり下ったりする甲山森林公園の横の道を甲陽園駅まで速度を落として進んだ。途中に「播半」という有名な料理旅館がある。

聖司が行ったときの最後のところだけ読みますと、

聖司はこの播半という空間が好きだった。

アメリカの『LIFE』という、一九三六年から二〇〇七年まであった、写真を中心とした雑誌の、東京オリンピックの年（一九六四）の十月号に日本の旅館の特集があります。「Essence of Japan The inn」。「日本の真髄　旅館」という意味だと思いますが、播半は日本の美しさを代表する旅館として表紙を飾り、紙面では数奇屋造りの建築と美しい庭園が賞賛されています。

日本の本質に近づきたいならば、（海外からの）旅行者は日本旅館で過ごしてみるべきである。日本旅館は西洋人が考える以上にバラエティに富んでいる。その中で特に美しい例として『はり半』を紹介する。一八七九年に料亭として創業された『はり半』は、皇族を含む日本のエリートに愛されてきた。『はり半』に滞在するには、まず、なじみ客からの紹介がなければならないが、一度、顧客として認められれば王侯のような気分が味わえる。

……

はり半の庭の通路には、午後の日差しの中に、開かれた防水の紙の傘（番傘）が並んでいる。客は旅館に入るとき、靴を脱ぐ。そして戸口には庭の散策用のサンダルが待って（並んで）いる。（部屋に通された）客は一杯のお茶と生菓子（a soft sweet ball of beans with sugar）で迎えらる。お客を接待する仲居（Servant）は、客の全ての要望を察し、全てのサービスを目立たなく完璧に提供するように厳しく教育されている。（敷地内に点在する）離れは美しい庭の中にある。上品な日本食に加えて、西洋料理の専門調理場もある。建物は、屋根と竹林、色とりどりの瓦と庭の景色とが合わさって、角を曲がるたびに人の目を楽しませるように、限りなく細部まで注意を払って建てられている。（部屋は）床の間だけに飾りを置き、耳に心地のよい名前（月や松籟など）の部屋の質素な美しさに加えて、はり半は近代的な配管設備、暖房、そして空調まで整えている。……

浴室へ向かう廊下には、北大路魯山人の焼き物が壁に埋め込まれた、贅沢な場所がありました。現在、魯山人の焼物は一枚三百万円くらいするそうです。聞いたところによると十枚ほどはあったようなので、これだけで三千万円はする計算になります。これがどうなったか、あとで町田進さんに聞いてみたいと思います。

昭和三十一年に天皇皇后両陛下が随員二十七名で二泊されました。西宮球場で国体行事があり、翌日の夜は池田厚子さんが来られていっしょに泊まられた。終わってから天皇陛下から歌が届けられたそうです。

蔦紅葉岩にかかりて静かにも旅の館に秋の日暮れる

当時は通っていなかったバスが、これ以降、通るようになる。このとき甲陽園の人たちは天皇陛下を「万歳万歳」と迎えたのですが、「あのときの半分くらいの万歳はバスを通してもらったことに対する喜びの万歳だった」という方もいらしたとかいう話です。

その後、皇太子殿下（平成天皇）が昭和三十三年に宿泊されたそうです。

播半の最後の社長さん、乾由明さんは、京都大学の名誉教授で、現在八十七歳。丹波にある兵庫陶芸美術館の館長、金沢の美術大学（金沢美術工芸大学）の学長などもされていました。この方が今年の新聞で、子供の頃から美術品や工芸の良いものを見てきたから自分の目は養われたと語っておられました。播半の跡にも、つる家の跡にも、マンションが建ち、西宮の料亭の跡はマンションに変わってしまいました。

ミシュランガイドでは、一つ星だと、その分野でとくにおいしい料理。二つ星だと、極めて美味で、遠回りしてでも訪れる価値のある料理。三つ星は、それを味わうために旅行をする価値がある、卓越した料理。播半がいまも営業していたら、間違いなく三つ星はもらえたと思います。ただし、現代でも甲陽園には三つ星の「子孫」さんが残っています。昔は高校野球の選手たちが泊まるような旅館でしたが、現在の店主の藤原研一さんが近江の招福楼へ行って修業され、現在の「子孫」を始められて、甲陽園の料亭文化を継承されているわけです。

次に、吉兆の流れをくむお店を、私が行ったところや人から聞いたところを含めて紹介します。門戸厄神の「岡谷」

という、神戸吉兆の料理長をされていた方のお店。大井手町の「直心」。「つみ木」というお店はカジュアルな感じで、えびす神社の東側にあります。芦屋には「伊予本」。これらは吉兆で勤められていた方がやっておられます。

甲陽園つる家の関係では「よう山」という店が苦楽園口にあり、ミシュランの一つ星。非常にユニークなのが「夢楽童子つるちゃん」。つる家の流れを継いでいるのかなと思いました。宮西町にあり、ラーメン屋にしては非常にユニークなサイドメニューでやられています。「悠」「すずき木」はどちらも天ぷら屋さんですが、つる家さんは宝塚ホテルで天ぷら屋さんをやられていたんですね。それから、簡単には行けませんが、ローマにある「六甲」という店も、つる家さんの流れを継いでいます。

調理場から見た、高級料亭の料亭文化

小西　町田進さんは昭和二十一年に群馬県の前橋でお生まれになり、四十三年に播半に入店され、六十二年に料理長になられました。一九九五年に阪神淡路大震災があり、二〇〇五年、播半が閉店されたあとに「立峰」を開かれます。現在は松山にある愛媛調理製菓専門学校の特別講師や、コープ神戸が開いている講座で講師をされたり、武庫川女子大学の三宅正弘先生のゼミの学生さんに料理を通じて日本文化を教えておられるということが「名料理長に節句を学ぶ」という新聞記事で出ていました。「外国人の目から見た播半」という『ＬＩＦＥ』の記事はあのとおりでしょうか。

町田　そうですね。『ＬＩＦＥ』の記事を播半が占めたということで、女将さんから本を二冊ほどいただきました。四十年くらい経っていますのでボロボロだったのですが、コピーしてもらい、壁に貼っておりました。お客様に「播半や」と喜んでもらったこともあります。普通は手に入らない雑誌ですので、貴重なものだと思います。

小西　魯山人の焼き物が壁に埋めてあったというのは本当ですか？

町田　洗面所へ降りる廊下に十枚ほどありました。震災で崩れたおり、当時の方がショベルカーで壊してしまったのではないかと思います。確認はとれていませんが。

小西　関東におられた町田さんが、どうしてこちらまで来られたんでしょうか？

町田　最初は群馬県の水上温泉で一年ほど辛抱したあと、たまたま手相を見てもらったところ、南のほうへ行ったら良くなると。それが頭に残っておりまして、東京に出ていきました。カウンターと座敷の「立峰」という新橋のお店に入り、それと同じ名前でいまお店をしているわけですが、新橋演舞場で知り合った人が関西での修行から帰ってきた方で、料理人なら一度は関西へ行って修行をしたほうがためになるからということで、直接紹介状を書いてもらって入るつもりだったのですが、その段階でもういっぱいだから来るなといわれました。しかし行ってしまえばなんとかなるからといわれて紹介状を見たら、東京と大阪、西宮それから播半というくらいしか行き方が書かれていない。それを頼りに来ましたが、いわれたとおりいっぱいだったので、ほかの親方の弟子のところで二年ほど修行をして、なんとか顔を覚えてもらいたいのと料理を見てみたいというので、休みのたびに鍋洗いなどをしたり菓子折を持って上がっていました。二十三歳頃になって、もうあきらめかけていたんですが、たまたま万博で人が必要となり、やっと入れました。

小西　学校でいえば東京大学へ入るのに二年間浪人されたような形ですね。

町田　小さなお店だと市場で買ってきたものに包丁を入れたとごまかす店も多いのですが、播半の場合は一から全部手づくりをしますので、非常に勉強になると思いました。

小西　入社したときは、どんな仕事から始まるのでしょうか。

町田　私の場合は盛りつけからでしたが、普通は洗い場をしてから盛りつけをして、脇板といって魚を触ったりする作業になり、それから脇鍋といって炊いたりする仕事をして、それから焼き場に行き、そういうことを全部まわると、だいたい十年くらいかかります。調理長と煮方はあまり移動しませんが、嫁をもらったりして生活費がかかるようになったりすると、よそで一本立ちという形で何人かをつけて出すというようなシステムになっています。万博がすんで、上の人が三人ほど若い子を連れて出て行き、それで入れたわけです。盛りつけは二年ほどしました。脇板と脇鍋も一、二カ月の短いあいださせてもらって、焼き場に移りました。

小西　町田さんの場合はよそで経験があったので最初の洗い場はスキップされたのでしょうが、播半の調理場に来るのはどういう人が多いのでしょうか。

町田　料理屋の息子さんとかが多いです。私のように勉強しようと思って来ている人も何人かいましたが、やはりつてがないと、誰かの紹介がないと、難しいです。私の場合はたまたま入れたので、よかったです。

小西　地方の大きな料理屋の息子さんが紹介で来ているということでしょうけど、そういう方は何年か修行をしてから地元に戻られるんでしょうか。

町田　そうですね。お店を継いでやっていくような形です。

小西　煮方は、料理長の手前といいますか、非常に重要なポジションなんでしょうか。

町田　調理長が献立を書き、煮方は品物をおいしく仕上げる味つけをします。食べるのは六十歳代、七十歳代の偉い人たちで、体力をあまり使わないようにしているので、自分たちの三十歳代という年代を考えると、薄味で満足していただけるような味つけをしないといけないということです。

小西　私が学校を出て着任した東京で驚いたのは、うどんを見ても真っ黒で味も濃い。町田さんは関東から関西へ来られたわけですが、味に関してはどうでしたか？

町田　東京にいるときはそんなに重要なポジションではなかったのですが、関西出身の人についておりましたので、いろんな話を聞いたりして、こちらに来て、だんだん慣れたような形です。結局、料理人というのは、自分が食べたいというよりお客様に食べてほしいというようにもっていかないといけない。その点が大変なところです。

小西　播半さんで働いていらしたときの味つけについては、「今日はこういうお客さんだからこういう味つけにしよう」というふうに変えていくものなのでしょうか。

町田　そうです。本人が想像して変えていかないといけません。結果だけがついてくるので。お客さんが食べて残したものを洗い場の人間がなめて、ということを毎日毎日繰り返して味を覚えていくということです。

小西　洗い場というのは食器とかを洗うだけではないということですか？　残ったものが多かった場合、味つけが悪かったのかなと反省するわけでしょうか？

町田　そういった反省は本来、上のほうの人がしていくものですが、若いうちからそういうことを考えて、下がってきたものを味見して味を覚えていくということです。つくったものを食べさせてもらえるわけではないので。

小西　料亭の息子さんとかでなく町田さんのように入られた方の最終目標は料理長になるかと思います。そういったところで勤務態度に違いは出てくるのでしょうか。

町田　あまりそういうふうには感じませんが、とにかく料理長に指示されることに必死についていって、お吸い物も、味つけ一つとっても、持っていって味を見てもらうわけです。それが百発百中で通らないと、ちょっと辛かったりすると、料理長が仕事にならないくらいしょっちゅう心配して見にくるのです。自分はお客さんに喜んでもらうのが一番と考えていたので、料理長にも気に入ってもらって、一発で通るようにしていました。味というのはものすごく大変なもので、毎日気をつけないといけないです。

小西　町田さんは四十歳代でなられたわけですが、料理長の仕事というのは、どのようなものなのでしょうか。味をチェックすること以外に。

町田　一番肝心なのは献立をつくることです。皇室の方が来られるような場合は、宮内庁に送り、了解がきた時点で皆の前に貼り出して料理の説明をします。献立は墨で書きます。私が働いていたときは、料理長がロールペーパーに献立を書いて私たちはそれを写しておくのですが、何年か経つとロールペーパーはだんだんと黄色くなってダメになってしまいます。若いときに勉強した献立は残しています。

小西　献立は、材料が何グラムだとか、こういう材料を使えとかではなく、お品書きのような形で書かれるものでしょうか。

町田　一週間ごとに献立は変えますが、コース料理になります。

小西　今日はこの魚の焼き物だとか、この魚の刺身だとかというふうに書くわけですね。

天皇陛下や皇族の方が来られたときの調理場の皆さんはどんな感じでしょう。

町田　白衣を新調したり、入り口に消毒液を置いたりするなど、何をするのにも保健所が監視しているという状態になります。普段そこまではやっていないので、やる側は大変な面はあります。マスクをしたり。

小西　マスクをするのは皇族の方などが来られたときだけですか。

町田　そうですね。普段、エプロンはしますが、マスクまではしていません。本当に何か一つの間違いでもないようにということで、マスクを着用するよういわれます。

小西　町田さんが料理長をされていたとき、どなたか皇族の方は来られましたか。

町田　美智子妃が震災後の視察で来られ中央図書館で食事をされました。料理は本店から持っていきました。お吸い物は温かいもので出さないといけないのですが、プロパンガスは爆発する可能性があるからと電気プレートで温めたりしました。帰りぎわ、美智子さまが直接お声がけくださって、おいしかったとおっしゃられたのがとても心に残っていて、食事を食べ終わられたあとに箸袋を折ったものも記念に残しています。

小西　震災のときは中央体育館が避難所になり、そこへ慰問に来てくださった。そのときのお弁当を播半さんが出されて、中央図書館でお食事をされたわけですね。町田さんは戦後生まれですが、もう少し早く生まれていたら「天皇の料理番」といわれたかもしれません。私が初めて海外出張したのは三十歳代の半ばで、いまから三十年ほど前のことですが、この頃、アメリカから帰ってくると成田空港に播半があったんです。

町田 成田は日本の玄関だからということで、女将さんが支店を出しました。第二ターミナルができてから人の流れが変わってしまい、採算がとれなくなって閉めました。

小西 今日は天皇陛下が来られたときの「お品書き」をお持ちいただいています。

町田 倉庫にありました。包丁とか菊の紋が入ったものもありました。一の膳が、カレイの昆布締め、汁があわせ味噌で、おこぜとなめたけ。炊き合わせが穴子の柔らか煮と水晶ナス。小鉢が杏仁よせ。ご飯は白米と香の物、かぶらの千枚漬けや甲南漬け。二の膳が、鮑の大船煮。焼き物は小鯛の姿焼き。煮物が大黒しめじ、火取りはぜ、そうめんと柚子。それと果物がメロンです。天皇陛下はあまり好き嫌いがないとのことで、献立を書いてもこれが嫌いだからダメということはあまりありませんでしたが、どこへ行ってもメロンを出されるので、その土地の果物でいいですと、その程度の注文はありました。

小西 地元の食材を使いなさいという注文があったということでしょうか。

町田 地元の魚、明石鯛などですね。

小西 震災のとき皇族の方も来られた、その十年後の二〇〇五年に播半さんは閉店。さらに今年は立峰さんが十周年記念ということで、今回の講演をしていただきました。

町田 いまやっているお店も開いたときには知られていなかったので、こういうものをいろいろ展示してあった時期もあります。だんだんとインターネットでお店を紹介してもらったりして、少しずつお客さんが増えてきました。播半がずっとお弁当を仕出しさせていただいていた廣田神社の仕事もいただけるようになって、今年で六十九歳になりますが、なんとか七十歳までは頑張りたいと思っています。播半のように料理だけで三万円、四万円でなく、うちは四千円くらい。播半のお弁当は一万円から、うちの場合は千七百円と二千円。仕事したら赤字のような形で、若い子の給料は払えるのですが、私たちの給料はないようなものです。それでも、長いことはできないかもしれませんが、一日一日頑張っていこうと思っております。学校へ行く講習の場合は、料理の作り方を教えたりして時間が余ると、身の上話をしながら、しっかり勉強しないといけないよというような話をしたり。最初は人前でこうしてお話しするのは心臓が破裂するほどでしたが、最近は慣れてきたのでなんとかこなしています。

私も最初はテレビの枠を塗装する仕事をしていまして、母親の勤めていた病院の患者さんからのつてで水上温泉を紹介してもらったことがこの世界に入るきっかけとなりました。いろんなところで惣菜をつくったりして、朝早くデパートの地下に持っていったり、小さいところを転々としていたのですが、東京に出るときも日本食堂に採用通知をいただいておりましたところ、たまたま運の良いことに私の兄の高校の先生のお兄さんに調理師を斡旋する場所を紹介してもらい新橋に入れてもらったのが始まりで、みんなの世話になりながら播半にたどりつき、やっぱり播半は勉強になるからということでずっと勉強して、三十七年くらい播半で過ごしたことになります。

12

流転の子　最後の皇女・愛新覚羅嫮生

――相依って命を為す　愛と再生の物語を今に問う

二〇一三年十月二十六日　関西学院大学　西宮上ケ原キャンパス

本岡　典子（ノンフィクション作家）

関西学院大学卒。「戦争の世紀」から現代にいたる歴史ノンフィクションに力を注ぐ。近年は中国を精力的に取材し『流転の子　最後の皇女・愛新覚羅嫮生』（中央公論新社）がベストセラーに。『100歳夫婦力！　二人で始めるピンピン・キラリ』（中央公論新社）、『魂萌え！の女たち――祝祭の季節を生きる』（岩波書店）など、長寿社会、夫婦の危機と再生をテーマにした現代ルポも数多く手がけている。元ニュースキャスター。日本文藝家協会会員。日本女性医学学会会員。関西学院大学共同研究アドバイザー。

本日は西宮市文化振興財団主催、関西学院大学博物館準備室共催の文化講演会『流転の子最後の皇女・愛新覚羅嫮生――相依って命を為す愛と再生の物語を今に問う』にお越しいただきまして、ありがとうございます。一時間半の朗読講演会、私の講演と拙著の本文朗読をまじえながら、お楽しみいただきたいと思います。

百人の募集にもかかわらず三百五十人もの皆様に応募いただき、感謝しております。関西学院大学のご厚意で、この大教室を急遽ご用意いただきましたこと、お礼申し上げます。今日は、歴史的一族に生まれ、激動の日中間を生きた女性の半生をお話ししながら、生きること、愛すること、家族とは、国家とは何かをお考えいただければと思います。戦争の悲惨さ、平和の尊さ。時代を超え、体制の違いを超え、真心だけが人をつなぐと信じた人々の愛と再生の物語を通して、この会場にお越しの皆様のお一人お一人の心の奥に、何か温かい思いを届けることができれば嬉しく思います。力およばずですが、最後まで精いっぱい務めさせていただきます。どうぞよろしくお願い申し上げます。

関西学院大学と『流転の子』、そして天皇家

本題に入るまでに、なぜ、この講演を関西学院大学で行うことになったのかをお話しさせていただきます。この本の完成が、私と関学を新たに結びつけてくれました。

構想から二十数年、取材執筆四年の歳月をかけた『流転の子　最後の皇女・愛新覚羅嫮生』を中央公論新社から出版いたしました。出版から間もなく、母校関西学院大学が、卒業生である私が書いた『流転の子』を学術的に高く評価してくださり、来年の開館となる関西学院大学博物館、いまの中央時計台・図書館で、私の作品『流転の子』の愛新覚羅一族の歴史資料の恒久保存と展示が決まりました。私はいま、関西学院大学共同研究アドバイザーを務めており、今後も関西学院と歴史資料の研究保存に努めて参りたいと思っております。

この本はさまざまな幸運に恵まれました。天皇皇后両陛下の天覧にも預かり、たいへん光栄に思っております。『流転の子』出版からまもなく、美智子皇后陛下がお読みくださり、たいへん感動され、女官長を通じて皇后陛下自らお電話口にお出になり、嫮生さんにそのお気持ちをお話しくださいました。その一カ月後に、病気療養で東大病院に検査入院されていた天皇陛下がお読みくださいました。

天皇皇后両陛下は日本国内のみならず、グアム・サイパンなど国外でも慰霊の旅を続けていらっしゃることは皆様もご存じのことと思います。

日本と中国とのあいだで、一族が想像を絶する経験をされたことへのねぎらいを込めて、天皇誕生日に嫮生さんが理事をなさっている福祉施設へ天皇陛下からのご長寿の福のおすそ分けとして、金一封が贈られたというエピソードもございます。

▲『流転の子 最後の皇女・愛新覚羅嫮生』
中央公論新社

震災の記憶

なぜ、満州と何のかかわりもない私が、この作品を書いたのか。

私にこの作品を書かせたのは阪神大震災の記憶です。私は関学大を卒業してＴＶ局のアナウンサーをしており、三十歳を過ぎてノンフィクション作家として独立、現在にいたっております。

結婚して西宮に住んでおり、甲子園で震災に遭いました。嫮生さんも、まったくの偶然なのですが、大きな道路を挟んで直線距離にして百メートルほどの近さで震災に遭いました。嫮生さんの家も建物は残りましたが、基礎がずれて、全壊状態でした。

この震災の記憶は、私に「生きてある」ことの意味を深く問いました。この体験を経なければ、私は嫮生さんとの糸を引き寄せることはできませんでしたし、作家としてのいまはありませんでした。

震災から二カ月後に東京に移住し、その後は、新聞社の特派員をしていた夫と二人の娘とともに南アフリカに渡りました。アフリカ・アラブなどを拠点に仕事をし、また東京に戻り、この作品を書き上げました。

私は戦後に生まれ、戦争の時代を知りません。震災のとき、夫は生き埋め状態でしたが、救出され、幸い家族は無事でしたが、近くに住む親類が倒壊した家の下敷きになって亡くなりました。多くの友人や知人も亡くなり、そこはまさしく戦場でした。

私の中に、届かなかった思い。救えなかった人。それをいま、生きている人間が一生涯かかって償っていかなければ。罪を背負った人間という痛みが膨らんでいきました。いままで崩れることなどないと信じてきた地平が、わずか十六秒で消え去ったとき、私もまた、自身の拠って立つ場所を大きく変えていました。亡き人々への鎮魂の思いがあの戦争で亡くなった人々の魂に宿り、この作品を書かせました。

四年間、書きながらずっと泣いていました。一族の壮絶な流転とあまりにも深い愛の姿に泣き続けました。作家は「命を懸けて書く」といいますが、私は『流転の子』を命を捧げて書きました。完成の一年前にすでに心身とも限界に達しており、書き上げてよく命があったなと思います。

▲ 絆の朝顔

この一族は花を愛した一族で、随所に花の描写が出てきます。この写真、向かって左側の朝顔は、初めて取材のために嫮生さんのご自宅にお邪魔したときに、その日に「今年初めて咲きましたのよ」とおっしゃられていた朝顔でございます。

今日は、拙著をお求めいただいた方に先着で、この朝顔の種をプレゼントさせていただきます。

写真向かって右側が今日お配りするわたくしの自宅の小さな庭に咲いている朝顔の種です。

いただいた種を毎年蒔いて増やしております。

嫮生さんのお母様、嵯峨浩さんが、溥傑さんとの十六年の別離を経て、国交が回復していない中国に渡られたとき、この朝顔の種をお持ちになり、北京のお二人のご自宅で種を蒔き、育てられ、浩さん亡きあとは溥傑さんが、そして、ご両親亡きあとは、嫮生さんが育てられていた「絆の朝顔」。この朝顔もこれから関西学院の庭で美しい花を咲かせてくれることと思います。

愛新覚羅家との縁

中国最後の帝国を支配した愛新覚羅の歴史と私とのかかわりについて簡単にご説明いたします。

作品の主人公は愛新覚羅嫮生さん。

『流転の子』愛新覚羅嫮生さんとは不思議な縁《えにし》で結ばれていました。それは遥か二十数年前のできごとから始まります。出会いは一本の映画です。

一九八八年一月、清朝最後の皇帝の数奇な生涯を壮大なスケールで描いた映画『ラストエンペラー』が日本で封切られました。監督はベルナルド・ベルトルッチ。主演ジョン・ローン。一九八七年度のアカデミー賞に輝き、世界に『ラストエンペラー』ブームを巻き起こしました。そのころ神戸のTV局でアナウンサーをしていた私は、公開に先立ち行われた一般試写会での司会を担当しました。事前にいただいた映画のパンフレットを何気なくめくっているうちに、ラストエンペラーとの思い出を綴った短い文章に目が止まりました。

文末には「福永嫮生《ふくながこせい》　溥儀の実在の姪　神戸在住」の文字。皇帝の姪にあたる愛新覚羅嫮生が、福永嫮生となって、私の暮らす阪神間に居住している！　その驚きは鮮烈で、皇帝一族の物語は遥か遠い歴史絵巻から一気に現実の物語となり、真実味を帯びて私の心を強くつかんだのです。いま、西宮でお暮らしです。七十三歳になられました。

日中両国で清朝末期・西太后が実権を握った時代から現代までの百五十年の物語。溥傑一族と嫮生さんがたどった現代までの、壮絶壮大な愛と絆と再生の物語です。

清朝最後の皇帝にして、日本がかつて中国東北部に築いた傀儡国家「満州国」の最初で最後の皇帝・愛新覚羅溥儀。嫮生さんは溥儀の姪にあたる方です。溥儀の一歳違いの実弟溥傑の次女としてお生まれになりました。

ラストエンペラーは醇《じゅん》親王家の出で、醇親王家は光緒《こうちょ》・宣統《せんとう》の二代にわたり皇帝を出した「両代潜龍邸」です。「潜龍」の王家として人々の羨望を集めましたが、西太后のあくなき権勢欲に翻弄され続けた悲劇の一族でもありました。

最後の皇帝となる愛新覚羅溥儀は第二代醇親王の長子としてこの王府に生まれます。二歳十カ月で、中国皇帝政治の中で最年少の最後の皇帝、宣統帝となります。

溥儀には二人の弟と七人の妹がおりましたが、父王醇親王の王妃の子である男の子は溥儀と溥傑だけでした。溥儀にはあとを継ぐ実子がいませんでした。嫮生さんはいま、清朝直系につながる流転の一族の唯一の生存者でもあります。

嫮生さんが生をうけたとき、すでに清朝は滅び、満州国には皇帝溥儀と皇后婉容以外の皇族は認められておらず、実際には皇女ではありませんが、私は嫮生さんのあまりにも静かで品格ある生き方、たたずまいからこの方こそが「魂の皇女」であるとして、このノンフィクションを書きました。

▲ 満州国皇帝・溥儀

▲ 醇親王家（著者撮影）
東京ドーム17個分の広さで、壮大な宮殿の甍が連なる。

流転の一族

溥傑家の人々

嫮生さんと一族の簡単なライフストーリーをご紹介します。

嫮生さんの父は清朝最後の皇帝・ラストエンペラー・宣統帝溥儀の実弟である愛新覚羅溥傑。廃帝となった溥儀の命令で、清朝復活の命を受けて、日本の学習院に留学し、二十八歳で陸軍士官学校を卒業します。その頃から、流暢な日本語を話す、親日家の貴公子として、穏やかな人柄が愛され、注目されるようになります。

母は日本の天皇家と血縁関係にある公家の名門嵯峨侯爵家の令嬢、嵯峨浩です。「流転の王妃」として知られている方です。明るく社交的で、裁縫や料理が得意で、身のまわりのことは何んでも自分でできる、華族令嬢にしては珍しい自立心に富んだ女性でした。

二人は出会ったときから、互いに恋に落ちます。

▲ 愛新覚羅溥傑

このお二人の結婚は、日本が「満州国」支配をより強固にするための軍部主導の「政略結婚」でしたが、終生分かちがたい愛情で結ばれ、戦中戦後の苦難の時代を生き抜かれました。

仲人は元関東軍司令官本庄《ほんじょう》繁《しげる》大将です。このときは侍従武官長。敗戦後は東京で割腹自決なさいました。

嫮生さんは日本の敗戦、満州国崩壊のときわずか五歳でした。姉の慧生《えいせい》さんは、日本の嵯峨家に身を寄せていて、このとき満州にはいませんでした。姉の慧生さんは、学習院大学二年の冬、十九歳で亡くなられています。

▲ 嵯峨浩

▲ 皇弟溥傑と浩の結婚

▲ 姉の慧生

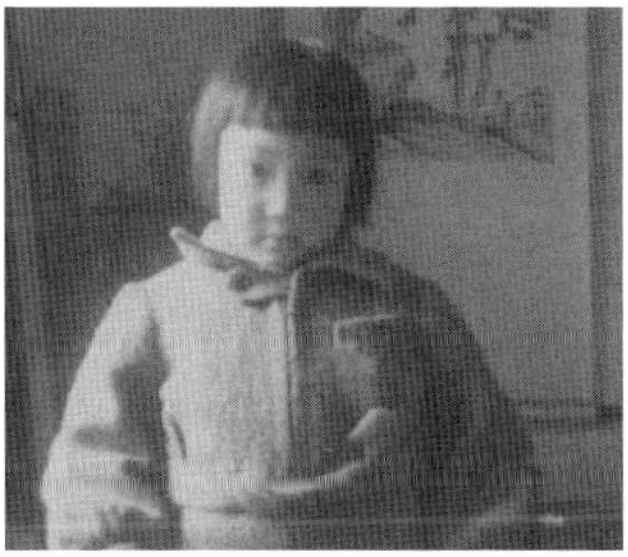

▲ 嫮生

提供：関西学院大学博物館
（前頁掲載とあわせて５点とも）

日本の敗戦によって、満州国が崩壊します。日本に亡命しようとした皇帝溥儀や父親の溥傑はソ連軍に拘束され、シベリアに送られてしまいます。浩と嫮生ら皇帝一族は大陸に残されます。家族は日本、ソ連、中国と、離れ離れになります。

浩と嫮生母娘は中国民衆の罵倒に耐え、身内の密告や裏切り、病魔と闘いながら、アヘンに侵された皇后婉容を守り、大陸を彷徨います。

国民党と共産党の内戦下の動乱の大陸を、あるときは中共軍、あるときは国民党軍に拘束、軟禁されながら、六千キロに及ぶ壮絶な流浪をします。そして、敗戦から一年五カ月後、上海から最後の引き揚げ船で日本への奇跡の帰還を果たします。

▲ 嵯峨家での嫮生
提供：関西学院大学博物館

▲ 6000キロの流浪

愛新覚羅一族は「満州国」崩壊とともに無惨な結末をたどりました。わずか五歳でこの世の地獄を見た少女は、その後、日本で成人します。父溥傑はソ連から中国へ移送され、戦犯として長く収容所生活を送ります。十六年後、嫮生さんは母浩さんとともに周恩来首相の招きで、まだ、国交が回復していない中国に渡りました。しかし、嫮生さんは北京で家族三人で暮らすことを夢見た父と母の願いを断ち切って、歴史的一族として生きるのではなく日本で平凡に生きる道を選び、一人、日本に帰っていきました。そして、旧華族ではない一般の日本人男性と結婚しました。

その後は、日中のかけ橋としての責任を果たしつつも、多くの人が当たり前のように手に入れる「平穏な生活」を守るため、一主婦として五人の子供を育てながら、ひたすら、平凡に目立たず生き抜きました。平凡に生きるということは、多くの人にとって当たり前のことですが、日中の特別な場所に生まれた彼女にとって、それはまさしく平凡という非凡を生きることでもありました。私は歴史的一族に生まれながら、平凡という非凡を生き抜いた女性に強く心惹かれた。そして、普通に生きることのすさまじさをも描いてみたいと思いました。

ここからは満州崩壊から現代まで、拙著五百ページのハイライトシーンを一気にお話しさせていただきます。朗読はこの本のほんのさわりだけです。実際はスパイ映画もかなわない壮絶な事実のどんでん返しの連続です。朗読の中で清朝の宮廷言葉がたびたび出てきます。アーマは父上様、ナイナイは母上様、アーチャンは二番目の姫・アールゴーゴー・嫮生さんの愛称。エコちゃんは姉の慧生さんの愛称です。

【満州国崩壊】

最後となったこの茶会が開かれたとき、すでにソ連軍は満州国境に大軍を展開させていました。日本はそれに気づいていませんでした。

▲ 最後の茶会　提供：著者

前列中央が、軍参謀として満州国に赴任していた竹田宮妃殿下と恒正王。後列左端から浩さん・嫮生さん、ソファーの背からようやく顔を出しています。「満州の華」三格格様・二格格様です。皇帝の妹君たちです。

一九四五年八月九日、ソ連が突然、国境を越えて満州の地になだれ込んできます。一族と関東軍は、首都新京を放棄し都落ちします。ここからは朗読に入ります。

新京駅構内はすでに避難民と荷物であふれ返っていた。

泣き叫ぶ幼児、叱りつける母親の声。ホームには前線から運ばれた負傷兵たちが救護の手も届かぬまま、呻《うめ》き声を上げながら、血の海の中でのた打ち回っている。浩は嫮生を抱きかかえ、一行とともに阿《あ》鼻《び》叫喚《きょうかん》の修羅場と化した構内を警備隊に護られ、人々の羨望《せんぼう》と怨恨《えんこん》の叫びの中、特別列車に乗り込んだ。そこに幼い女の子の姿を見つけた人々が口々に叫ぶ。

「うちの子供も、子供だけでも乗せてください」「助けて下さい。便所でもいいから。乗せてください」「見殺しにする気か。おまえたちだけ逃げるのか」

列車にしがみつく人々を憲兵が蹴り落とす。「離れろ。列車から離れろ。誰も乗せられないんだ。離れろ」

降りやまぬ雨、雷鳴とどろく中、追いすがる人々を振り切るように、再び空襲警報が鳴り、列車は動き始めた。発車と同時に車両の電灯は消され、悲鳴のような汽笛を響かせて漆黒の闇に滑り込んでいった。

首都には戦う術すら持たぬ人々が、恐怖と絶望の中に残された。

十五日、日本敗戦。満州国瓦解。十九日、皇帝溥儀・溥傑ら一行の十三人は、一族を残し日本に飛行機で亡命する途中、奉天でソ連軍に拘束され、以後十六年間、家族は離れ離れになります。浩と嫮生らは共産党と国民党の内戦が激化する大陸の激戦地を彷徨います。

【通化大虐殺】

年が明けた二月。浩と嫮生、皇后ら一族は朝鮮国境に近い中国東北部の南の都市、通化で中共軍の捕虜になり、公安局に監禁されていました。このとき、惨劇は起きます。ほとんど武器すら持たない日本人五百人ほどが、農民一揆のような出で立ちで、斧やスコップ、棒を持って中共軍に反旗をひるがえします。世にいう「通化事件」です。

夜来からの雪は降り続いていた。嫮生たちが深い眠りに落ちた午前四時。通化西北の玉皇山《ぎょくこうざん》山頂に決起を伝える三本の烽火《のろし》が上がる。次の瞬間、全市の電灯がパッパッパッと三度点滅し、市中の灯りがすべて消え、通化は漆黒の街となった。四方からプープープゥーと長い笛の音が聞こえ、凄まじい喚声が市内各所で上がり、闇を切り裂く銃声が響いた。

皇后と嫮生らは公安局に軟禁されていた。公安局の闘いは激烈だった。このころすでに市内の路上には蜂起したおびただしい数の日本人の死体が散乱していたが、公安局では少《わず》ながら徹底抗戦を続けていた。

中共軍の野砲《やほう》一門が公安局に向けて据《す》えられた。

「公安局を取り戻せ！　傀儡満州国の皇后一味を奪われるな！」

続けざまに三発の砲撃が加えられた。砲弾は壁を貫いて炸裂した。耳をつんざく爆裂音とともに爆風が襲い、天井が崩れ落ちる。

「救命啊《ジュミンア》！（助けて！）」。皇后が絶叫する。アヘンに侵され恐怖に怯える皇后はソファーの上でなおも叫び続ける。手榴弾が炸裂し、銃弾が雨のように降り注ぐ。皇后を護ろうと乳母《うば》が砲撃の中を飛び出したそのときだった。

「哎呀《アイヤー》！哎呀《アイヤー》！」乳母が絶叫した。

「皇帝の乳母様の右手が吹き飛ばされて、鮮血が飛び散ったのでございます。『疼啊《タアンアー》。疼啊《タアンアー》（痛い。痛い）』と叫ばれて。血に染まった顔は凄まじい形相で、やがて息絶えられました」

玉皇山の麓にある専員公署《せんいんこうしょ》ビルの戦闘も熾烈《しれつ》を極めた。元少尉佐藤弥太郎《さとうやたろう》以下日本人一五〇名のほとんどは抜刀隊《ばっとうたい》だった。その刀もわずかだった。「突撃！」の絶叫とともに喚声を上げて斬り込むが、中共軍の機銃掃射《きじゅうそうしゃ》と手榴弾の前に、バタバタと倒れていく。佐藤元少尉らはその屍《しかばね》を乗り越えて火線を突破、建物の中に突入。一、二階を占拠し、日本人が拘束されている監獄へなだれ込んだ。「助けに来たぞ！」の声に獄の中から歓声が上がる。一四〇名に上る「日本人戦犯」を奪われまいと中共軍の軽機が火を噴き、同時に監獄内に何個もの手榴弾が投げ込まれ炸裂した。激しい硝煙が立ち上り、人々の絶叫がやがて呻き声に変わり、血の臭いが充満する。そして斬り込み隊は全滅、監獄の日本人も血の海の中で死に絶えた。戦闘はわずか二時間余りで終結。事前にこの作戦を察知していた中共軍の猛撃で、通化奪還の蜂起は壊滅した。

もはや国民党軍の援軍もなく、「長白山脈に潜む関東軍が窮地に陥った日本人を救いに来る」こともなかった。人々が信じた関東軍の存在は幻だった。敗戦後、武装解除されず中共軍に編入され、通化に駐留していた旧関東軍の航空隊と戦車隊も、蜂起前から、真っ先に中共軍に包囲されたまま、決して動くことはなかった。

皇后や嫮生たち母娘は、氷点下三十度、残がいとなった公安局で凍りついた遺体が何体も転がる中、一週間近く飲まず食わずで軟禁されたまま放置された。凍った老乳母の亡骸《なきがら》もまた、そこにあった。

「皇后様は通化のショックで正気を失われてしまったのでございます。みんな動く力もなく、ただ転がって、寒さで手足も凍傷になって『痛い、痛い』と言《ゆ》うておりました」

旧暦元旦の朝日が昇るころ、市中ではおびただしい数の死体が雪を鮮血で染めていた。野犬がその死体を食いちぎっている。「報復」は夜明けとともに始まった。日本人の家々から十六歳以上の男という男が、連行されていった。

連行後、虐殺された日本人は三千人と言われる。その多くが一般人で、渾江の岸に並べられ無差別に銃殺されていった。凍《しば》れる空気を鈍く切り裂く銃声は、数日続いた。

【皇后の最期】

通化暴動での大惨事の後、長春、吉林での浩の取り調べは過酷を極めた。昼夜を問わず繰り返される尋問に、母の精神は時々錯乱する。次々襲ってくる運命の残酷を呪い、叫び出しそうになる。

一瞬でも生への執着が途切れたら、そこには死がぽっかり大きな口を開けて手招きしていた。もし、嫮生がそばにいなかったら、とうに命を絶っていたかもしれない。しかし、小さな嫮生の、この地獄を地獄とも知らず、鉄格子にぶら下がり無邪気に遊ぶその姿に、浩は「この子を殺して私も死のう」と、一瞬でも思った自分を心で詫びた。

「生きなければ。この子と日本にいるエコ（慧生）ちゃんと阿瑪《アーマ》と四人で暮らせる日が来るまで。どんなことがあっても生きなければ」

母は爪で板壁に自分と娘の名を書いて、自分たちがここで生きていた証を示そうとした。

もし、ここで命絶えたら、いつかこの文字を見つけた人が、この流浪の母娘が確かにここに生きていたことを知ってくれる。それがソ連に連行されたという夫溥傑に、日本で待つエコちゃん（慧生）のもとにいつか届く日があるかもしれない。五月某日。私たちはまだ、ここに生きている――。

撤退する中共軍とともに拘束された嫮生らは中国東北部を長春（旧新京）―吉林《きつりん》―延吉《えんきつ》―チャムスへと、終わりの見えない過酷な移動を強いられることになります。

延吉では、皇帝一族は引き廻しにされ、石を投げられます。これは当時の八路軍が宣伝用に製作した実写フィルムです。


「漢奸《かんかん》偽満州国皇族一同」と書かれた大きな白旗が荷馬車に括り付けられている。「漢奸」とは祖国を裏切った中国人のことを指す。その荷馬車の後ろには、うつむいて足を引きずる、痩せ衰えた捕虜たちが後ろ手に縛られ数珠つなぎにされたまま延々と続いた。

流浪の中で皇后は無残な死を遂げる。かつて人々の羨望を一身に集め、美貌と気品、才知にあふれた皇后婉容は、誰にも看取られることなく四十年の短い生涯を閉じた。光り輝く自由な世界に憧れながら、満州国帝宮の捕囚となり、アヘンに侵され、中共軍の捕虜として流浪の果てに、一族の苦悶を一身に受けたかのような最期であった。


嫮生はアメーバ赤痢にかかり、生死の淵を彷徨います。しかし、人を殺したのも人でしたが、人を生かしたのも人でした。

この悲惨な旅を支えたのは中京軍の名もなき兵士たちであり、やせ衰えた日本人捕虜たちでした。ある中国の兵士は生卵を買ってきて、嫮生に食べさせました。あるものは軍紀違反を犯して、嫮生のボロボロの布団を運んでくれました。酷寒の監獄列車の中で、日本人捕虜が自分の服を嫮生にかけて、寒さから守ってくれました。

生きるギリギリの場所で、敵か味方か何人《なにじん》かではなく、人の情、命のリレーで小さな命はつながれていきます。浩と嫮生はハルビンでようやく中共軍から解放され、身分を偽って日本への引き揚げをめざします。

【引き揚げ】

生きて故国に帰る――ただそれだけを願い、引き揚げの一行は破壊された線路伝いにこの無法地帯を徒歩でさ迷った。東北部の九月、夜は零度近くまで気温が下がる日もある。滝のように降り続く雨は、ただでさえ栄養失調で衰えていた人々の体力を急激に奪っていく。嫮生はつんのめり、つんのめり、泥だらけになりながら、母の手を握り締め歩いた。しかし、数時間もすると、「奶奶《ナイナイ》、歩けない。もう歩けないよ」。嫮生は一、二歩歩くと倒れるようになった。起き上がれない嫮生を母は引っ張り上げ、引きずりながら歩き続ける。

「阿瑪《アーマ》とエコちゃんに会うまでは死ねないのよ。お歩きなさい。アーチャン！」。

嫮生のヒィヒィ泣く声が雨音に吸い込まれていく。「奶奶は死にません。絶対に死なない。アーチャン。死にたくなければお歩きなさい！」。母は苦しさに手を離そうとする嫮生を、今度は抱き上げ歩き始める。雨に打たれた嫮生の唇が寒さで黒ずんでいる。雨水を吸い込んだリュックは肩にめり込むように重く、嫮生を抱いた母が今度は前のめりに倒れ、土にまみれた。

遠くの砲撃の音がだんだん近づいてくる。闇を切り裂く銃火が迫る。中共軍と国民党軍の銃撃戦が目の前で展開され、引き揚げの人々の列も両軍から何度も射撃を受けた。そのたびに倒れていく人々。亡くなった人を埋葬することはできず、死んだ者の手を胸で合掌させることだけが、生きている者にできることだった。

最初に布団などの荷物を捨て、服を捨て、食糧を捨て、リュックまで捨て、最後には倒れた子供を置いていく者もいる。その子を置いていかなければ、他の子供たちと母親もともに倒れる。極限の選択の連続の中、人々は一心に歩き続ける。前に向かって進むこと、ただそれだけが生きることだった。

引き揚げの港・葫蘆島《コロ》に着きますが、ここで日本人の密告で、またこの母娘は今度は国民党軍に拘束されます。北京に送られ、さらに上海で軟禁されるのです。

しかし、最後の引き揚げ船が出る前日、奇跡は起きました。一人の勇気ある元軍人がたった一人で敵地に乗り込み、地獄絵を生きた母娘を、命をかけて救い出しました。

年が明け、一九四七年一月四日。対馬海峡を渡り、遥か遠くに日本列島の山並みを望む。「日本だ！　日本の山が見えたぞ！」。誰かが叫んだ。その声を聞いた人々が次々甲板に上っていく。故国の山々が青く霞《かす》んで見える。人々はなりふり構わず、皆が泣いた。死地をさ迷い生きて故国に還れた喜びに皆が嗚咽した。

一年五カ月、六千キロに及ぶ流浪は終わり、嫮生の脳裏に終生忘れることのできない極限の生と死、戦争の無惨さを焼き付けた。

「今日《こんにち》生かされておりますのは父と母、多くの皆様のお陰でございます。わたくしたちは皆様の真心によって、流浪の日々を命永らえ生きて還ることができたのでございます。人の真心には死ぬまで感謝しております」

【日本に帰る・天城の悲劇】

日本に帰り、嫮生が高校二年生になったとき、この一族を悲劇が襲います。

学習院大学の二年生だった十九歳の姉慧生が、一九五七年十二月、同級生の男性と天城山で命を絶ちます。本の中では新しい証言を得て、死の真実に迫っております。

父溥傑は中国で戦犯として撫順戦犯管理所に囚われたままでした。

拘留番号「一〇〇〇番」として生きた溥傑のもとに天城の悲報が届いたのは年が明けてからでした。


凍てつく一九五八年（昭和三十三年）の冬、父の慟哭が聞こえてくる。

「（慧生のことは）妻のせいではない、私のせいだ。私の責任だ、私の罪だ！」

「涙は腹に呑み込むしかない。かわいそうなエコ。ああ！かわいそうな子よ！　一生忘れることのできない、かわいそうな子よ！」

「この悲しみを力に変え、旧社会、旧制度にたいする恨みのため、たった一人嫮生のため、愛妻のため、ねばり強く学習するのだ。頑張るのだ！」


「満州での罪を娘慧生が一身に背負って、自分のかわりに亡くなった」という思いは、日本と中国の絆をつなぐ後半生の溥傑の生き方に強くつながっていきます。

国境を隔て、悲しみに沈む家族は、それぞれが残された家族を思い、慧生の死の痛みを乗り越え、再会のために生きることを誓い合いました。

▲ 姉慧生と嫮生
提供：関西学院大学博物館

【再会】

十六年ぶりの父との再会の日がやってきます。

列車が広州駅のホームに滑り込むと、婷生はすぐさま窓をいっぱい開け、上半身を乗り出して人民服姿の人たちがごった返すホームに父の姿を探した。「アーマ（お父様）！」。婷生が叫んだ。娘の視線の先に眼鏡をかけた懐かしい夫の姿を見つけた母は、感激のあまり声を出すことすらできない。父も二人を見上げたまま言葉を見つけることができないようだった。

母・浩に続いて婷生がホームに降り立った。父・溥傑は二人に近づき、妻の手に抱かれた愛娘の遺骨箱に目を落とし、胸に突き上げてくる悲しみをこらえていた。それから、父と母はじっと見つめ合った。長い別離の果ての再会に様々な思いが込み上げ言葉にならない。母は姉・慧生の遺骨箱を抱いたまま深々と頭を下げ、嗚咽した。父は涙を浮かべたまま、ただ頷くばかりだった。

「申し訳ございませんでした。私の監督不行き届きでこんなことになってしまって……」。母は絞り出すような声でようやく顔を上げ、片時も離さず抱えていた遺骨箱を父に手渡した。「私に責任があるのだから。そんなことを言わないで……」。父は幼かった娘・慧生を抱いたように、しっかりとその箱を抱きしめた。父の肩が震えていた。「アーマ」、婷生は小さく父を呼び、そっと歩み寄った。「大きくなったね」。父は眼鏡《めがね》の奥の瞳に涙をいっぱい溜めて、美しく成長した婷生に優しく微笑みかけた。父の瞼に、五歳の無邪気な子の姿が重なる。

面影の父は三十代の凛々《りり》しい軍服姿だったが、目の前の父は五十四歳の、一回りも小さくなった人民服姿の父だった。しかし、慈愛に満ちた眼差しは昔のままだった。

「さあ、浩さん……」。父は右腕で慧生の遺骨をしっかりと抱え、おもむろに左肘《ひじ》を曲げて母に差し出した。母も、二人が歩くときいつもそうしていたように、父の腕に自分の右腕を預けた。嫮生は二人にしっかり寄り添った。

▲ 広州に向かう母娘

▲ 再会を果たした父と娘

提供：関西学院大学博物館（2 点とも）

▲ 嫮生様と著者　ご自宅で（山田哲也撮影）

その後、一族は日中の歴史に翻弄され続けながら、終生、固い絆で結ばれます。文化大革命の粛清、一族を庇護していた周恩来の死。最愛の妻・浩の死を悼む溥傑の慟哭。美智子皇后も登場され、物語はいまにいたるまで大河の流れのようにうねり続けていくのです。

嫮生さんは筆舌につくしがたい経験をされながら、いつも変わらぬ穏やかな話しぶりで次のように語られます。

「命はいつ終わるかわかりません。大切なことはモノではなく、人の心でございます。多くの人に守られて、人への信頼の中で生きて参りました。ただ、感謝しかございません。どんなことがあっても、人は愛によって生かされているのでございますね。生きているうちに、他人様のお役に立つことがあれば、ただ、ただ、嬉しゅうございます」

【相依って命を為す】

嫮生さんはいつも自分の命を「生かされている命」とおっしゃいます。溥傑さん、浩さん、嫮生さん、一族に通じるものは、与えられた運命がどんなに過酷なものでも、逃げず、恐れず、与えられたその場所での運命を受け入れ、そこで人間関係を築き、懸命に光に向かって顔を上げて生き抜く姿でした。

母浩さんはアヘン中毒で廃人のようになった皇后を最後まで守り抜きました。五歳の女の子であった嫮生さんは監獄の中で、監視する兵士と心を通わせます。それが敵であれ、味方であれ、人種も関係なく、どのような状況の中でも、人間性を失わず、人として精いっぱいの真心を伝えます。

人を自分以上に存在させようとし、自らの強い人間性で悲しみや憎しみから人を解き放っていく。それによって、次々奇跡が起こり、小さな子供は命をつないでいくのです。

溥傑さんは文化大革命の粛清の中で、会うことがかなわなくなった娘に百七十通に及ぶ愛情あふれる手紙を出し続けます。

「相依為命（相依って命を為す）」。この言葉を何度も書き綴ります。政治、国家がどのような変遷を遂げようと、人と人、家族、夫婦、親子、隣人同士、互いの幸福を願う気持ちがあれば、生きていけるという心を溥傑は伝え続けます。


アーマの愛する〳〵可愛らしいヒヨッコ——アーチャンへ
何回も御手紙を頂き、親思いのアーチャンの気持ちを心から感謝致して居ります。アーチャンよ、本当に有難う！

アーチャンに言ひたいことは山程あるが、文化大革命の運動の為に、ついに御返事を致しませんでしたが、アーマの気持ちは、アーチャンがきっと判って呉れていると思って居ります。

先日の電話も同様で、言ひたいことを無理やりに押さえなければならなかった。

色々なことを御心配をかけて、さうしてアーチャンの為に何も出来ないことについては、たゞ〳〵アーマの心を痛めるのであります。

「相依って命を為す」アーチャンの為、アーチャンの幸福のためならば、アーマは自らの命をも惜しまない程、と言ふ気持ちです。（略）勇気あればこそ、凡《すべ》ての困難を乗り越えられるのです。

アーチャンの唯一なるアーマ　溥傑より

【命あればこそ】


私は取材の最後にこんな質問を投げかけてみました。

「嫮生様にとって、一番大切にされている信条は」

すると、嫮生さんは穏やかにこう答えられました。

「『目には見えないものに包まれ、守られ生かされていることに、日々感謝し、今を生きる』ということでございましょうか。『静かに行くものは、健やかに行く。健やかに行くものは、遠くまで行く』と申します。静かな心で、正しく歩み続けていれば、幸せはきっと訪れる――そう信じております」

語られる言葉はたおやかですが、苦しみに耐え、悲しみを受け入れ、生きることを遂げようとする信念を感じさせる。限りある命を慈しみ、遥かな変わらぬものを見つめようとする静かな覚悟、とでもいえましょうか。

そして、最後に、こうおっしゃいました。

「命さえあれば、よろしいのでございますよ。生きてこそ、でございます」

本日は、つたない私の話を最後までお聞きくださってありがとうございました。この会場にお越しの皆様のお心に、何か温かい人への思いを届けることができましたならば、嬉しく思います。

いま、世界は、東アジアは大きなうねりの中にあります。隣国との関係が緊張を続けています。この時代だからこそ、国を超え、真心だけが人をつなぐと信じた人々の愛の物語をこれからもできるかぎり、一人でも多くの方々にお伝えしていこうと思います。

長時間にわたり、ご清聴くださいまして、ありがとうございました。また、きっと、この関西学院でお会いいたしましょう。本日は本当にありがとうございました。感謝申し上げます。

※本講演では五十枚を超える貴重な歴史写真を使用していますが、本書では掲載ページ数の都合で、多くを割愛しています。

■朗読大河講演『流転の子　最後の皇女・愛新覚羅嫮生』（所要時間一時間三十分）
講演依頼はこちらから受け付けています。
本岡典子 Official Web Site 〈http://noriko-motooka.com/〉トップページ左下の「メッセージ・講演依頼」欄をクリック。
あるいはmail@noriko-motooka.comまで。

写真提供協力　関西学院大学博物館

西宮文学案内

2017年3月25日 初版第一刷発行

編　著　河内厚郎

発　行　公益財団法人　西宮市文化振興財団

発　売　関西学院大学出版会
所在地　〒662-0891
　　　　兵庫県西宮市上ケ原一番町1-155
電　話　0798-53-7002

印　刷　大和出版印刷株式会社

Printed in Japan by Kwansei Gakuin University Press
ISBN 978-4-86283-240-5